견공犬公이 바라본 인간 세상

나는 토이푹들이다

지교헌 지음

한누리미디어

국립중앙도서관 출판시도서목록(CIP)

나는 토이푸들이다 - 견공이 바라본 인간 세상 / 지은이 : 지교헌(필명 지대용).
-- 서울 : 한누리미디어, 2013
    p. ;   cm

ISBN 978-89-7969-459-8 03810 : ₩15000

한국 현대 소설[韓國現代小說]

813.7-KDC5
895.735-DDC21   CIP2013019393

　나는 나의 정체를 알고 싶고, 이웃과 국가와 세계를 알고 싶었으며 그것을 비판하고 싶었다. 그러나 그것은 어떤 제3자를 통하여 접근하는 것이 편리할 것 같아서 동반견의 눈으로 나의 눈을 대신하게 하였다.

　여기서 말하는 나의 동반견은 토이푸들이다. 토이푸들은 인간들이 품종을 개량하여 만든 장난감과 같은 차원의 동물이다. 그러나 이 연약한 동물은 인간들의 모든 부조리한 상황과 가치관을 곁에서 느끼고 바라볼 수 있는 영리한 존재이다. 토이푸들은 인간을 어떻게 보고 있으며 자신은 무엇을 어떻게 결단해야 하는지를 보여주고 있다.

　의인화 전설은 예로부터 많이 전해 오고 있으며 의인화 소설도 온 세계의 곳곳에서 나타나고 있다. 그 가운데는 일본인 작가 나츠메소세키(夏目漱石)의 〈나는 고양이다〉가 있다. 고양이도 인간들의 애완동물로 인간들과 가까이 지내고 있으나 요즘 나의 주변에서는 동반견이 대다수를 이루고 있어서 친근감이 가기에 그를 주인공으로 내세우게 되었다. 토이푸들과 더불어 자신을 반성하는 인간사회가 되기를 희망해 본다.

2013. 9

지 대 용 씀

작가의 말 · 7

1

잔인한 회장님

회장님은 이를 악물고 나를 걷어찼다. 배가 터지는 것 같았다. 그는 살기가 등등하였다.

"이 새끼를 당장!……."

회장님이 모처럼 거실에서 커피를 마시려고 앉는 것을 보고 나는 달려가 무릎 위로 고개를 널름거렸다. 그러자 책 위에 올려놓은 커피 잔이 쏟아진 것이다.

나는 헐떡거리는 숨을 죽이며 거실 한쪽 구석에서 회장님을 바라보기만 하였다. 회장님의 화난 얼굴은 좀처럼 풀릴 것 같지 않았다. 회장님은 아마도 내가 반가워서 쫓아가는 것을 몰랐다가 갑자기 뭣이 나타는 것을 느끼고 깜짝 놀랐던 모양이었다.

내가 이 집에서 회장님에게 미움을 받고 욕을 먹고 혼난 일은 한두 번이 아니지만 이처럼 발로 심하게 차인 것은 처음이었다. 나는 함부로 손님에게 짖는다고 혼난 일이 있고, 손님 신발을 살짝 물어뜯은 일이 있어서 혼난 일이 있었다. 그리고 어떤 어린이의 옷을 발톱으로 긁은 일이 있어서 혼난 일이 있었다.

그런데 신발을 물어뜯은 것은 그 냄새가 마치 내가 먹는 사료의 냄새와 같았기 때문이었고, 어린이의 옷을 발톱으로 긁은 것은 일부러 그런 것이 아니고 반가운 나머지 껑충 뛰어오른 것이 그리 된 것이었다.

그래도 회장님은 그때 나를 발로 차지는 않았고 쏘아보기만 하고 화만 내고 말았는데 오늘은 아주 달랐다. 사실 오늘도 회장님이 찻잔을 안전하게 놓았으면 엎질러질 리가 없었는데 자기가 찻잔을 잘못 놓은 책임은 인정하지 않고 나에게 모든 책임을 지우고 나를 발로 차기까지 한 것이었다. 회장님은 상당히 난폭한 성격을 보였다.

“토이! 너 한 번만 더 그러면 그냥 안돼!”

회장님은 나를 ‘토이’ 라고 불렀다. 나의 품종이 ‘토이푸들’ 이기 때문에 따로 이름을 짓지 않고 그대로 ‘토이’ 라고만 부르는 것이었다. ‘토이’ 는 본디 장난감을 가리키는 말이기 때문에 나를 장난감이라고 생각하여 그대로 이름을 지은 것도 같다.

‘토이’ 는 ‘시시한 것’ 이나 ‘하찮은 것’ 을 가리키는 말이기 때문에 나는 이 집에서 그야말로 시시하고 하찮은 존재이고 이름조차 그렇게 부르고 있으니 기분이 좋을 수는 없다. 사람들로 치면 무시해도 좋은 ‘별 볼일 없는 인간’ 이고, 물건으로 치면 아무 때나 쓰레기통에 버리거나, 또 망가져도 고칠 필요가 없는 물건이었다.

그런데 내가 회장님에게 천대를 받고 무시당하는 것을 알게 된 것은 회장님의 말투에서 일찍부터 알아차린 것이었다. 그는 걸핏하면 나를 앉혀 놓고 나보다 우수한 개의 품종을 말하는 것이었다. 그는 '골든 리트리버'나 '그레이트 피레니즈' 같은 품종을 말하면서 그런 개들이 몸집도 크고 행동이 점잖고 시끄럽지도 않아서 군자나 숙녀 같다고 칭찬하는 것이었다. 그런 개들은 너무나 커서 마치 매머드처럼 보이는 것인데, 사모님을 따라 탄천으로 산책을 나갔다가 사람들이 지껄이는 이야기를 듣고 알게 된 것이었다. 그런 큰 개가 좋으면 그것을 기를 일이지 왜 나같이 작은 개를 기르면서 내 앞에서 그런 이야기를 자꾸 하는지 알 수가 없었다. 그것은 분명히 나를 멸시하고 '너 같은 놈은 형편없는 좀씨야!'라고 간접적으로 말하는 것이었다. 나는 그런 이야기를 들을 때마다 마음이 자지러지고 몸이 움츠러들고 모멸감을 억누를 수가 없었다.

그래도 한 가지 다행인 것은 사모님에게 달려가기만 하면 나를 안아주기도 하고 쓰다듬어주기도 하고 나를 위로하고 옹호하는 것이었다. 그리고 어떤 때는 회장님에게 강력히 항의하기도 하였다.

"왜, 토이를 발로 차지요?"

"찬 것이 아니라 떠밀었어요."

"떠밀었는데 비명을 질러요?"

"엄살이야."

"토이는 엄살 안 떨어요. 그리고 떠밀더라도 손으로 하지 왜 발로 해요? 기분 나쁘게. 당신을 발로 떠밀면 좋겠어요?"

“사람하고 개하고 같아?”

“그럼요. 같지요.”

“어째서 같아? 같긴.”

“사람에게 불성(佛性)이 있는 것처럼 짐승에게도 불성이 있대요.”

“……”

“준동함령 개유불성(蠢動含靈 皆有佛性)이라고 당신이 말했잖아요?”

“그래, 알았어. 나나 토이나 똑 같다는 것.”

“부처님이 보시면 똑 같아요. 하나님이 보셔도 똑 같고요.”

“개똥철학 또 나오네. 그래, 알았어. 알았어.”

“철학은 당신의 특허품이지 나랑은 상관없어요.”

“그런데 써먹기는 당신이 써먹네. 나는 안 써먹는데.”

“그만 둬요. 난 바쁘니까. 그런데 죄 없는 토이한테 그렇게 하면 안 돼요. 더구나 ‘이 새끼’가 뭐에요? 도대체.”

“‘이 새끼’라면 좀 어때? 개한테.”

“영 못 알아들으시네요. 자칭 지성인이라면서 그런 교양 없는 말을 써도 된단 말인가요? 자신의 인격은 자신이 존중해야지요. 자신의 인격을 존중한다면 어떻게 그런 말이 나와요? ‘언행일치’ ‘지행합일’ 은 어디로 갔어요?”

“참 말도 많네. 나한테 지금 설교하는 거요? 훈계하는 거요?”

“……”

사모님이 말한 ‘언행일치’ 니 ‘지행합일’ 이니 하는 말은 회장님이 자주 하는 말이었다. 그리고 그의 서재에는 ‘지행합일’ (知行合一)이라는 작은 편액이 걸려 있었다. 그렇지만 회장님은 정말로 생각과 말과 행동이 일치하지 않는 것 같다. 오늘 커피 잔이 엎질러진 것도 회장님이 커피 잔을 아무렇게나 놓은 까닭이었다. 자기 잘못은 다 감추고 만만한 나에게 잘못을 뒤집어씌우는 것이었다. 사모님의 말이 분명히 옳았다. 이따금 회장님 서재를 들여다보면 발을 들여놓기가 어려울 만큼 책과 가방이 널려 있고 서가에는 먼지가 앉은 책이 빽빽하고 책상 위에는 온갖 잡동사니가 가득하여 정신이 어지러울 정도이다. 사모님은 책 좀 갖다 버리고 방 좀 정리하라고 성화지만 회장님은 소귀에 경 읽기였다.

사모님은 내 앞에서 회장님처럼 다른 품종을 칭찬하는 일이 없었다. 회장님이 그런 말을 해도 들은 척 만 척하는 것이었다. 나도 사모님을 따라 들은 척 만 척하기로 하였다. 아무리 내가 회장님의 말을 서운하게 생각하여도 회장님에게 표현하기도 어렵고 표현해 봤자 알아들을 리도 없고 알아들어도 오히려 나를 '꼴값' 한다고 비웃을 것 같았다. 그는 나를 완전히 무시하는 인간이니까.

나는 본디 아빠가 누구인지 엄마가 누구인지도 모르고 어느 페트 샵에서 자라고 있었다.

어느 날 어떤 아이와 숙녀가 오더니 나를 보고 첫눈에 들었는지 엄청난 돈을 주고 사갔다. 아마도 내가 다른 강아지들보다 귀여웠던 모양이다. 그런데 얼마 아니 되어 숙녀는 이사를 가게 되었다. 숙녀는 아이에게 말하였다.

“얘야, 큰일이구나. 우리가 이사 가는 집에서는 절대로 애완동물을 기를 수 없단다. 그러니 저 푸들을 어찌 하면 좋으냐? 엄마 친구에게 맡길 수밖에 없겠다.”

“안 돼, 엄마! 데리고 가야 해. 내가 데리고 갈 테니까 걱정 마!”

“글쎄, 안 된다니까. 이웃사람에게 폐를 끼치기 때문에 안 된단 말이야.”

“여기서는 길러도 괜찮은데 어째서 거기서는 안 된다는 거야? 이상하잖아?”

“원래 기르지 못하도록 하는 법이 있는데 주민들이 모두 상의하여 기르자고 결정하면 기를 수도 있는 거란다.”

“여기서는 그럼 다 같이 기르자고 결정한 거야?”

“아냐. 여기서는 사람들이 모르는 척하고 그냥 눈을 감아주는 거야.”

“그럼, 이사 가는 데서도 그렇게 눈을 감아주면 되잖아?”

“그러면 좋지만 거기서는 안 된단다. 한 집 두 집 눈을 감아주면 모두 기르게 되고 여러 가지 문제가 생긴다는 거야.”

“여러 가지 문제가 무언데?”

“우선 개가 짖는 소리가 나서 시끄럽고, 개의 병균이 사람에게 옮아서 해롭고, 또 개털이 빠져서 이리저리 날아다녀서 안 되고…….”

“싫어, 말도 안 돼!”

“그런데 집주인이 절대로 개를 기르지 말라고 했어. 우리가 이사 가는 집이 우리 집이 아니고 남의 집인데 우리가 임시로 집세를 내고 사는 거야. 그러니 도리가 없구나. 일단 엄마 친구에게 맡겼다가 나중에 가져오면 된다. 그럴 수밖에 없어. 엄마도 푸들을 데리고 가고 싶지만 하는 수가 없단 말이다.”

“안 돼! 절대로. 난 그럼 이사 안 갈 거야.”

“너 혼자 여기서 산단 말이야? 여기는 다른 사람들이 이사를 올 텐데. 너는 그 사람들하고 여기서 푸들을 데리고 혼자 살 수 있단 말이지?”

아이는 어리광도 부리고 울기도 하고 떼도 써 보았지만 엄마는 논리가 정연하고 나중에는 대꾸도 하지 않았다. 이리하여 나는 지금 살고 있는 회장님 댁으로 오게 된 것이다.

우리들 푸들은 본디 프랑스에서 살던 ‘스탠더드 푸들’ 을 인간들이 주물러서 몸집이 작은 ‘미니어처 푸들’ 을 만들고, 또 다시 주물러서 나타난 것이 ‘토이푸들’ 이라고 한다. 그래서 60센티미터나 되는 키가 줄어서 38센티미터가 되고 다시 28센티미터로 줄어들었다. 나는 지금 28센티미터밖에 안 되는 가장 작은 품종인데 우리들이 저절로 이렇게 작아진 것이 아니고 순전히 인간들이 장난을 쳐서 나처럼 이렇게 작게 만들어 놓고 ‘토이푸들’ 이라고 부르면서 장난감처럼 놀려대고 깔보는 것이었다.

인간들은 우리들 ‘토이푸들’ 을 가리켜 예쁘다, 데리고 다니기 쉽다, 사육비가 적게 든다, 손질하기가 쉽다, 털갈이를 하지 않는다, 또 머리가 좋아서 그런지 재롱을 잘 떨고 사람에게 붙임성이 있어서 정이 든다고 한다.

우리는 너무 연약하고 유전성 질환이 있다고 한다. 가랑이관절 형성이 부전하고, 진행성 망막위축증이 있고, 선천성 백내장이 있고, 간질이 있다고 한다. 그러나 이러한 질병은 인간들이 우리를 품종개량이라는 못 된 장난을 치면서 나타나게 한 것이 분명하다. 본디 하느님께서 창조해주신 것은 '스탠더드 푸들'인데 인간들은 하느님의 뜻을 함부로 저버리고 제멋대로 우리를 변조해 낸 것이다. 인간들은 그것을 기술이라고 하지만 그런 기술은 하느님의 뜻을 저버리는 아주 악독한 장난이며 벌을 받아 마땅한 큰 범죄이다. 언젠가는 인간들이 자기네의 잘못을 인정하고 회개하고 대죄(待罪)할 날이 올 것이 틀림없다. 하느님은 인간의 잔꾀를 인정하지 않고 미워하신다. 역천자(逆天者)는 반드시 망하고 만다.

우리는 인간들에게 그저 우리의 성품대로 대하는 것뿐이다. 우리는 인간들과 친하게 지내고 싶고 또 인간들이 먹여 주고 재워 주고 목욕시켜 주고 보호해 주고 병을 치료해 주는 것을 고맙게 여긴다.

내가 이 집, 회장님 댁으로 오기 전에는 이 집에서 '요크셔테리어'를 길렀었다고 한다. 인간들이 흔히 '요키'니 '요크'라고 부르는 것인데 영국 북부 잉글랜드의 요크셔에 살던 품종이란다. 19세기 중반에 스코틀랜드 지방의 노동자들이 일하러 요크셔에 갔다가 여러 가지 '테리어' 품종을 데리고 와서 널리 퍼지게 되었는데 테리어 품종은 곡식을 해치는 쥐를 잡는 재주가 뛰어나서 농민들에게 인기가 있었다고 하며, 여러 차례의 품종 개량을 거쳐 오늘날처럼 작은 몸집이 되었다. 그런데 '요크셔테리어'는 장이 약해서 아무 음식이나 함부로 먹을 수가 없단다. 사모님은 그 때 친척이 해외여행을 가면서 한 달만 맡아달라고 하여 회장님이 반대하는 것도 아랑곳하지 않고 맡았다가 친척이 오랫동안 돌아오지 않는 바람에 계속하여 길렀는데 회장님은 번번이 사모님을 나무라고 다퉜다고 한다. 회장님은 개를 기르면 위생적으로 좋지 않다고 하지만 가만히 보면 그 성품이 피도 눈물도 없고 이기적이고 자기만 아는 인간인 것 같다.

세상에는 푸들이나 요크셔테리어 외에 치와와, 몰티즈, 시추, 미니어처 핀서, 콜리, 페키니즈, 스페니얼, 셰퍼드, 비글, 달마티안, 차우차우, 퍼그, 포인터, 도베르만, 세인트 버나드, 시베리안 허스키, 잭 러셀 테리어, 사모예드, 아키다견, 시바견, 차이니스 크레스티드, 불도그, 파피용, 포메라니언, 복서, 골든 레트리버, 슈나우저, 그레이하운드, 진돗개, 삽살개, 풍산개, 제주개, 통일개 등이 있는데 우리들 푸들도 다른 품종에 비하여 결코 못난 품종은 아니다. 크면 큰 대로 작으면 작은 대로, 제각기 장점이 있고 단점이 있는 법이다. 어느 품종은 우수하고 어느 품종은 열등하다고 평가하는 것은 인간들이 저희들 눈으로 저희들 입맛에 따라 입방아를 찧는 짓이다. 하느님의 안목에서 보면 모두 평등하고 모두 선하고 소중한 것이다. 그런데 인간들은 하느님의 뜻을 너무나 모르고 날뛰는 수가 많다.

회장님 댁에서 기르던 요크셔테리어는 암컷인데 이따금 멘스를 하기 때문에 기저귀를 채워야 하고 양쪽 눈에 백내장이 와서 시각장애를 일으키고 하복부에 종양이 생겨서 수술을 받는데 20만원이나 들었다고 한다. 사모님은 요크셔테리어를 극진히 사랑하여 목욕도 자주 시키고, 사료도 충분히 주고, 닭고기와 양고기로 된 간식거리를 주고, 껌을 씹게 하고, 매월 한 번씩 페트 샵에 데리고 가서 털을 깎아주고, 예방접종을 해 주었단다. 돈도 많이 들었지만 사모님은 돈을 아까워하지 않고 마치 자기의 자식처럼 사랑해 주었다고 한다.

그러나 워낙 몸이 약하여 얼마 가지 못하여 죽고 말았다. 사모님은 회장님에게 부탁하여 삽을 들고 산으로 올라가서 양지바른 곳에 정성껏 묻어주고 그 옆에는 진달래를 심어주었다고 한다.

2

떠돌이

그런데 나를 기르던 주인이 이사 가면서 친구 집에 맡긴다고 한 말은 헛소리였다. 이삿짐을 꾸리던 날, 나를 아담한 박스에 넣어서 승용차에 태워서 데리고 간다고 챙겨 놓은 것을 인부가 잘못 알고 내가 들어 있는 박스를 쓰레기더미에 내다버리고 만 것이었다. 나는 무슨 영문인지 잘 알 수가 없어서 얼마동안 잠잠히 있다가 하도 답답하여 깽깽거리고 소리를 내어 짖어보았다. 그래도 아무도 달려오는 사람은 없었다.

그 때 마침 어떤 계집아이들이 재깔거리며 내 곁을 지나가는 소리가 났다. 나는 가만히 있으면 꼼짝없이 죽을 것만 같아 목이 터지도록 짖으며 발버둥을 쳤더니 어떤 계집아이가 와서 나를 꺼내 주었다. 만일 그 때 그 계집아이가 도와주지 않았으면 나는 쓰레기더미에 짓눌려서 죽고 말았을 터인데 죽지 않고 살아 나온 것은 행운이었다. 나는 이때부터 인간들이 무서워졌다. 자칫하면 인간들에게 버림을 받고 목숨을 잃을 것만 같았다.

나는 박스에서 탈출하자마자 무턱대고 아무데로나 달아났다. 인간들이 두렵고 싫어졌다. 인간들은 늑대보다도 더 흉악한 존재로 보였다. 아파트 뒤편 나무 숲속으로 들어가 보니 고양이가 지나다니던 길이 보이고 고양이 냄새가 났다.

고양이는 몸집만 작을 뿐이지 마치 호랑이처럼 생기고 무서운 이빨과 발톱을 가지고 있어서 사납기 짝이 없고 높은 나무에도 잘 올라가고 아무리 높은 곳에서 떨어져도 몸을 다치지 않고 사뿐 사뿐 착지한다는 말을 들었다. 고양이는 새도 잡고 뱀도 잡을 수 있고 쥐도 잘 잡아먹는다는데 나를 해치지 않을까 두려운 생각이 났다. 그리하여 한참동안이나 서서 주위를 살피고 있는데 과연 나보다 몸집이 커다란 고양이가 나타났다.

고양이 눈은 정말 무서웠다. 당장 쫓아와서 나를 물어 죽이지나 않을까 겁이 나서 벌벌 떨고 있는데 고양이는 점잖게 웅크리고 앉더니 이상한 눈으로 조용히 나를 바라보기만 하였다. 나는 고양이를 바라보고 꼬리를 흔들었다. 나의 겸연쩍은 인사였다.

그러나 고양이는 반가워하지 않았다. 나는 다시 꼬리를 흔들어 보았지만 소용이 없었다. 고양이는 위엄을 지키고 나 같은 물건하고는 상종할 가치가 없는 것처럼 냉담하였다. 나는 억지로 긴장을 풀고 고양이에게 호감을 보이려고 애써 보았다. 한참동안이나 침묵만 지키던 고양이는 나의 태도를 이해하였는지 입을 열었다.

"견공(犬公)은 어찌하여 여기까지 왔지요?"

묘공(猫公)의 말은 근엄한 편이지만 나에게 적개심은 없는 것 같았다. 은근히 반갑고 긴장이 풀리고 안심이 되었다. 우리는 드디어 대화를 주고받게 되었다.

"인간에게 버림을 받았답니다."

"인간에게 버림을 받다니? 인간이 왜? 무엇 때문에 견공을 버렸습니까?"

"이사를 가는 집에서는 절대로 애완견을 기를 수 없다는 법이 있어서 버린 것입니다."

"기를 수 없다면 누구에게 주든지 페트 샵이나, 견공호텔에다 맡기면 될 터인데."

"그런데도 나를 박스에 넣어서 버리고 말았습니다. 이렇게 살아나온 것만도 다행입니다. 인간들은 믿을 수가 없습니다."

"견공은 인간들이 가장 사랑하는 동물인데. 날마다 안아주고 씻겨주고 예쁜 옷도 입혀주고 마치 자식처럼 귀여워하던데."

"그렇긴 합니다. 그러나 필요가 없으면 언제든지 버리고 맙니다. 해마다 여름 휴가철이면 버려지는 동료들이 헤아릴 수가 없습니다."

"그래. 인간들이라는 존재는 믿을 수가 없지."

"묘공도 잘 아시는 것 같습니다. 정말 인간들은 믿을 수가 없습니다. 언제든지 필요가 없을 때는 가차 없이 버리고 맙니다. 그런데 묘공은 어떻게 여기서 살게 되었습니까?"

"난 본디부터 인간의 집에서 살지 않았어요. 우리 엄마는 탄천 하수구에서 우리들 오형제를 낳아가지고 기르더니 어느 날 문득 자취를 감췄어요. 나는 '야옹, 야옹' 울면서 엄마를 찾으러 다녔지만 찾을 수가 없었어요. 아마도 쥐를 잡으러 갔다가 사고가 나서 죽은 것 같아요."

"사고라니요? 자동차 사고인가요?"

"자동차 다니는 길에는 잘 가지 않으니까 자동차 사고는 아닌 것 같고 아마도 그 간사한 인간들이 버린 독극물을 먹고 죽은 것 같아요."

"그래서 어떻게 하셨나요?"

"그래서 우리 형제들이 며칠을 굶다가 하도 배가 고파서 이리저리 돌아다니며 풀도 뜯어먹어 보기도 하였지만 셋은 시름시름 앓다가 죽고 둘이 남았는데 우리는 서로 헤어져 돌아다니면서 인간들이 버린 음식 찌꺼기를 주워 먹기도 하고 우연히 쥐를 만나 사냥을 하기도 하였지요."

"엄마도 잃고 형제도 잃고 고생 많이 하셨네요. 그런데 인간들이 데려가지 않았습니까?"

"인간들은 견공처럼 애교를 떨고 아부하고 집을 잘 지키고 충성스러운 동물을 좋아하지 우리 같이 무뚝뚝한 동물은 좋아하질 않거든요."

묘공의 이야기를 듣고 보니 우리들 견공들은 인간들에게 정말로 애교를 떨고 아부하고 충성을 다하는 동물이었다. 인간들은 그래서 우리를 좋아하는 것이 분명한 것 같았다. 내가 보기에는 묘공들은 인물이 호랑이처럼 잘 생기고 털도 마치 호랑이처럼 화려하고, 인간들이 싫어하는 쥐를 잡아먹기도 하지만 인간들에게 조금도 애교를 떨거나 아부하지 않는 것이었다. 사실 묘공들은 인간에게 비교할 수 없을 정도로 점잖고 의젓하고 겸손한 동물이었다.

그런데 나는 어떠한가? 인간들에게 개성(personality)이 있고 묘공에게 개성이 있듯이 견공에게도 개성이 있고, 견공의 개성도 모두 똑 같은 것이 아니라 각각 다른 개성이 있는 것이 아닐까.

진딧물같이 작고 보잘것없는 동물도 같은 어미에게서 태어나지만 절반쯤은 다른 개성을 타고 난다는데. 인간들은 애교 떨고 아부하는 동물을 좋아하고 인간들 자신이 돈 많고 권력 있는 인간에게는 우리들보다도 더 애교를 떨고 아부하고 충성하는 것 같았다.

"묘공의 말이 맞습니다. 인간들이 본디 애교 떨기를 좋아하고 아부하기를 좋아하기 때문에 우리 같은 동물을 좋아하는 것 같습니다."

"그래서 '여우같은 인간' 이라는 말도 있지요. 그런데 견공들은 인간들처럼 악한 짓은 하지 않으니까 인간에게 견줄 수는 없지요. 인간들은 정말로 형편없이 악한 동물이란 말이오. 그래도 인간들은 머리를 잘 쓸 줄 알고 기계를 발명하고 동물을 잡아먹는 기술을 가지고 있어서 우리들이 인간들을 어떻게 할 수가 없단 말이오. 아마도 인간들은 얼마 가지 않아서 스스로 제 발등을 찍고 망하게 될 것이 분명합니다."

　　고양이는 이야기를 멈추고 슬그머니 일어나서 걷기 시작하였다. 나는 고양이 뒷모습을 바라보다가 그의 뒤를 멀리 따라가 보았다. 해는 벌써 서산으로 넘어가고 어두워지는데 고양이는 주민자치센터 뒤편으로 가서 비닐 쓰레기봉투를 뒤지기 시작하였다. 봉투를 이빨로 물어뜯지만 별로 먹을 것은 없는 모양이었다. 나는 고양이가 사라지기를 기다렸다가 쓰레기봉투로 다가갔다. 내가 먹던 사료는 없고 맨 잡동사니만 가득하였다. 나는 아무데로나 발길을 옮기며 무엇이나 먹을 만한 것이 없나 찾아보았지만 도무지 먹을 것이라고는 보이지 않았다.

　　한참을 헤매던 끝에 다시 고양이를 만났다. 고양이는 무엇을 먹고 있었다. 맛있게 먹는 것이 부럽기도 하지만 비린내가 코를 찌르는 것을 보면 영락없는 쥐 같았다. '쥐를 잡아먹다니!' 고양이는 정말 잔인하기 짝이 없고 하느님에게 벌을 받을 짓을 하는 것 같았다. 쥐도 고양이와 똑같은 생명을 가지고 태어나서 사는 동물인데, 그리고 고양이에게 한 번도 해를 끼치지 않는데 나처럼 사료를 먹지 않고 어째서 불쌍한 쥐를 잡아먹는지 알 수가 없었다. 사실 바로 말하면 나도 쥐를 잡을 만한 실력이 있고 또 먹어볼 수도 있지만 차마 그런 생각을 할 수는 없는 노릇이었다. 그런데 고양이란 놈은 천성이 악독한 모양이었다.

　　고양이는 다 먹고 나서 또 한참 동안이나 웅크리고 앉아 있었다. 나는 고양이를 바라보기만 하였다. 어쩐지 모르게 나를 공격할 것같이 두려운 생각이 들었다. 한참이나 가만히 있던 고양이는 다시 움직이기 시작하였다. 나는 또 멀찌감치 따라갔다. 고양이는 다시 주민자치센터로 가서 먼저 헤집었던 쓰레기를 다시 헤집는 것 같았다. 그러나 쉽사리 포기하고 말았다. 나는 고양이를 따라다니다 보면 무엇인지 먹을 것이 생길 것 같았다. 그러나 거의 허사라는 것을 금세 깨달았다.

나는 고양이가 가지 않는 곳으로 가보기로 하였다. 사람들이 지나다니는 길로 들어섰다. 아니나 다를까 무엇이 보였다. 가서 보니 중학생들이 버린 종이컵이었다. 이따금 맡아보던 떡볶이냄새가 코를 찔렀다. 나는 앞뒤를 가리지 않고 컵을 핥아보았다. 달착지근하였다. 맛이 좋았다. 그런데 이렇게 맛이 좋은데 어째서 주인은 나에게 한 번도 떡볶이를 주지 않았는지 궁금하였다.

나는 학생들이 지나다니는 곳엔 먹을 것이 있으리라는 생각으로 그들의 뒤를 슬슬 따라다니기 시작하였다. 내 생각은 거의 어긋나지 않았다. 떡볶이 컵을 아무데나 버리고 가는 것이 눈에 띄었다. 나는 얼른 쫓아가서 핥아 먹었다. 어떤 때는 빨리 버리기를 바라며 쳐다보기도 하였다. 그런데 한 번은 학생이 갑자기 떡볶이 한 개를 나에게 던져주는 것이었다. 나는 미친 듯이 달려들어 먹어버렸다. 입안을 톡 쏘는 맛이 나며 기분이 상쾌하였다. 나는 얼른 삼켜 버리고 다시 던져주기를 기다렸다.

그런데 학생은 나를 노려보면서 냉정하게 말하였다.

"안 돼. 이제 하나밖에 없어. 나도 배고파. 이거 먹고 학원에 가야 돼!"

학생이 나를 치사한 동물로 보는 것 같아 기분이 언짢았지만 빨리 그 빈 컵이라도 던져주었으면 좋겠다고 마음먹고 그의 행동을 지켜보았다. 아니나 다를까 그는 몇 발짝 가지 않아서 빈 컵을 내동댕이쳤다. 나는 쏜살같이 달려가서 컵을 물고 화단 안으로 들어가서 마구 핥아 먹었다.

나는 이제 주식으로 먹던 사료를 포기하고 오직 떡볶이만 생각하게 되었다. 나는 어느 날 자동차가 많이 다니고 사람들이 건너다니는 건널목으로 가게 되었는데 떡볶이 냄새가 진동하는 것을 알게 되었다. 사방을 둘러보니 바로 건널목 옆에 학생들이 여럿이 모여서 떡볶이를 먹고 있었다. 그곳은 바로 떡볶이 가게였다.

나는 머뭇머뭇하다가 학생들 곁으로 다가갔다. 학생들 다리 사이로 떡볶이 한 개가 땅위에 떨어져 있는 것이 보였다. 학생들이 먹다가 실수로 떨어뜨린 것이었다. 나는 학생들의 다리 사이로 달려들어 재빨리 물고 나왔다. 그러나 학생의 다리를 건드리고 말았다. 학생은 놀라는 태도로 나를 노려보았다. 그리고 떠들어대었다.

"에이! 더러워……."

"저거 푸들 아니야?"

"그래, 푸들 맞아. 우리 것하고 닮았다."

"저거 누구네 거냐?"

"임자가 없는 것 같잖아? 임자가 있으면 저렇게 더러워?"

"아줌마, 저 푸들 누구네 건지 아세요?"

"몰라, 어제도 왔었는데. 주인도 없이 떠돌아다니는 갠가 봐."

"예? 떠돌아다녀요?"

"그래, 떠돌이."

"그럼 가출한 개라는 건가요?"

"그래, 가출한 개. 저놈도 사춘긴지 모르지. 가출청소년처럼."

학생들은 멋쩍게 웃으면서 나를 쳐다보았다. 그리고 한 학생이 나를 부르더니 떡볶이 한 개를 던져 주었다. 나를 불쌍한 가출청소년으로 보는 것 같았다. 그러나 가출청소년은 제가 제 발로 집을 나가는 것이지만 나는 주인에게 버림을 받은 것이나 다름이 없었다.

만일 나를 버리지 않았다면 그 동안 나를 찾으러 오기라도 했을 터인데 찾으러 오지도 않는 것을 보면 고의로 버린 것이 틀림없는 것 같았다.

나는 이튿날도 떡볶이 가게로 갔다. 오전이라 그런지 학생들은 보이지 않았다. 주인아줌마가 나를 쳐다보며 불쌍하다는 표정을 지으며 떡볶이 한 개를 던져 주었다. 그러더니 다른 아줌마가 소리쳤다.

"버릇돼요. 자꾸 주면. 어제도 왔더니 오늘도 왔잖아요?"

"그래도 불쌍하잖아요? 떠돌인데."

"웬 놈의 주인이 찾아가지도 않아?"

"잃어버렸으면 찾으러 다니겠지만 일부러 버렸으면 찾을 리가 없지요. 요즘 개를 버리는 사람들도 많다니까."

"살 때는 언제고 버릴 때는 언제야?"

"살 때는 살 때고 버릴 때는 버릴 때지요. 아, 요즘 세상엔 부모도 버린다는데 그까짓 강아지 한 마리가 대순가요?"

“그래도 그렇지. 그 몰인정한 개만도 못한 인간들이야 말해 무엇해요. 부모도 몰라보고 처자도 몰라보는 인간들이 얼마나 많은데. 세상은 말세야. 말세.”

“하도 먹고 살기가 어려우니까 그렇겠지 뭐.”

“살기가 어려운 것은 핑계지요. 아무리 살기가 어려워도 그럴 수는 없잖아요? 살 만하고 배워서 출세했다는 인간들도 부모를 배신하고 용돈도 안 드려서 고생하는 독거노인들이 부지기수래요.”

“망할 놈들!”

“망할 놈들이 아니라 망할 년들이래요. 며느리가 더 심하대요. 시어미 알기를 무슨 거지로 안대요. 어쩌다 용돈 몇 푼 드리고는 어떻게 생색을 내는지 말할 수가 없대요.”

“그래서 자식 기르는 데 너무 돈들일 필요가 없어. 노후를 생각해야지.”

“시어머니가 자식들 기르느라고 노후준비를 못했다고 말하면, 남들은 자식도 기르고 재산도 많이 물려준다고 하면서 기를 죽인대요.”

“망할 년들. 저희는 시어머니 안 될 건가.”

나는 아줌마들이 떠드는 소리를 들으면서 인간들 중에는 개만도 못한 인간들이 많다고 생각되었다. 나는 개들이 부모를 버린다는 말을 들어 본 일이 없었다. 가만히 생각해 보니 개들은 부모하고 함께 살지도 않고 새끼가 어미를 봉양하지도 않는 것이었다. 하지만 개들은 절대로 인간처럼 나쁜 짓을 하지는 않는 것 같다.

나는 떡볶이 한두 개로 창자를 달래고 밤이 되면 고양이가 웅크리
고 있는 옆에 가서 웅크리고 잠을 잤다. 추워서 잠을 자기가 어려울
때는 아무데로나 어슬렁거렸다.

떠돌이 생활을 시작한 지도 그럭저럭 두 주일이 지났다. 하루는
떡볶이가게로 갔더니 잃어버린 개를 찾는다는 이야기가 들렸다. 이
매 제2지하보도에 개를 찾는다는 벽보가 붙어 있다는 것이었다. 나
는 그 곳이 어딘지는 잘 모르지만 혹시 나를 찾는 벽보가 아닌지 궁
금하였다. 그래서 사람들이 떠드는 소리에 귀를 기울였다.

그런데 그 내용을 자세히 아는 사람은 없었다. 인간들은 무얼 정
확히 알지도 못하면서 떠들기를 좋아하는 것 같았다. 내가 만약 벽
보를 보았다면 자세히 읽어서 확실한 이야기를 할 것 같았다. 다시
한 주일이 지나도 별다른 소식이 없고 달라지는 것이 없었다. 사람
들은 또 숙덕거렸다.

"저 떠돌이, 페트 샵에서 필요하지 않나?"

"글쎄요. 거기서 데려다가 목욕시키고 털이나 깎아 놓으면 예쁠
것 같은데. 저런 것도 살려면 한 4~5십 만원 줘야 하잖나?"

그들의 이야기를 들으니 바로 같은 건물 안에 페트 샵이 있다는
것이었다. 나는 혹시 그 집으로 가게 될지도 모른다고 생각하였다.
그리 가서 운수가 좋으면 며칠 안 가서 착한 주인을 만나 호강할 수
도 있을 것 같았다. 그러나 만일 주인을 잘못 만나면 떠돌이 생활만
도 못할 것 같았다. 떠돌이 생활이 처음엔 고생이었지만 차츰 익숙
해지는 것 같았다. 주인이 없어서 주인 눈치를 볼 필요가 없고, 첫째

는 대소변을 마음대로 아무 때나 아무 곳에나 보아도 간섭하는 인간
이 없어서 좋았다.

나는 사람들이 다니는 길이나 어린이들이 노는 놀이터나 아무데
나 가리지 않고 대소변을 보아도 상관이 없었다. 아무것도 부끄러울
것이 없었다. 완전히 자유였다. 자유라는 것이 얼마나 좋은 것인지
비로소 알게 되었다. 인간들이야 눈살을 찌푸리고 무어라고 하건 말
건, 어떻게 생각하건 말건 신경 쓸 필요가 없었다. 떠돌이가 되어 가
장 큰 행복은 대소변의 자유였다.

그런데 하루는 어떤 신사 숙녀가 떡볶이가게로 와서 나를 보자마
자 주인에게 말하였다.

"일전에 말씀하신 개가 바로 저건가요?"

"예, 그래요. 마침 나타났네요. 목욕만 시키면 모양도 예쁠 것 같
아요. 마음에 드시면 가져가시지요."

"그런데 임자가 있는지도 모르는데."

"임자 없어요. 누가 버린 것 같아요."

"어디 개를 찾는 벽보가 붙어 있다면서요?"

"아, 그것을 누가 자세히 보았는데 스탠더드 푸들이래요. 쟤는 토
이푸들이잖아요? 또 만일 주인이 나타나면 주인에게 돌려주면 되지
요. 그 동안에 돌봐주었다고 고마워할 테지요."

그들은 몇 마디 이야기를 주고받더니 나에게 떡볶이 한 개를 내밀
었다. 그리고는 나를 집어 들더니 쇼핑백에 담아가지고 자동차의 뒷
좌석에 싣고 떠났다. 내가 간 곳은 이매동 신선아파트 902호였다. 바

로 회장님 댁이었다.

사모님은 나를 욕실로 들고 가서 목욕물을 준비하였다. 그리고는 마치 손빨래를 할 때처럼 나를 씻기기 시작하였다. 샴푸를 뿌려가며 구석구석 모두 씻었다. 사타구니도 사정없이 씻어 주었다. 모처럼의 목욕이라 귀찮은 생각보다는 시원한 기분에 사로잡혔다. 이윽고 수건으로 물기를 모두 닦아내고 나서 사모님은 나에게 향수를 뿌리면서 중얼거렸다.

"자, 자스민 향수를 좀 뿌려보자. 아주 기분이 좋아질 거야."

나는 전에도 '자스민' 이라는 말을 들어본 것 같았다. 그것은 중국 사람들이 '모리화' (茉莉花)라고 부르는 꽃인데 차를 다려 마시는 것으로만 알고 있었다. 그리고 어떤 나라에서는 '모리화' 가 나라꽃이고 독재자를 쫓아내는 시위대들이 부른 노래라는 말을 들은 일이 있었다. 인간들은 모두 악한 짓을 잘 하는데 독재자는 훨씬 더 악한 인간일 거라고 생각되었다. 사모님은 나를 데리고 거실로 가더니 사료를 내왔다. 얼마나 먹고 싶은 사료였는지 나는 꿈만 같았다. 사모님은 회장님과 이야기를 주고받았다.

"개가 엄청 말랐어요. 통 먹질 못 했나 봐요."

"겉으로 봐도 개가 기운이 하나도 없어 보이네요."

회장님은 나를 '토이' 라고 불러주었다.

"토이, 이리 와 봐. 밥은 그래 어디서 얻어먹었어? 이놈아. 쯧쯧."

나는 떠돌이 생활 5주일이 넘도록 음식을 얻어먹은 것은 떡볶이가 고작이고 어느 누구에게도 사료를 얻어먹어 본 일이 없었다. 본디 사람들이 먹는 쌀밥이나 반찬이나 과일이나 빵이나 여러 가지 간식은 내가 거의 먹어 본 일이 없기 때문에 바라지도 않았었다. 그러니 무엇이나 먹은 날보다는 굶은 날이 더 많았다.

하루는 탄천에서 어떤 노인을 만났는데 그는 아주 남루하고 때가 꼬질꼬질한 옷을 걸치고, 겨울도 아닌데 두터운 방한복을 입고 있었다. 인간들은 그를 '거지' 라고 불렀다. 그는 가정도 없고 집도 없어서 여름에는 혼자 다리 밑에서 자는 것을 보았는데 추운 겨울에는 어디서 자는지 알 수가 없었다.

인간들은 나를 그 거지와 같은 신세라고 보았다. 주인이 데리고 다니는 개들을 보면 은근히 미소를 던지며 아부를 하면서도 나를 보면 멸시하는 태도를 보였다. 나를 멸시하는 인간들을 나도 좋아할 수가 없었다. '그래, 너 잘났어. 인간들아!' 하고 나는 그들을 비난하고 그들을 무시하고 싶었다. 부자나 강자에게는 비굴하고 빈자나 약자에게는 교만한 인간들! 상대방이 누구냐에 따라 쓸개를 빼 던졌다 집어넣었다 하는 변덕쟁이들! 똑 같은 일이라도 남이 하면 그르다고 하고 제가 하면 옳다고 하는 간교한 인간들! 하느님이 바라보시면 인간이나 개나 부자나 거지나 모두 같은 것인데 인간들은 인간이 제일이고 부자가 제일이고 권력이 제일이라고 생각하는 것 같았다.

아무튼 나는 이제 떠돌이 생활을 면하고 새로운 주인을 만난 것이 다행이었다. 두고 보아야 알겠지만.

3

그들의 교육

나는 사모님의 사랑을 받으며 살게 되었다. 마음 착한 사모님은 임자가 나타날 때까지 나를 지성으로 돌보아주려고 애썼다. 그러나 회장님은 나에게 관심이 없는 것 같았다. 나는 회장님이 무슨 직업에 종사하였는지 잘 모르고 왜 회장님이라는 호칭을 좋아하는지도 잘 모른다. 다만 남들이 그를 회장님이라고 부르는 것을 보았고 회장님이라고 부르기만 하면 그도 은근히 좋아하는 모습을 보았을 따름이다.

회장님에게 전화를 거는 인간들은 어떤 인간들인지 잘 알 수가 없다. 별의별 인간들이 모두 전화를 거는 것 같다. 통화하는 내용을 들어 보면 매우 잡다한 편이었다.

회장님은 아주 고상한 취미를 가진 것 같았다. 거실에는 상당히 값나가게 보이는 피아노가 자리를 차지하고 있고, 예술가들의 초상

화가 그 피아노 위에 놓여 있고, 벽에는 값나가는 그림이 걸려 있는
가 하면 그의 서재에는 책이 수북하게 꽂혀 있고, 바이올린 기타 하
모니카 단소 같은 악기가 있었다. 그러나 회장님이 악기를 연주하는
모습은 좀처럼 볼 수가 없다. 어떤 때는 삑! 삑! 하는 소리가 나서 쫓
아가 보면 다시는 소리가 나지 않았다.

그는 녹음테이프나 CD를 틀거나, 아니면 컴퓨터에 저장된 음악을
듣는다. 음악을 좋아하기는 하지만 악기는 거의 배운 일이 없거나
배우다가 만 것 같았다. 아코디언도 사서 배우다가 말고 반값에 팔
아버렸다고 한다. 그는 마음에 드는 음악이 있으면 녹음테이프에 녹
음하기를 즐겼다. 녹음할 때는 서재의 출입문을 꼭 닫아 잡음이 나
지 않게 하고 사모님이 말하는 것도 제지할 때가 많다. 그런데 CD를
구워내는 방법은 모르는 것 같다.

그는 틈만 있으면 컴퓨터 모니터 앞에 앉아서 전자우편을 열어 보
았다. 전자우편은 늘 많이 쌓여 있었다. 어떤 때는 무려 4천여 통이
나 쌓여 있어서 오래 된 것부터 대강 보아서 보존할 필요가 있는 것
은 '편지이동' 절차에 따라 처리하고 어떤 때는 그것도 귀찮아서 사
정없이 삭제해 버리는 수도 많았다.

회장님이 제일 아끼는 메일은 음악과 시와 고전이었다. 음악은 한
국음악이나 서양음악이 대부분이지만 그는 일본음악도 좋아하였
다. 일본이라는 나라는 잔인무도한 만행을 저지른 나라라고 흥분하
여 비판하는 수도 있지만 음악의 가사가 마음에 들고 곡이 한국음악
과 유사하여 부르기가 쉽다는 것이었다. 사실 회장님의 연세에 일본

어를 회장님만큼 이해하는 인간들도 많지 않은 것 같았다. 그의 서재에는 일본 서적이 많이 꽂혀 있다.

한 때는 일본의 천재작가로 알려진 나쓰메소세키(夏目漱石)의 〈도련님〉을 사다가 읽더니 다시 〈나는 고양이다〉를 사다가 읽는 것을 보았다. 그는 일본어로 된 책을 읽으면서 잘 모르는 것은 한글로 된 '주석'을 보기도 하고 한글번역문을 보기도 한다. 그리고 MP-3 일본어 CD를 컴퓨터에 저장해 놓고 틈만 있으면 듣곤 한다. 친일파는 아닌 것 같은데 말이다.

그는 하루에도 몇 차례씩 전자우편을 열어보고 음악과 시와 고전을 챙기지만 그보다도 캐나다에서 오는 외손녀들의 메일은 특별히 '캐나다소식'이라는 편지함에 별도로 저장하고 출력하여 읽어보고 보존한다. 그의 큰 딸은 2009년 8월, 비가 몹시 쏟아지던 어느 날, 아이들을 데리고 한국을 떠나기 위하여 인천공항으로 갔으나 비행기의 정비로 이륙하지 못하고 이틀이나 호텔에 머물다가 캐나다 밴쿠버로 갔는데 다행히 아이들이 현지 학교에서 잘 적응하여 학교가 항상 재미있다고 한다.

회장님은 070번으로 시작되는 인터넷전화를 개설해 놓고 며칠만큼 외손녀들과 통화를 하고 또 전자우편을 주고받는다. 얼마 전에는 화상채팅 카메라를 설치해 놓고 이따금 얼굴을 마주보며 채팅을 한다. 화상채팅은 본디 그 둘째 딸이 한국에서 박사학위를 받고 나서 미국 텍사스 주립 휴스턴대학교에 가서 3년간 연구생활을 하는 동안에 하던 것인데 이제는 캐나다와 채팅하는 것이 예사로운 일이 된 것이다. 어떤 때는 사모님과 아들네 식구들이 모두 한꺼번에 채팅을 하느라고 법석을 떤다. 나는 구정(舊正)을 보내고 나서 그들이 화상채팅을 하는 것을 보았다.

"그래, 루나 뉴 이어 이벤트(음력 설 행사)는 어떻게 했니?"

"나는 한복을 입고 학교에 가서 여러 가지 게임도 하고 한국음식도 먹고 중국음식도 먹었어요."

"아, 그렇지? 네가 보낸 메일을 읽었는데 내가 잊어버리고 있었구나."

회장님은 채팅이 끝나고 샤네시(Shaunessy)초등학교 6학년에 다니는 안젤라(Angela)가 보낸 메일을 다시 살펴보았다. 한국 엄마들과 중국 엄마들이 학교에 봉사하러 왔는데 엄마는 장구와 북과 징을 쳤다는 것, 그리고 체육관에서 윷놀이, 딱지치기, 한국어로 이름쓰기, 투호, 활쏘기, 고무줄놀이, 제기차기를 하였는데 한복을 입었기 때문에 고무줄놀이하기가 힘들었다는 것, 그리고 약과와 소라과자를 먹은 일, 담임선생님이 척추가 아파서 3월 4일까지는 학교에 출근하지 못한다는 것, 학급에는 네 사람의 한국 학생이 있는데 세 사람이 한복을 입고 왔다는 것들이었다.

그리고 외손녀가 '어버이날에 보내드리는 편지' 라는 제목으로 삼성교회에서 발표한 글이 있었다.

내가 세상에서 제일 사랑하는 우리 엄마 아빠!

저, 작은 딸 해영이에요. 이제까지 부모님의 사랑과 은혜에 항상 감사하면서도 표현을 제대로 못한 것 같아요. 오늘 어버이날을 맞이하여 엄마 아빠를 생각하며 글로써 인사드립니다.

엄마 아빠, 저를 이렇게 건강하고 예쁘게 길러주셔서 감사해요. 그리고 하나님의 자녀로 찬양의 즐거움을 알게 해 주셔서 감사하고요. 그동안 제가 엄마 아빠의 마음을 아프게 한 적이 많았지요? 제가 버릇없는 말과 행동을 할 때 속상해 하는 엄마를 보면 제 마음도 좋지 않았어요. 저도 엄마 아빠 말씀 잘 듣는 좋은 딸이 되고 싶은데 그게 잘 안 되었어요. 엄마 아빠가 저를 위해 수고하시는 모든 일들은 당연히 해야 할 일이라고 생각했던 저를 뒤돌아보니 정말 부끄러워요. 앞으로는 엄마의 마음을 좀 더 헤아리고 엄마를 미소 짓게 할 수 있도록 노력할게요.

우리를 위하여 한국에서 열심히 일하시는 아빠께도 죄송해요. 아빠는 우리가 보고 싶어서 자주 전화하시는 건데 저는 귀찮아할 때도 많았고 짜증을 내는 때도 많았어요. 아빠는 저랑 많은 이야기를 하고 싶어서 제가 좋아하는 음악도 다운 받아서 듣고 제가 즐겨보는 TV프로그램도 보시죠? 그래서 저는 요즘 아빠와 얘기할 것도 많아지고 전화하는 시간이 즐거워졌어요. 아빠가 저희와 가까워지고 저희 마음을 이해하려고 노력하시는 것처럼 저도 노력할게요.

그리고 아빠, 나무가 멋있고 구름이 아름다운 캐나다에 우리를 보내주셔서 감사해요. 처음엔 친한 친구들과 헤어져 낯선 곳에 오는 것이 그리 좋진 않았지만 지금은 행복해요. 여러 가지 재미있는 경험도 많이 하고 공부도 열심히 하고 있어요. 그리고 캐나다의 자연처럼 아름다운 사람이 되고 싶어요. 다음에 오시면 제가 안마도 해 드리고 아빠하고 같이 산책도 하고 싶어요. 부모님 덕분에 전 공부할 때나 놀 때나 언제나 편안하고 행복합니다.

할머니가 우리 가족을 위해서 항상 기도하시는 것처럼 우리 자매를 위하여 기도하시는 아빠 엄마. 저도 언니와 제가 하나님과 부모님의 기대에 어긋나지 않게 자라고 두 분의 얼굴에 항상 웃음꽃이 필 수 있게 해달라고 주님께 기도할게요. 우리 가족을 이 세상에 보내주시고 지금도 아낌없는 사랑으로 돌보아 주시는 하나님께 진심으로 감사드립니다. 제가 유치원 다닐 때 엄마 아빠 앞에서 불러드렸던 노래를 기억하시죠?

몇 천 번을 불러도 또 부르고 싶은 말
내가 좋아하는 그런 말이 하나 있죠
어머니를 부를 때마다 다가서는 어머니 얼굴
나에게 사랑으로 가르치시네
몇 천 번을 불러도 또 부르고 싶은 말
내가 제일 좋아하는 어머니, 내 어머니

이 노래를 들으면서 엄마가 많이 행복해 했었죠. 이제 제가 자주 불러 드릴게요. 엄마 아빠, 늘 건강하시고 우리 가족 모두 언제나 화목하고 행복하게 살아요. 엄마 아빠 사랑해요.

2011. 5. 8

어버이날에 ○○○ 올림.

8학년(중학교 1학년)에 다니는 아이린(Irene)이 보낸 메일에서는 학교 강당에서 바이올린4중주, 가야금 연주, 부채춤 공연이 있었고, '도라지'와 '아리랑' 4중창이 있었다는 것, 중국 사람들은 중국무용과 중국악기(중국바이올린, 아후) 연주가 있었는데 코카시안(백색인종)들에게는 매우 새로운 것이었다는 것이었다.

그런데 회장님은 애완견을 싫어하기 때문에 외손녀들이 애완견을 기르고 싶다고 해도 애써 말린 일이 있었다. 그래서 캐나다에서는 고슴도치(hedgehog)를 한 마리 사다가 기른다는 것이었다. 아이들은 성적도 비교적 우수한 편이고 1주일에 두 차례씩 독서도서관(리딩 라이브러리)에 다니면서 영어공부를 한다고 한다. 갈 때마다 동화책을 두 권씩 집으로 가지고 와서 읽고, 독후감을 써가지고 가서 발표한다는 것이다.

회장님은 캐나다의 교육에 관하여 알고 싶은 것이 많았다. 그래서 딸에게 캐나다의 교육에 관하여 대강 본대로 알려달라고 하였다.

이윽고 편지가 날아 왔다.

아빠, 안녕하세요?

건강은 어떠세요? 한국에는 요즘 일교차가 심하다는데 감기 조심하세요.

여기는 이제 비의 계절이 돌아왔어요. 밴쿠버 사람들은 우기가 오면 'Rainy, rainy, still rainy'라 하고, 건기가 오면 'Construction! and construction!'이라고 불평을 해요. 겨울엔 비가 워낙 자주 오니까 건기인 여름 내내 건설공사를 해요. 넓은 땅에 최고의 자연을 가져서 그런지 친절한 사람 많고 여유가 많고요……. 한국 사람들은 속 터져서 이 나라에 못 살겠단 사람이 많아요. 이 사람들 너무 느려 터지니까요.

학교 선생님들은 칭찬을 많이 하고 친절해요. 학예회에 가 보면 한국에 비하여 너무나 어설프고 시시한데도 학부모들이 얼마나 환호하고 뿌듯해 하는지 처음에는 모두 모자라는 사람들처럼 보였어요. 그런데 참 좋은 점이죠? 칭찬을 많이 한다는 건.

초등학교(elementary school)에서는 대체로 수학교과서만 사용하는데 무척 쉬운 내용을 자세히 설명해 놓고, 학생들이 이유와 원리를 이해하고 설명할 수 있게 유도하지요. 너무나 당연하여 이유가 없는데도 왜 그런지 설명하래요. 당연한 것에 대하여 의문을 품고 생각하게 하는 훈련을 시키는 것 같아요.

과학과 사회 교과서도 있긴 있는데 거의 사용하지 않고 담임의 재량대로 준비한 자료를 가지고 수업해요. 인터넷 동영상을 같이 보기도 하고 선생님이 주제를 주면 몇 명씩 그룹이 되어 며칠 동안 조사하고 발표자료를 만들어서 발표해요. 혼자서 잘 하는 것은 소용없고 친구들과 함께 열심히 잘 해야 좋은 평가를 받아요.

1교시와 2교시 사이에는 쉬는 시간이 있는데 기온이 영하로 내려가지만 않으면 학생 모두가 운동장으로 나가야 해요. 비가 늘 오지만 거의 부슬 부슬 오기 때문에 비를 맞으며 놀게 해요. 그 시간에는 선생님들도 쉬어야 하기 때문에 학교건물에는 아무도 남아 있지 못하게 해요. 캐나다 법에 어린 아이들끼리만 못 두게 되어 있거든요. 운동장에 전담 감독관이 있어서 아이들에게 위험한 일이 있는지 싸우거나 다치지는 않는지 감독해요.

고등학교(secondary school)도 8~9학년은 초등학교 때보다 교과내용이 조금 심화되고 과목이 다양해지지만 한국에 비하면 쉬운 편이고 10학년부터는 조금씩 어려워진대요. (이 글을 쓰면서보니 캐나다의 교육에 관하여 제가 거의 아는 것이 없는 것 같네요).

외국인으로서 어떻게 공부해야 할지 혹은 캐나다인과 경쟁할 때 뭘을 어떻게 해야 유리한지 조금씩 귀동냥한 것밖엔 없어요. 제 주위 사람들 대부분도 저와 비슷하게 아이들이 좀 자란 후에 여기로 왔고, 대학을 한국으로 가거나, 여기서 대학을 마치고 한국에서 살 가능성이 많기 때문에 캐나디안과는 교육방법과 교육관이 조금 차이가 있어요. 캐나다 학교를 다니면서 한국적인 교육방법을 가미한다고 해야 되나요?

예를 들면 한국대학이나 미국대학으로 진학할 때 필요한 SAT시험을 위해서 영어학원을 따로 다니거나 한국 수학과외도 따로 받지요. 여기는 학과공부만 잘 하는 것보다는 운동, 봉사활동, 음악 등 어렸을 때부터 무언가를 꾸준하게 해 오고 있는 것을 높이 사기 때문에 악기나 운동을 많이 배웁니다.

한국에서는 예체능을 어렸을 때 많이 시키다가 학년이 높아지면 다 끊어버리는데 여기는 고등학교를 졸업하고 대학에 가서도 열심히 해요. 또 모든 과목의 시간배정이 똑 같아요. 영어, 수학,

사회, 과학, 체육, 외국어는 필수과목이고, 인영이는 선택과목으로 현악합주와 요리를 선택하였는데 8과목 모두 수업횟수와 양이 같아요. 하루에 4과목씩 격일로 해요. 한국에서는 주요과목은 수업량이 많고 예체능과목은 거의 하지 않는대요.

대학입시는 12학년 때의 영어, 수학, 사회, 과학의 내신 성적만 가지고 원서를 내는데 학교와 전공에 따라서 외국어나 고등학교 필수과목 외의 다른 과목 이수성적을 요구하기도 해요. 고등학교에서 배우는 필수과목은 고등학교를 졸업하기 위해 필요한 것이고, 좋은 대학을 가려면 자기전공에 관련된 과목들을 선택과목 중에서 10학년 때부터 미리 이수해 놓아야 하고 예체능활동이나 봉사활동도 꾸준히 열심히 해야 합니다.

College를 가거나, University를 안 가는 사람은 편하게 고등학교를 마칠 수 있지만 좋은 대학을 가려는 사람은 여러 가지 어려운 과목을 선택하여 이수하고 성적도 잘 받아야 하기 때문에 굉장히 열심히 해야 합니다. 게다가 대학 공부가 무척 어려워서 대학에선 물론이고, 고등학교 때부터 열심히 하지 않은 사람은 대학을 졸업할 수가 없기 때문에 학교 성적이 좋아도 여유부리지 않고 정말로 열심히 해야 한답니다.

또 여름방학 때 summer school을 신청해서 다음 학년 수업을 미리 들을 수도 있어요. 10학년 때부터 방학 때마다 다음 학년 과목을 미리 이수하면 1년간 조기졸업을 할 수도 있어요. 아주 뛰어난 학생일 경우죠.

한국과 다른 점 또 한 가지는 성적을 낼 때 절대평가를 하기 때문에 성적표에 등수(석차)가 없어요. %로 성적을 표시하는데 다른 아이들과 비교한 %가 아니고 그 수업내용을 얼마만큼 알고 있느냐에 대한 %에요. 만일 영어성적이 80%로 나왔다면 그 수업과정에서 알고 이해해야 하는 것의 80% 수준에 해당한다는 것이지요. 100점 만점에 80점이랑 비슷한 거지요.

학년마다 상담선생님이 따로 있어서 수강신청, 가정문제, 친구문제, 진로문제까지 상담할 수 있는데 학생이 직접 상담하고 아주 심각하고 나쁜 경우에만 부모가 상담합니다.

좋은 학교일수록 중국인이 많고, 잘 하고 열심히 하는 학생도 중국인이고, 여기는 중국인이 많이 사는 지역이어서 정서도 서양 사람보다는 우리랑 비슷하고, 중국인들이 한국인들을 좋아하므로, 이래저래 중국인들과 잘 지내는 것이 좋을 것 같아요.

제가 이렇게 설명해 드려도 아빠는 상상이 잘 안 되실지 모르겠어요. 저도 이제야 좀 캐나다가 보이는 듯해요. 꼭 한 번 직접 보러 오세요.

이만 줄입니다. 안녕히 계세요.

○○ 올림 (2011. 10. 12)

*** 추신 : 학교에서는 무상급식은 전혀 없고 모든 학생이 도시락을 싸가지고 다닙니다. 국제적으로 인정되는 '난민학생들' 에게는 별도로 시민들로부터 물품으로 기부를 받아서 그 받은 만큼만 도와줍니다. ***

회장님은 도대체 캐나다의 교육과 한국의 교육이 어떻게 다르며, 어떤 점에서 우수하고 우수하지 못한지 생각해 보았다. 그리고 교육자들의 모임에서 정식으로 토론해 보기로 마음먹었다.

회장님이 볼 때는 한국의 교육에는 문제가 많은 편이었다. 우선 사교육의 폐단을 들 수 있다. 터무니없는 불법입시 고액과외공부나 지나친 사설학원 과외수업이 학생들의 원만한 지적 육체적 발달에 장애가 되고, 학부모의 경제적 부담도 매우 심각하다는 것이다. 학생들의 인성교육이 이루어지지 않아서 성격이 거칠고 욕설이 상습화하고 교사의 꾸지람이나 사소한 체벌에도 반항하며 심지어는 학생이 교사에게 폭행을 서슴지 않는다는 것이다. 신문기사에는 '매 맞는 교사'라는 제목이 자주 나타날 정도이다. 그리고 동료를 따돌림하고 폭행하고 돈을 빼앗고, 여학생을 집단성폭행하고 음란물을 시청하고 컴퓨터게임에 빠지는 학생들이 많다는 것이다.

한국의 학부모들은 자식들을 왕자나 공주처럼 아끼고 받들기만 하고 교사들도 감히 학생들에게 바른 교육을 하기가 어려울 만큼 과보호를 하기 때문에 건전한 사회생활을 할 수 있는 원만한 인격을 기르기 어렵다는 것이었다. 미국에서는 자식들을 과잉보호하는 부모를 가리켜 '헬리콥터 페어런츠'(helicopter parents)라고도 부른단다. 이런 부모들은 한국에서 '치맛바람을 일으키는 부모'나 '극성 부모'에 해당하는 것으로 대학에 다니는 아이에게도 너무 지나치게 보호하고 끼어들어 자식이 스스로 알아서 할 만한 일도 일일이 간섭한다는 것이다.

이와 비슷한 말로 컬링 페어렌츠(curling parents)와 론모워 페어렌츠(lawnmower parents)라는 말도 있는데 역시 자식들에게 방해가 될 만한 것들을 모두 깨끗하게 치워주는 부모라는 것이다. 서구사회에서 생긴 말이기는 하지만 한국에서는 서구사회에 비교하여 조금도 덜하지 않고 오히려 몇 갑절 더 할 만큼 자식들을 과보호하는 것이 문제라고 보이는 것이었다.

'매를 아끼면 아이를 버린다'는 격언도 있지 않은가. 서양의 어느 구멍가게에서는 아이들을 체벌하는 회초리를 판매한다는 이야기도 있단다. 회장님은 어떤 원예가가 나무를 심어놓고 물을 자주 주지 않는다는 이야기를 들은 일이 있었다. 물을 너무 자주 주면 뿌리가 제대로 성장하지 못하여 자칫하면 가뭄에 견디지 못하고 말라 죽는다는 것이었다. 스스로 환경에 적응하는 능력이 길러지도록 나무를 기른다는 것이었다. 식물에 따라서는 이식한 후에 몇 주일씩 물을 주지 않는 것도 스스로 새 뿌리를 내리게 하는 방법이란다.

교사들 가운데는 학생들에게 부정적인 국가관을 주입하여 말썽이 되기도 한다. 어떤 교사는 한국의 근현대사는 친미파와 친일파가 활개를 치고, 독재자가 장기집권하고 국민의 자유를 억압한 역사라고 가르치며, 6.25사변은 자유민주주의와 사회주의의 전쟁이지 북한에는 책임이 없는 것으로 설명하고, 미국이 인천상륙작전을 하지 않았으면 국토가 통일되었을 것이라고 가르치며, 아무리 노력해도 사회적 모순 때문에 출세할 수 없으니 정부와 자본가에게 저항하여 투쟁해야 한다고 가르친단다.

그리고 태극기는 남북분단의 상징이기 때문에 국기에 대하여 경
례할 필요가 없고, 애국가는 친일파가 작곡한 노래이기 때문에 불러
서는 안 되며, 군대도 사람 죽이는 집단이니 마땅히 기피해야 한다
고 가르친단다. 독재정권에서 역사교육을 강화한 것은 개인이 국가
를 위하여 희생하는 정신을 주입한 것이니 아주 잘못된 것이라고 가
르치며 교사로서는 입에 담기 어려운 비속어를 사용한다는 것이다.

연세대학교 교수였던 원일한 선교사(Horace Grant Underwood,
1917~2004)는 한국교육의 문제점에 대하여 다음과 같이 지적하였
다고 한다.

(1) 학생이 교과서만 가지고 공부해야 하는 것은 문제이다. (2) 학
생들의 창조력을 기르는 교육이 잘 되지 못하고 있다. (3) 학생들의
숙제는 복습보다 예습에 중점을 두어야 한다. (4) 학습평가가 학생
들의 석차를 매기기 위한 것은 잘못이다. (5) 교수와 학생의 비율은
최소한 10대 1 이하여야 한다. (6) 사회적으로도 일류대학을 가야 된
다는 생각이 지배적이다. (7) 한국대학에서는 모교 출신을 너무 많
이 채용한다. (8) 대학의 자율성이 부족하다. (9) 학생들이 자유롭게
교과를 선택할 수 있어야 한다. (10) 입학은 쉬워도 졸업이 어려운
학교가 돼야 한다. (11) 교육학에 대한 이해가 없이 학생들을 가르치
는 교수가 많다. (12) 교육투자 예산액이 너무 부족하다. 학생의 등
록금도 매우 적다.

회장님은 한국의 교육이 한국의 발전을 좌우한다고 믿고 있었다.
그리고 많은 문제점에 대하여 걱정하는 것이었다. 그런데 우선 급한

것은 교사의 자질이라고 생각하였다. 교사양성교육이 그만큼 중요하다는 것이었다. 교사는 학생들에게 존경 받을 수 있는 인격과 전문지식과 제자애가 필요한 것인데 한국의 교육자들은 그렇지 못한 것이 사실이고 이러한 문제는 고위관료들이나 위정자들이 문제의식을 가지고 나서야 한다고 생각하였다.

문제는 아무리 교육학자들이 한국 교육의 문제점을 지적해도 그것이 국가의 교육정책으로 반영되지 않는 것이었다. 정치인들이나 관료들은 모두 국가의 발전보다는 우선 제 몫 챙기기에 혈안이 되어 교육학자들의 지적에 눈을 돌리지 않는 것이다. 회장님의 걱정도 실지로 한국의 교육발전에 아무런 도움도 되지 못하는 혼자만의 걱정에 지나지 않았다.

견공들이 볼 때나 묘공들이 볼 때나 인간들은 도무지 존경할 만한 점이 없는 특수한 동물들인 것 같다. 승리자가 되어 패배자나 낙오자를 멸시하는 것이 출세요 성공이라고 생각하는 어리석은 인간들이여!

나는 이제 회장님의 전화나 사모님과의 대화를 엿듣고, 그들이 읽는 신문이나 책이나, 또는 라디오나 텔레비전이나 컴퓨터에서 흘러나오는 소리를 통하여 인간들을 알게 되었다. 나의 눈이나 귀가 열리고 눈치가 빤해지고 상상력을 무한하게 펼치게 되었다. 나는 인간들의 컴컴한 속셈과 그 속 알맹이를 송두리째 들여다보게 되었다.

4

잡담

회장님은 허리가 아프다는 말과 밤에 잠이 오지 않는다는 말을 자주 하였다. 약 20여 년 전에 택시를 타고 가다가 허리를 다친 후로 고생도 많이 하였는데 그 후로는 항상 허리에 문제가 있는 모양이고 불면증도 거의 고질인 모양이다.

그러나 약물은 될 수 있는 대로 피하는 것 같다. 그는 어느 약학박사에게 전화를 걸어 약물복용에 관한 상담을 받고 한약을 주문하여 복용하기도 하였던 것 같다.

회장님은 어쩌다 한 번씩 나를 데리고 탄천으로 산책을 다녔다. 그는 반드시 나를 끈으로 얽아매어 데리고 다녔는데 나는 그것이 즐겁지 못하였다. 끈을 풀고 데리고 다녀도 잘 따라다닐 터인데 절대로 끈을 풀어주지 않겠다는 방침이 서 있었다.

그는 내가 아무리 그를 잘 따라다니고 충성을 보여도 나를 풀어주고 데리고 다니는 것은 법에도 어긋나고 다른 인간들에게 피해를 주는 것으로 생각하는 모양이었다. 그래서 나는 항상 붙들어 매여서 끌려 다니는 꼴이고 이따금 '쉬'를 할 때도 회장님은 아랑곳하지 않고 나의 목을 잡아끌곤 하였다. 자기가 소피를 보는데 남이 모가지를 잡아끌면 어떨까 생각지 않는 것 같다. 인간들은 '역지사지'(易地思之)라는 말을 곧잘 하면서도 실지로 견공들에게 그 뜻을 실천할 줄을 모르고 주둥이만 살아 있는 것 같다.

나는 나의 동료들을 만나는 것이 제일 반가웠다. 얼굴도 잘 모르고 처음 만나는 동료라도 무조건하고 반가웠다. 몸집이 나와 비슷한 동료나 얌전한 동료는 특히 반가운데 몸집도 나보다 훨씬 크고 매우 사나워 보이는 동료에게는 슬슬 피하곤 하였다.

나는 동료가 나타나기만 하면 우선 그가 남자 친구인지 여자 친구인지를 얼른 알아 볼 수가 있어서 특히 여자 친구에게는 몸을 부딪치며 함께 놀고 싶었다. 그러나 회장님은 절대로 용납하지 않고 끈을 잡아당기고 나를 나무라는 얼굴이었다.

도대체 회장님은 음양(陰陽)의 감정도 모르는 인간인지 알면서도 그렇게 못되게 구는 것인지 알 수가 없다. 가만히 보면 회장님은 집에서도 사모님과 몸을 부딪치는 일은 없는 것 같았다. 거실에서 이따금 사모님 옆 소파에서 책을 읽거나 신문을 보거나 녹음을 듣거나 어떤 때는 함께 바둑을 두는 수는 있지만 나머지는 항상 서재의 컴퓨터 모니터 앞에서 자판을 두들기거나 아니면 1인용 침대가 놓인 자기 침실로 가서 라디오를 듣거나 녹음테이프를 듣다가 잠을 청하는 것 같다. 그런 데다가 사모님은 자기의 침실과 서재를 엄격히 통제하여 외인출입을 엄금하는 눈치였다. 그런 것을 보면 회장님은 사모님의 낯선 외인이었다.

회장님은 탄천에서 인간들을 자주 만났다. 그 인간들은 친구인지 후배인지 선배인지 잘 알 수가 없었다. 만나는 사람마다 서로 '선생님'이라고 부르는 것이 예사였다. 특히 지팡이를 짚고 다니는 어떤 어른에게는 더욱 공손하게 인사를 드리고 한참씩이나 말씀을 듣고 질문도 하다가 노인이 집으로 돌아갈 때는 한참씩이나 따라가며 배웅을 하는 것이었다.

회장님이 만나는 사람들과 이야기하는 것을 들으면 이광수니 나츠메소세키니 헤밍웨이니 하는 여러 소설가들의 이름이 나타난다. 한국문학 일본문학 미국문학에 관하여 이야기하는 것이었다. 그리고 어떤 때는 실존주의 문학이니 부조리문학이라는 말도 들리고 기독교 불교 유교 도교에 관한 이야기도 들렸다.

회장님은 무슨 공부를 얼마나 하였는지 모르지만 〈논어〉 〈맹자〉 〈중용〉 〈대학〉 〈노자〉 〈장자〉를 들먹이기도 하고, 주돈이(周敦頤) 장재(張載) 소옹(邵雍) 정호(程顥) 정이(程伊) 주희(朱熹)를 들먹이기도 하고, 서경덕(徐敬德) 송시열(宋時烈) 이황(李滉) 이이(李珥)를 들먹이기도 하였다. 그리고 이따금 도원(道原) 선생님이라는 분에 관해서도 이야기하였는데 현재 한국의 동양철학자 가운데서 가장 훌륭한 학자라고 말하고 존경한다는 말도 자주 하였다.

도원 선생님이라는 분은 본디 유교철학자이긴 하지만 불교철학이나 도교철학도 많이 공부하고 서양철학도 많이 공부하였으며, 단순한 철학이론으로 그치지 않고 항상 현실적인 문제에 관심을 가지고 현실적인 당면문제에 도움이 되지 못하는 철학은 그만큼 값어치가 모자라는 철학으로 본다는 것이었다.

회장님이 도원 선생님이라는 분에 관하여 자세히 알고 말하는 것을 보면 그 분의 문하생으로 보이기도 하였다. 그러나 문하생이라고 무조건 스승을 높이고 과장하는 것은 아니라는 것을 알 수 있다. 회장님은 무엇을 말하거나 주장하더라도 반드시 근거를 가지고 말하고 과장하는 것을 싫어하는 것처럼 보였다. 회장님이 만나서 이야기하는 노인들의 잡담은 어수선하기만 하였다.

사리사욕과 당리당략에 눈이 멀고, 국가의 발전이나 미래사회에 대한 걱정보다는 여당이나 정부에서 하는 일을 반대만 하고 친북(親北) 반미(反美)하는 정치인들이나 폭력배 같은 정치인들이 많고, 정치인이나 경제인이나 법조인이나 공무원들이나 부동산투기를 일삼는 사람들이 너무나 많다는 것이었다.

부동산투기라는 것은 주로 건물이나 대지나 농지나 임야 같은 것을 샀다가 차익을 남기고 파는 것인데, 어떤 부동산은 부동산이 소재하는 행정구역 내에 거주하는 사람들만 매입할 수 있는 것인데도 불구하고 정부의 개발계획을 미리 알고 외지에 거주하는 사람들이 실지로 거주하는 것처럼 거짓으로 전입신고를 해놓고 매입하였다가 부동산 시세가 등귀하면 막대한 이익을 남기고 매도하는 행위란 것이었다. 그것은 주민등록법이나 농지법과 같은 법을 고의로 위반하는 범법행위라는 것인데 이른바 지도층에 속하는 인간들이 공공연하게 그런 짓을 저지르는 것은 절대로 용서할 수 없다는 것이었다.

전관예우(前官禮遇)에 관한 이야기도 하는 것 같았다. 이를테면 법조계에서 선배판사가 판사직을 물러나서 변호사가 되면 그 변호사가 맡은 사건에 대하여 후배판사들이 아주 유리하게 판결한다는 것이었다. 그렇게 되면 변호사는 후배 덕에 재판을 이기고 많은 수임료를 받게 되고 사건을 많이 맡게 되어 돈을 많이 벌게 된다는 것이었다. 어떤 변호사는 한 달에 1억 원씩이나 벌었다는 말이 있어서 그것은 한국사회가 정의사회가 아니고 불의(不義)가 판치는 사회라는 것이었다. 썩은 판사, 썩은 검사, 썩은 변호사라는 말이 오가기도 하였다.

한국에서 공직자들이 썩었다는 것은 건국 초기부터 끊이지 않고 전해 내려오는 말이고 국가공무원이나 지방공무원이나 민간단체나 모두 썩지 않은 데가 없고 개인들도 썩은 인간들이 많다는 것이었다. 그래서 간혹 부정부패 부조리를 이야기하며 남을 비판하는 것은 마치 '똥 묻은 개가 겨 묻은 개를 나무란다'는 격이란다. 그래서 서로서로 피장파장이라고 하여 썩은 것을 호도한다는 것이었다.

인간들은 말로는 정의를 말하면서도 실지로는 스스로 정의를 배반하고 불의를 저지르는 것처럼 보였다. 내가 보기에는 인간들은 말과 행동이 일치하지 않는 경우가 너무나 많다. 말로는 나쁘다고 말하면서 행동은 나쁜 행동을 저지르는 동물이 인간이다.

그런데 회장님은 그런 이야기가 나와도 별로 말을 많이 하지 않고 듣기만 하다가 나중에는 '잘 들었습니다' 하고 인사하는 것이 보통이었다. 회장님의 태도는 고맙다는 것인지 즐겁다는 것인지 무엇이 어떻다는 것인지 분명하지가 않은 때가 많았다.

회장님은 이따금 심리학에서 말하는 '효과' 에 관한 이야기도 하였다. 낙인효과, 위약효과, 후광효과, 악마효과, 전위적 공격행동, 단순접촉의 효과, 초두효과, 수면자효과, 발부터 들여놓기, 머리부터 들여놓기, 내적 귀인, 외적 귀인, 조건반사…….

회장님은 별의별 이야기를 다 하는 것 같았다. 어떤 때는 심리학 전문가 같은 인상을 주었다. 한참 이야기하던 끝에 탄천에서 만난 사람과 문답이 벌어졌다.

"심리학자들은 별의별 이론을 다 만들어 내는가 보죠?"

"그렇지요. 허지만 없는 사실을 거짓으로 만들어 내는 것이 아니고 우리의 일상생활에서 실지로 일어나는 일을 근거로 만들어 내는 이론이지요."

"그런데 '조건반사' 라는 것은 무엇인가요?"

"그것은 어떤 조건이 발생하기만 하면 생리적으로 같은 현상이 일어나는 것이지요. 개에게 사료를 줄 때 항상 미리 종을 치고 난 다음에 사료를 주면 종소리만 나도 사료를 본 것처럼 침을 흘린다는 것인데 사람들의 행동도 같은 조건이 반복되면 심리적인 자극에 의하여 비슷한 생리적 현상이 일어난다는 것이지요."

"또 '수면자효과' 라는 것은 무언가요? 잠을 자면 피로가 회복된다는 건가요?"

"그것은 생리적 효과고요. 심리적으로는 잠을 자면, 다시 말하면 시간이 흐르면 심리적인 변화가 일어나기 쉽다는 거지요. 몹시 화나는 일도 하루 지나면 사그라지는 것과 같은 것이지요."

"'내적 귀인' 이니 '외적 귀인' 이니 하는 것은요?"

"'내적 귀인' 은 말하자면 자기가 잘 한 일은 자기의 능력 때문이라고 생각하는 것이고, '외적 귀인' 은 자기가 잘못한 일은 남의 탓이라고 생각하는 것이지요. 세상엔 그런 사람 많잖아요?"

"잘 되면 내 탓이요, 안 되면 조상 탓이라는 것이군요. 그런데 '발부터 들여놓기' 는 무언가요?"

"그것은 상대방이 받아들이기 쉬운 조건부터 차츰 어려운 조건으로 들어가는 것이지요. 세일즈맨들이 고객에게 접근하는 방법이지요. 반대로 '머리부터 들여놓기' 는 아이들이 엄마에게 아주 비싼 장난감을 사달라고 조르다가 훨씬 싼 것을 사달라면 엄마가 들어주기 쉬운 것과 같은 원리지요."

"그렇군요. 심리학은 그런 것을 설명하는 학문이군요. 인간의 행동은 거의 모두 심리에 따라 나타나는 것이니까 심리학이야말로 인간을 연구하는 기본이군요."

"그렇지요. 마음이 행동뿐만 아니라 신체적 생리적 변화를 일으키기도 하니까 중요하지요. 그래서 교육에서는 교육심리학이 중요하고 정치에서는 사회심리학이나 군중심리학이 중요하고요, 심리학적 원리를 잘 활용하면 교육도 잘 되고 정치도 잘 되는 것이지요."

"그런데 군중은 언제나 어리석은 경우가 많다고 하던데요."

"그렇지요. 어리석은 경우가 많지요. 남의 행동을 부지중에 모방하고 동조하기 쉽지요. 혼자만 일탈하기가 싫으니까요. 그래서 잘못되는 경우가 많지요. 그리고 정치가들이 그런 원리를 잘 이용하면 국민을 마음대로 지배할 수 있게 되지요. 국민의 지적 수준이 낮으면 독재정치도 나타나게 되고 국민의 지적 수준이 높으면 독재정치를 막을 수 있지요. 어리석은 국민들은 국가에는 해로워도 자기에게 이익이 되는 일이라면 그것을 지지하고, 매스컴에서 떠드는 대로 현혹되기 때문에 정치가들은 매스컴을 장악하려고 기를 쓰지요."

"결국 정치학은 심리학을 기초로 해야 하겠네요."

"그렇다고 할 수 있지요. 지연(地緣)과 학연(學緣), 대중영합주의 같은 것을 교묘하게 이용하는 것은 모두 심리학적 원리를 활용하는 것이지요."

회장님은 미래학자들이 말하는 '100년 후의 세계' 가 어떻다는 이야기도 하였다.

지금 인간들이 사는 사회도 지난 100년 동안에 많이 변하였지만 앞으로 100년이 지나면 엄청나게 변하게 되고 그 변화에 대처해야 한다는 것이었다. 그런데 우선 2020년에는 인간들의 평균수명이 100세가 되어 노인인구가 급격히 늘기 때문에 노인을 위한 산업이 많이 발달하게 되고, 모든 국가는 도시화가 이루어진다는 것이었다.

지금은 소도시(타운), 대도시(라지 시티), 메트로폴리스로 형성되지만 앞으로는 연담도시(連擔都市, conurbation), 메가폴리스(인구 1억 명), 어번 라존(인구 7억 명), 어번 콘티넨트(인구 50억 명), 에큐메폴리스(인구 100억 명)와 같은 도시가 형성되므로 그에 따른 모든 변화가 불가피하다는 것이다.

한국에서는 고급문서 해독능력을 가진 사람이 적어서 한글만 아는 것으로는 부족하기 때문에 실지로는 한국인의 70%가 문맹자라는 것이고 앞으로 훌륭한 인재와 지도자를 양성해야 한다는 것이었다. 그런데 종당에는 국가가 국가의 기능을 잃게 되고 온 세계의 네트워크시대가 도래한다는 것이다.

회장님이 만난 어떤 노인은 '유엔미래보고서' 라는 인터넷 자료를 보았다고 떠들었다.

2015년 이후에는 세계와 더불어 한국에 커다란 변화가 온다. 대부분의 선진국들이 저출산과 고령화시대로 들어가며 팽창일로이던 경제가 주춤하고, 세계의 권력이 서구에서 아시아로 이동한다. 북한에도 인터넷접속이 가능해져서 정보공유화가 이루어지며 '스마트맙'(smart mob, flash mob) 행위로 권력세습에 동의하지 않는다. 지식의 습득은 정부나 특정인의 전유물이 아니라 개개인의 인터넷접속을 통하여 이루어진다.

2012년에는 세계의 국경이 허물어지고 노동 행복, 교육을 위한 인구이동이 OECD국가로 밀려든다. 2015년에는 수백 만 명의 북한주민이 남한으로 들어온다. 에너지확보, 물가안정, 기후변화, 탄소배출권, 교육, 부동산안정, 중소기업도산방지 등에 10년계획을 수립해야 한다. 2050년이면 한국의 인구가 600만 명 이상 감소한다. 한국도 이미 순수이민유입국으로 전환하였다. 10년 후면 다문화가족이 400만 명으로 늘어난다. 남성의 여성화와 여성의 남성화가 촉진한다.

정보통신의 발달로 개개인의 정치참여가 손쉽고 투표장에 가지 않고도 눈동자로 본인 여부를 확인하는 휴대전화투표나 전자투표로 정치에 참여한다. 정보통신기술이 사회의 기본질서를 파괴하는 현상도 일어나고 정치인들을 경멸하고 멀리 하게 된다. 2018년에는 국회의원을 희망하는 사람이 사라질지도 모른다. 사회적 네트워크의 지도자나 남에게 많이 베풀며 사회에 많이 공헌하는 기업인이 존경을 받는다.

한국의 보수들은 지금 인터넷문자나 온라인커뮤니티에 저항하지만 결국엔 그것이 대세가 되고 마이너리티(minority) 민주주의가 부상하게 된다. 첨단기술로 무장한 신세대가 보수를 이기는 것이 지금까지의 역사였다. 말없는 다수보다 말 많은 소수가 더 큰 힘을 발휘한다. 말없는 다수가 뒤에서 받쳐준다고 생각하기에는 이미 사회문화형성이 달라진 것이다.

회장님은 남의 이야기를 들으면서 걸핏하면 고개를 끄덕였다. 그는 특히 지식의 습득이 어떤 특정인을 통하여 이루어지기보다는 개

개인의 인터넷접속으로 이루어진다는 데 동의하는 것 같았다. 한국 사회에서 인터넷이 보급되면서 재주를 부리고 인기를 끄는 학자들이나 문인들의 대부분이 인터넷을 일찍이 접속한 사람들이라는 것을 알기 때문인 것 같다. 지식의 양적인 문제는 확실히 개별적으로 얼마나 인터넷을 접촉하느냐에 따라 차이가 날 것 같다. 그러나 그 지식이 얼마나 가치가 있는지는 별개의 문제이기 때문에 교사가 필요한 여지가 남는 것 같다. 아무리 인터넷이 보급되어도 교사는 필요하다는 것이다.

나는 그저 멀거니 회장님의 꼬락서니를 바라보기만 하다가 마는 꼴이었다. 회장님의 그 태도가 나하고는 아무런 상관이 없었다. 우리들 견공에게 어떤 변화가 온다는 이야기는 없는 것 같다. 견공의 운명도 분명히 달라질 것 같기도 한데 말이다.

회장님은 종교에 관한 이야기도 자주 하였다. 특히 유학(儒學)에 관한 책을 많이 읽은 것 같고 불교나 도교나 기독교에 관해서도 관심이 많은 것 같았다. 그러면서 한국에는 여러 가지 종교가 서로 다투지 않고 조화를 이루고 있는 것이 자랑이라고 하였다. 그리고 중세(고려시대)에는 불교의 세력이 강하였으나 근세(조선시대)에는 유학의 세력이 강하였고 현대(대한민국시대)에는 기독교의 세력이 강하다고 하면서 기독교가 한국의 근대화에 큰 영향을 주었다고 하였다. 그는 집에서도 어느 목사의 설교를 녹음이나 방송으로 자주 듣곤 하였다.

그의 침실에는 CD와 녹음테이프들이 여기저기 어수선하게 널려 있고, 심지어는 침대 위 머리맡에도 어수선하게 널려 있다.

나는 회장님과 그 친구들이 주고받는 말들을 조용히 듣기만 할뿐, 함부로 행동할 수가 없었다. 그저 지나가는 여자 친구들이 보이면 그들에게 눈을 돌리고 예쁜지 미운지, 무슨 향내가 나는지 기웃거리며 살피기만 하였다. 그리고 나는 주인과 즐겁게 노는 친구들이 부러웠다. 주인이 공을 집어던지면 우리 친구는 신나게 뛰어가서 공을 물어다 주고 주인이 다시 던지면 다시 물어다 주기를 반복하였다.

그런데 우리 회장님은 한 번도 나에게 놀이를 시켜주지 않았다. 놀이는 고사하고 나를 끌고 가다가 내가 조금만 한눈을 팔면 용서하지 않고 세게 끌어 당겨서 목덜미를 아프게 하였다. 너무나 냉혈동물처럼 쌀쌀하였다. 회장님 같은 인간은 죽어서 토이푸들로 태어나서 나처럼 끌려 다니고 푸대접을 받아 보았으면 좋겠다.

회장님은 여러 사람과 이야기하기를 좋아하고 아는 것도 많고 또 자존심도 강하고 한국이라는 나라가 아주 선진국에 다름없는 훌륭한 나라라고 생각한다. 그는 날마다 신문을 보거나 책을 읽거나 녹음을 듣거나 방송을 듣거나 컴퓨터 앞에 앉아 인터넷을 검색하고, 틈나는 대로 인터넷으로 음악을 감상하는 것이었다. 그리고 나 같은 동물들은 그야말로 바보 천치로 여기는 것 같다. 그래서 거의 관심을 가지고 대하는 것도 아니고 사모님이 운동을 시키라고 몇 번씩이나 명령하면 마지못해 나를 끈으로 끌고 탄천으로 나가는 것이었다.

회장님은 이따금 사모님과 다투기도 하였다. 내가 보기엔 아무것도 아닌 일을 가지고 다투는 것 같다. 하루는 사모님이 안경점에 간다고 하니까 딸이 쓰던 안경테를 가져가 보면 좋겠다고 끼어들어 싸움이 벌어졌다.

"그 굴타리먹은 것 필요 없어요."

"좋아 보이던데."

"좋아 보이긴 뭐가 좋아 보여요?"

"혹시 마음에 들면 쓸 수 있다는 거지요."

"새 것도 얼마든지 있는데 무얼 구질구질하게 헌 것을 사용해요?"

"만일 안경점에 마음에 드는 물건이 없을지도 모르니까."

"그래도 헌 것은 싫단 말이요."

"아주 깨끗하고 새 것이던데"

"어째서 그것이 새 거란 말이지요? 한 번 사용한 것인데. 그리고 아이들에게도 절대로 중고품 가게 얘기하지 말아요. 다 싫어하니까."

"중고품 가게에도 신품들이 있고 또 중고품이라도 신품이나 별 차이가 없어요. 그리고 우선 값이 싸잖아요?"

"그 놈의 돈 아껴서 무얼 해요. 자린고비같이."

"하하. 참 기가 막혀 말할 수가 없네. 그런데 그저 내 생각을 말하고 정보를 제공하는 것이지, 싫다는 것을 억지로 강요하는 것이 아닌데 왜 그리 화를 내고 공격을 하는 거요, 도대체?"

"공격은 무슨 공격이오? 그저 싫다는 거지?"

"싫으면 싫다고 말하면 그만이지 왜 화를 내고 말한 사람을 무안하게 받아치느냔 말이오?"

"받아치긴 무얼 받아쳤다는 거지요? 너무 그러지 마세요."

"남과 식사할 때 상대방이 음식을 권하거나, 가게 주인이 손님에게 물건을 추천할 때 마음에 안 들면 잠자코 있으면 되지, 왜 그런 걸 권하느냐고 화를 내면 되겠어요?"

"안경테를 권하는 것이 음식을 권하는 것과 같단 말인가요?"

"무엇이 다르다는 거요? 강요하는 것이 아니잖아요?"

결국엔 사모님이 침묵하여 언쟁은 그치게 되지만 회장님은 조금도 양보하지 않는 것 같았다. 회장님은 결코 물러서거나 지고 마는 법이 없는 것 같다. 만일 양보하기만 하면 자기의 주장이 잘못된 것으로 인정되기 때문인 것 같다. 그러나 양보하지 않는 것은 아주 속 좁은 행동으로 보였다. 밴댕이 코 구멍 같은…….

회장님은 유럽이나 미국이나 중국이나 일본이나 기타 동남아 여러 나라를 여행하였기 때문에 보고 들은 것이 많은 것 같다. 무엇이나 이야기가 나오기만 하면 얼마든지 이야깃거리가 있는 것 같다. 말하자면 세상 사람들이 사는 이야기라면 무엇이나 관심을 가지고 이야기하고 자기보다 더 잘 아는 사람이 있으면 그 사람에게 이야기 듣기를 좋아하는 것 같다. 자기가 이야기하기는 좋아해도 남의 이야기 듣기를 좋아하는 사람은 적은 편인데 회장님은 양자를 겸한 것 같다. 상대방이 이야기하고 싶으면 들어주고, 듣고 싶어 하면 이야기하는 것이었다.

그는 병이 나서 병원에 입원하기 전까지는 건강에 관하여 그다지 신경을 쓰는 것 같지 않았다. 특별히 하는 일도 없이 건강에만 신경을 쓰는 사람을 보면 저속하게 보기도 하였다. 독서도 하지 않고 사회에 봉사도 하지 않으면서 오래 살기만 하면 무엇 하느냐고 은근히 비웃기도 하였다. 그는 언제나 삶의 목적을 찾고 그 목적에 따라 실천하고 싶어 하는 것이었다. 그 목적이나 실천은 나 같은 우매한 짐승이 잘 알 수 없지만 회장님이 늘 컴퓨터 앞에서 자판을 두들기는 것을 보면 틀림없이 글을 쓰는 것처럼 보였다.

그는 항상 대한민국이 발전하는 것을 자랑스럽게 여기고 세계 올림픽 경기나 아시아 경기나 월드컵 경기나 골프대회 같은 여러 가지 국제적인 대회에서 한국 선수들이 메달을 따는 것을 자랑하고, 전자산업이나 자동차산업이 세계적으로 선두를 달리고 있다는 것을 자랑스럽게 이야기하기도 한다. 특히 음악과 스포츠로 명성을 날리는 한국인들이 많다고 주장하였다. 그리고 한국 사람들이 선진국으로 유학을 많이 가고 저개발국으로 봉사활동을 많이 나가며, 특히 기독교에서는 미국 다음으로 해외에 선교사를 많이 파송한다는 것을 자랑스럽게 이야기한다. 2011년 1월 현재 한국교회에서는 세계 169개 국가에 20,445명의 선교사를 파송하고 있다는 사실이 증명한다는 것이다. 그리고 자유민주주의 국가들뿐만 아니라 사회주의 국가들에도 한국의 기업들이 많이 진출하여, 한국기업의 광고판이나 안내판이나 선전탑을 보게 되고 한국 상품이 날개 돋친 듯 팔리는 것을 자랑한다.

그는 골프 선수 박세리의 사진을 캘린더에 붙여 놓고 보더니 피겨 선수 김연아의 사진도 붙여 놓고 보기도 하고, 마라톤 선수 손기정, 황영조, 이봉주, 지영준 등을 영웅처럼 치켜세운다. 어떤 정치가나 학자나 기술자나 예술가보다도 그들이 한국을 빛내 주고, 그들의 실력이 곧 한국이 선진국이라는 것을 증명하고 선전하는 것이고 그래서 한국의 문화나 상품이 세계무대에서 인정을 받고 경제발전에도 크게 도움이 된다는 것이었다.

그러면서 북한의 어려운 형편을 동정하는 말도 하였다. 북한은 무기개발에 국력을 기울이고 인민들이 당장 먹고 사는 문제에는 매우 소홀하여 아사자가 수없이 나온다는 것이었다. 그러면서 정치란 우선 인민의 의식주를 보장해야 한다고 주장하였다.

회장님은 남한에서 지식계층에 속하고 의식주 걱정은 없을 정도로 잘 먹고 잘 사는 계층이며 웬만큼은 자존심을 가지고 사는 사람이었다. 그러나 그가 얼마나 알고 행하는지, 가정이나 이웃이나 사회나 국가를 위하여 걱정하고 봉사하는지는 알 수가 없다. '열 길 물속은 알아도 한 길 마음속은 모른다' 는 속담처럼 인간들은 모두 알 수 없는 동물들이다. 어떤 때는 얌전하게 보이다가도 제 욕심을 차릴 때는 늑대보다 사납다. 껍데기만 인간이지 소갈머리는 악마중의 악마다.

5
추잡한 인간들

나는 인간들의 대화를 엿들으면서 때때로 기분이 상하는 일이 있었다. 그것은 걸핏하면 우리들을 업신여기는 말투였다. 그들은 나쁜 인간들을 이야기하다가 '개 같은 놈'이니 '개만도 못한 놈'이니 '개자식'이라는 말을 자주 하는 것이었다. 어떤 때는 '똥개'라는 말도 하였다. '똥개'라는 것은 회장님이 초등학교에 다닐 무렵, 시골에서 어린 아이들이 아무 데서나 똥을 누면 달려가서 먹어 치우던 개들을 말하는 것인데 우리 견공들을 아주 더러운 동물로 여기고 업신여기는 말이었다.

저희들도 배 속에는 구린내 나는 똥이 그득하면서 마치 똥과는 상관이 없는 것처럼 시치미를 떼는 것이다. 인간들에게 '인격'이 인정되면 개에게도 '견격'(犬格)이 인정되어야 할 터인데 당초부터 견격이라는 것은 안중에 없다.

회장님이나 그 친구들이나 모두 돼먹지 못한 인간들에 관하여 자주 이야기하였다.

"연산군시대에 간신(奸臣)으로 소문난 유자광이나 이극돈 같은 개만도 못한 인간들이 있었단 말이야."

"그때 김일손이라는 사람이 그의 스승 김종직의 '조의제문'(弔義帝文)을 사초(史草)에 넣은 것을 연산군에게 고자질하여 무오사화(戊午士禍)를 일으켜서 수많은 선비들을 죽였다지요?"

"그렇지요. 조의제문이 곧 세조의 즉위를 비방하는 것이라고 터무니없는 비방을 했답니다."

"그때 소위 훈구파와 사림파 사이에 알력이 생기고 있을 때 훈구파가 용렬한 임금을 이용하여 사림파를 제거한 것이지요. 그야말로 추악하기 짝 없는 짓이지요. 어떻게 그런 인간들을 인간이라고 할 수가 있겠어요?"

"그렇습니다. 그런데 그런 간신배들은 한국 역사에만 있는 것이 아니고 중국 역사에도 많이 있지요. 내가 십여 년 전에 중국엘 갔다가 남송(南宋)의 무장으로 알려진 악비(岳飛)의 사당엘 들렀는데 그 사당 옆 무덤 앞에 진회(秦檜)라는 인물을 작게 조소하여 놓았더군요. 그런데 벌써 여러 번이나 그 진회의 조소상을 다시 만들었답니다."

"왜 자꾸 다시 만들까요?"

"관광객들이 와서 침을 뱉고 발로 차고 돌로 때리기도 하여 자꾸 파괴된답니다."

"관광객들이 왜 그러는지? 파괴행위가 아닌가요?"

“물론 파괴행위지요. 허지만 악비 같은 훌륭한 인물을 억울하게 죽게 만든 진회라는 인간이 얼마나 미우면 침을 뱉고 발로 차고 돌로 때리겠어요. 나도 한 번 때려주고 싶었는데 혹시 기물파괴라고 말썽이 될까 봐 참았어요. 침 뱉고 발로 차고 돌로 치는 사람들은 모두 간신을 증오하고 정의를 신봉하고 나라를 사랑하는 사람들이라고 할 수 있지요.”

“맞습니다. 그런데 중국은 나라도 크고 역사도 길어서 간신들이 대단히 많겠지요. 우리나라 같은 작은 나라에도 간신들이 많았는데.”

“사마천(司馬遷)의 〈사기〉(史記) 열전(列傳)에도 많은 간신이 소개되었을 것 같네요.”

“글쎄요. 아무튼 간신들은 한국이나 중국이나, 동양이나 서양이나, 옛날이나 지금이나 항상 있는 법이지요. 그런데 문제는 그런 간신들을 국민들이 잘 알지 못하고 지지하고 추종하고 숭배하고 때로는 그 간신 편에 들어 불법이나 위법행위를 일삼는 것이지요. 간신에게 넘어가는 것은 불의 편에 서는 것이니까 국가적으로나 사회적으로나 큰 문제지요.”

“우리나라에는 간신도 많고 돼먹지 못한 정치인들, 특히 국회의원들이 많아서 문젭니다. 이를테면 개자식 같은 국회의원들이 여의도 국회의사당을 왕래하면서 건너다니는 여의도교를 가리켜 ‘견자교’(犬子橋)라고 부른다는 말도 있답니다.”

“그런데 국회의원들이 그렇게 나쁘게 보이는 이유는 무엇일까요?”

“그야 여러 가지 이유가 있을 수 있지만 그 중에서도 제일 큰 이유는 국회의원의 구실을 제대로 못하는 것이겠지요. 우선 국가와 사회를 위하여 좋은 법률을 제정하는 일이 본분인데 그걸 하지 않고 싸움질만 하니까요.”

“어찌하여 본분을 망각하고 있을까요?”

“야당은 여당이 하는 일을 방해하는 것이 마치 본분인 줄로 알고 있어요. 왜냐하면 여당이 하는 일을 협조해 주면 여당의 업적이 쌓이게 되고 여당의 업적이 쌓이게 되면 국민의 지지도가 높아지고 국민의 지지도가 높아지면 차기 선거에서 자기네가 불리하니까 무조건하고 방해를 해서 못하게 만드는 것이지요. 그래서 폭력까지 일어나는 것 아닙니까?”

“야당이 아무리 방해하더라도 여당이 잘 하면 되지 않을까요?”

“여당이 잘 하면 좋으련만 여당은 안일무사주의에 젖고 또 여당 중에는 야당에 가까운 회색분자들이 있거든요.”

“그래요. 확고한 신념이 없으니까 아무리 옳은 일이라도 남의 눈치나 슬금슬금 보면서 뒤로는 제 잇속만 차리는 것이지요.”

“아무튼 국회의원들이 폭력이나 완력으로 의사당 본회의장에서 싸우는 풍경은 세계에서 한국국회밖에 없다는군요. 외국의 신문이나 잡지에 사진으로 크게 보도된다는군요. 한국의 개망신이지요. 선진국에서 보면 개 같은 국회의원들이라고 할 겁니다.”

“그런데 국회의원만 그런 것이 아니고 시의원 도의원 구의원 군의

원, 모두가 그렇다는 것 아닙니까?"

"그렇습니다. 그래서 지방자치의 폐단이 많지요. 지방자치단체라는 것이 자치할 만한 수준이 돼야 하는 것이지 수준미달 상태에서 어떻게 할 수 있겠어요? 민주주의국가에서는 지방자치제도를 당연한 것으로 생각하지만 자치능력이 있어야 자치를 하는 것이니까요. 모두 그놈이 그놈이고 돈푼이나 생기면 너도나도 의원이 되려고 눈이 빨개지는 형편이란 말이오. 우리나라의 지방자치의회는 지역주의를 조장하는 부작용이 아주 심합니다. 정당에서 공천하는 제도도 폐단이 심하고요. 재정적으로도 중앙정부의 지원에 의존하지 않으면 아니 되고 그나마 자치단체에서 하는 사업이 전국의 수준에 맞지도 않고 예산을 낭비하는 수가 비일비재하다는군요."

요컨대 국회의원이나 지방의회의원이나 학벌도 좋고 인격도 훌륭한 사람들이 있지만 진정으로 국가나 국민을 위하여 일하지 않고 사리사욕이나 채우고 소속 정당의 이익을 위하여 눈이 빨갛다는 것이었다. 그렇기 때문에 아무리 중요한 법률안이라도 몇 년씩이나 심의하지도 않고 내버려두거나 어쩌다 법률안을 통과시키려고 본회의에 상정하면 미친 듯이 고함을 지르고, 망치로 기물을 파괴하고, 멱살을 움켜잡고, 떠밀고 당기고 하면서 폭력으로 해결하려고 한다는 것이었다.

의회의원의 의석수는 선거로 결정되는 것이고 의석이 많은 정당도 있고 적은 정당도 있는 것인데 적은 정당은 많은 정당의 세력을 꺾기 위하여 폭력투쟁과 장외투쟁을 일삼는다는 것이었다. 그리고 소수당이나 다수당이나 그 폭력을 쓰는 행태가 비슷한 수준이기 때문에 다수당이나 소수당이나, 여당의원이나 야당의원이나 모두 ‘개자식’ (犬子)들이라는 것이었다. 그런데 훌륭한 의원들도 많이 있을 텐데 모두 그렇게 나쁘다고 하는 것은 잘못인 것 같다. 그러나 그 훌륭한 의원들도 당리당략을 떠나서 개별적으로 행동하기는 어렵기 때문에 별 수가 없다는 것이었다.

선진국에서는 정부나 여당이 제출한 법안을 야당이 함부로 반대하지 않는다고 한다. 왜냐하면 정부나 여당은 야당에 비하여 많은 국민이 지지하고 있기 때문이란다.

그러나 저러나 인간들이 못된 인간들을 가지고 말할 때 우리들 견공에게 빗대어 ‘개자식’ 이라고 하는 것은 우리들을 멸시하기 때문이다. 인간들은 우리에게 비교할 수 없을 만큼 형편없는 동물인데도 말이다.

출세하였다는 인간들은 얼마나 교활하고 교만하고 간사스러운지 거짓말을 밥 먹듯 하고 법을 지키는 것은 어리석은 민초들의 몫이지 자기는 어떤 법이라도 함부로 어겨도 되고 당연히 특권을 누려야 한다는 태도라는 것이었다. 그래서 도로교통법이나 주민등록법이나 병역법이나 소득세법이나 무슨 법이든지 아무것도 두려워하지 않는다는 것이다. 국회의원은 고사하고 시의원만 돼도 자기 이름을 잘 모른다는 이유로 주민자치센터 공무원에게 폭언과 폭행을 감행할 정도라는 것이었다.

특히 교육자들은 학생들에게 인격적으로 감화를 주어야 하는데 학생들이나 학부모들에게 선물을 요구하기도 하고, 예능과 교수들은 학생들에게 비싼 공연 티켓을 강제로 팔아 오게 하고, 부적절한 신체적 접촉을 시도하기도 한다는 것이었다. 그뿐만 아니라 실험실습비나 연구비를 횡령하기도 하고, 입시부정을 저지르고, 학생성적을 부당하게 조작하기도 한다는 것이었다.

또한 인간들이 내세우는 종교나 신앙행위에서도 성인들의 가르침은 외면하고, 신도들의 약점을 이용하여 사리사욕을 취하기도 하고, 음란한 행위를 저지르기도 하고, 허황된 말을 지어내어 현혹하고 재산을 빼앗기도 하고, 의를 위하여 행동하지 않고 오히려 불의를 위하여 행동하는 사례가 많으며, 자기가 신앙하지 않는 다른 사람의 신앙이나 종교는 철저히 배격하고 심지어는 서로 폭력을 쓰기도 한다는 것이었다.

인간사회에는 이름난 정치지도자들이나 영웅들이 많지만 그 중에는 배우지 못하고 어리석은 인간들을 잘 살게 해 준다고 속이고, 전쟁을 일으켜서 무려 수백 만 명이나 심지어는 수천 만 명도 다치게 하거나 죽게 하기도 하고, 굶주리게 하고, 질병으로 신음하게 하고, 말을 마음대로 못하게 하고, 여행도 마음대로 못하게 하고, 억울하게 죽게 하고, 조금만 반항하면 용서 없이 붙잡아다가 감옥에 가두거나 죽어 버리는 지도자들이 많다는 것이었다.

　회장님은 지하철 열차 안에서 어떤 노인이 손자 같은 젊은이에게 봉변을 당하는 동영상을 본 일이 있었다. 비좁은 열차 안에서 젊은이가 다리를 포개고 앉아 있는 것을 보고 다리를 내려놓으라는 충고를 한 것이 화근이었다는 것이다.

　젊은이는 노인에게 폭언을 쏟았다.

　"네가 무언데 남에게 이래라, 저래라, 하느냐 말이야?"

　"너무 복잡하니까 그랬지."

　"복잡하면 당신이 물러나야 할 것 아니냐구? 왜 남에게 상관이야?"

　"여기는 당신 혼자만 있는 게 아니잖아? 여러 사람을 위하여 다리를 내려놓아야지."

　"그런데 다른 사람들은 아무 말도 하지 않는데 네가 무얼 잘 났다고 주제넘게 나에게 말하는 거야?"

　"참 기가 막히네."

　"기가 막힌다구? 그건 내가 할 소리야! 야, 이 인간아, 다음 역에서 내려! 내려서 한판 붙자구! X팔."

　이런 광경을 보고 어떤 승객이 노인을 피하게 하고 젊은이에게도 그만하라고 일렀단다. 그러나 젊은이는 계속하여 씨근덕거리면서 분을 토하더라는 것이었다.

　또 서울 청계천에서는 ○○○ 대통령을 지지하였다는 이유로 어떤 노인이 새파란 젊은이들에게 갖은 폭언을 다 들었다는 말도 나왔다.

　"이 늙은이야. 그래 말해 봐. ○○○가 무얼 잘 했는지. 너 같은 인간은 어른으로 인정하지 않으니까 일대일로 말해 보자구."

"나는 ○대통령이 잘 했다고 생각해."

"뭐가 잘 했어. 독재만 했지?"

"아, 잘 살게 했잖아?"

"잘 살게 해? 잘 살기만 하면 제일이야? 그리고 독재하면 누구는 그까짓 걸 못해? 그리고 외국에서 빚 얻어다 하려면 누구는 못해? 이 X팔 놈아. 그 때 외국에 진 채무가 얼만지 알기나 해? 이 인간아! 수구 꼴통아! 너 같은 거 조금만 젊기만 하면 벌써 요절났어. 나이를 처먹었다고 봐 주니까 그렇지……. 이 새끼야!"

젊은이들의 흥분은 도저히 말로 표현하기 어려운 수준이었다. 한국사회에서 노인들은 아무런 대우도 받기가 어려운 모양이다. 어려운 일제통치를 겪고 6.25를 겪으며 허리띠를 졸라매고 고생하고 땀 흘려 오늘의 한국을 건설하였다고 그 공로를 인정하는 사람들도 있지만 그것은 노인들의 자화자찬일 뿐이고 많은 젊은이들은 그렇지 않은 모양이다. 그래서 선거철만 되면 부모에게 등을 돌리고 제일 야당이나 급진정당으로 향하는 모양이다.

실지로 노인들은 젊은이들보다 새로운 지식이 부족한 사람이 많지만 새로운 지식만이 언제나 반드시 옳은 것도 아니고 어른들은 어른들대로 많은 체험을 통하여 터득한 진리와 지혜가 있는 법인데 어떤 젊은이들은 시대가 변하였다는 이유만으로 그것을 인정하지 않는 모양이었다. 젊은이들만 그런 것이 아니고 장관까지 역임한 정치인들도 노인은 집에서 쉬고 투표하러 갈 필요가 없다고 하는 판국이었다.

회장님의 서가에는 〈서양고문형벌사〉라는 책이 꽂혀 있었다. 인간들이 얼마나 잔인한지 인간들이 연구하여 책으로 써 내는 모양이었다. 동양이나 서양이나 옛날부터 지금까지 인간들은 인간들을 미워하고 괴롭히고 죽이는 짓을 밥 먹듯해 왔단다. 인간들은 인간을 가두어 놓고, 강제로 노동을 시키기도 하고, 결박해 놓거나 물고문이나 전기고문도 하고, 구타도 하고, 굶기기도 하고, 얼굴에 먹물을 들이거나 코를 베거나 손목을 끊거나 발꿈치를 베거나 거세를 하거나 가스로 질식시키거나 전기로 죽이거나 칼이나 작두로 목을 끊거나 생매장을 하거나 사지를 찢거나 목을 매달거나 총을 쏘거나 하여 죽이기도 하였단다.

회장님이 40여 년 전에 영국의 런던타워(London Tower)에서 본 형벌 기구는 아직도 생생하단다. 단두대를 비롯하여 흉악한 형벌기구가 나열되어 있었다. 그 중에는 사람의 손을 매달리게 하고 힘이 없어서 발을 늘어뜨리기만 하면 발이 칼날에 끊기는 기구도 있었다. 그것은 수백 년 전의 형벌기구지만 지금도 인간들은 그에 못지않게 잔인한 방법으로 사람을 죽이고 상해하는 것이다. 회장님은 요즘도 신문에서 흉측한 사진을 보기도 하였다. 아프리카의 어느 종족들은 내전을 겪으면서 여자의 입술을 끊어내고 코를 베어내고 귀를 잘라내어 흉물로 만들어 놓은 사진을 보았다. 그렇게 상처를 입은 여인이 자식들을 먹여 살리기 위하여 노동을 하고 노점을 벌이고 있는 모습이었다.

회장님은 언젠가 중국의 작가가 쓴 작품을 한 편 읽어보게 되었다.

중국의 국부군(國府軍)에서 활약하는 군인의 부인이 자기 고향에 돌아가서 사재를 털어 학교를 세우고 육영사업을 하다가 사회주의 혁명정부가 들어서자 학교와 모든 재산을 몰수당하고 나서 조리돌림을 당하는 와중에 이 사람 저 사람이 침을 뱉고 구타하여 쓰러지자 한 사람이 벽돌로 머리를 내리쳐서 흐르는 피가 온 몸을 적시게 되었다는 이야기였다.

너무나 충격적인 이야기이기에 사실이 아니고 하나의 문학작품이라고만 생각하고 싶었다. 그리고 그러한 작품을 써서 천하에 공개할 수도 있는 중국은 인민의 기본적인 권리가 보장되고 있음을 말하는 것이었다.

인간들은 서구에서 18세기에 일어난 시민혁명을 거쳐 수많은 민주주의를 체험하였지만 아직도 독재자들이 수많은 인민을 억압하고 학살하기도 한다. 인간들은 그런 지도자들을 대개 독재자라고 부르지만 독재자에게 머리를 조아리고 아부하며 호의호식하는 인간들도 많기 때문에 '그놈이 그놈'이라는 것이었다. 위대한 지도자라고 칭송을 받는 인간들 가운데는 파렴치한 죄인들이 허다하고 그들의 죄는 천 번, 만 번을 죽어도 씻기 어렵다는 것이었다.

지금도 인간들은 야수처럼 으르렁거리고 한 번에 수백 만 명씩 죽일 수 있는 핵무기를 개발하고 있단다.

내가 인간들에게서 흔히 보는 것은 남의 이야기를 잘 들을 줄 모르는 것이었다. 남이 한 번 이야기를 꺼내면 그 이야기를 끝까지 듣고 나서 미심한 것은 질문하여 확인하고 자기의 의견을 말하는 것이 아니고, 남의 말을 가로막고 다른 이야기를 꺼내서 먼저 말한 사람의 이야기를 방해하고 나아가서는 왜 쓸 데 없는 이야기를 꺼냈느냐는 듯이 반박하는 분위기를 만드는 것이었다.

내가 보면 서로 저 잘난 척하고 똑똑한 척하고 많이 아는 척하는 말싸움으로 밖에는 보이지 않는다. 어떤 때는 서로 다정하게 술을 마시다가도 상대방의 말을 완전히 무시하고 짓뭉개 버려서 서로 화를 내고 고성으로 언쟁을 하기도 한다. 그들은 통제도 없고 버릇도 없고 미치고 방탕한 혀를 놀리며 독설을 내뿜는 것을 부끄럽게 생각하기는 고사하고 자랑스럽게 생각한다. 정치인들이나 공무원들이나 교육자들이나 예술인들이나 모두가 지성인이 지켜야 할 침묵의 미덕이나 경청의 미덕은 애초부터 기대할 수 없다. 그러니 인간들은 정말로 이상한 동물들이며 우리들 견공보다는 도덕적으로 훨씬 뒤떨어진 동물들이다.

인간들은 남과 남 사이뿐만 아니라 자기의 친인척이나 가족끼리도 서로 미워하고 시기하고 속이고 빼앗고 심지어는 폭행을 가하고 유기하고 죽이기도 한다. 그러니 인간의 역사를 돌이켜보면 이기주의의 역사요, 교만의 역사요, 각종 범죄의 역사요, 폭력과 투쟁과 살육의 역사라고 할 만하다.

요즘 한국에서는 근로자와 기업간, 또는 민중과 정부간의 치열한

갈등이나 폭력시위가 누그러진 반면 정부와 종교계의 갈등이나 지역이기주의가 두드러지게 나타난다고 한다. 근로자가 폭력을 쓰고 파업을 일삼으면 기업이 망하게 되고 기업이 망하면 근로자들이 일자리를 잃게 되어 결과적으로는 근로자들의 생계만 어려워진다는 것이 증명된다는 것이다. 기업은 이윤을 추구하여 시설을 확대하고 새로운 기술과 기계를 개발하거나 도입해야 국제적 경쟁력을 유지할 수 있는데 근로자들의 요구대로 응하다 보면 경쟁에서 낙오하여 도산하고 말기 때문에 근로자의 복지와 기업의 발전이라는 두 마리 토끼를 잡기가 어려워서 기업주는 폐업해 버리고 해외로 도피한다는 것이다.

그리고 한국의 종교계에는 정의를 내세우거나, 환경보호나 종교 차별반대를 내세우면서 정부의 정책을 반대하는 경향이 두드러지고, 각 지방자치단체에서는 혐오시설을 반대하는 님비(NIMBY; Not In My Back Yard)운동이나 유리한 시설을 유치하는 핌피(PIMFY; Please In My Front Yard)운동이 극성이란다.

회장님은 이따금 사모님과 종교이야기를 하지만 즐거운 분위기가 깨어지고 만다. 회장님은 주로 신문에서 기사를 읽거나 방송을 듣고 말하는데 그 이야기가 기독교를 비판하는 냄새가 나기만 하면 사모님은 반기를 들고 기독교를 옹호하는 것이었다.

사모님은 주일예배, 수요예배, 금요철야기도 뿐만 아니라 셀 모임이나 이런 저런 일로 거의 날마다 교회로 달려가고, 병원으로 문병하러 가거나 전도하러 달려가고, 일본이나 중국이나 미국에도 가고,

멀리 아프리카에도 가서 선교를 하거나 연수를 받고 오기도 하였다. 그래서 회장님은 혼자 집에 남아서 밥도 짓고 국도 끓여서 끼니를 때우는 수가 자주 있었다.

어떤 때는 채소를 썰다가 손가락을 다쳐서 피가 흐르면 스카치테이프를 칭칭 감아서 지혈을 시키기도 하였다. 청소는 잘 하지 않았다. 어쩌다가 거실이나 방구석에 먼지가 쌓이거나 뭉쳐진 것을 보면 깜짝 놀라는 빛을 보이다가도 금세 잊어버리는 것 같았다. 그리고 혼자 있을 때 제일 고민하는 것은 냉장고 속에 오래 동안 보관된 음식이었다. 먹어도 되는지 안 되는지, 버리기 아깝다고 먹었다가 몸에 해롭지나 않을지 걱정이었다. 그래서 의심스러운 음식은 더러는 버리기도 하고 더러는 데워서 먹기도 하였다. 이럴 때는 사모님에게 입속으로 못된 욕설을 퍼붓다가도 곧 이어 '바빠서 그렇지!' 하고 이해하는 척하였다.

6

한국인과 일본인

회장님과 그 친구들이 이야기하는 것을 들어 보면 한국 사람들은 일본 사람들을 아주 싫어하는 것 같다. 왜구는 신라시대부터 한반도를 침범하다가 16세기 말에는 임진왜란을 일으키고 20세기 초에는 일본이 한국을 총칼로 강점하고 36년 동안 갖은 악랄한 수단으로 지배하였다는 것이다. 일본 사람들은 한국에서 일본에게 조금이라도 협조하지 않거나 반항하거나 독립운동을 하거나 하는 사람들을 무자비하게 탄압하고 투옥하고 죽이고, 모든 물자를 공출이라는 명목으로 수탈하고, 사람들을 징용으로 끌고 가 위험한 곳에서 강제노동을 시키고, 군대로 끌고 가 목숨을 바치게 하고, 처녀들을 속여서 끌고 가 종군위안부로 썼다는 것인데 일본이 태평양전쟁에서 패전하였지만 다시 경제대국으로 성장하였어도 한국에 충분히 사과하지도 않고 손해배상을 하지 않았다는 것이었다.

일본 사람들은 1910년 이후로 한국을 완전히 멸망시키고 지배하기 위하여 전국각지에서 한국역사책 20만권을 사들여서 불살라버리고, 아주 중요한 자료는 일본왕실도서관으로 가져가 숨겨놓고, 한국의 역사를 사실과는 전혀 다르게 거짓으로 날조하고 왜곡하였다. 이를테면 '환국'(桓國)을 '桓因'으로 만들고, '임나일본부설'(任那日本府說)과 '한사군대동강설'(漢四郡大同江說)을 만들어내고, 광개토대왕비문(廣開土大王碑文)을 날조하고, 신라화랑을 동성연애집단처럼 서술하고, 박제상을 일본인의 혈통으로 주장하기도 하였다.

그들은 청일전쟁(1894~1895)에서 승리하자 타이완(臺灣)을 차지하고 저항하는 원주민들을 무력으로 제압하고 통치하였으며, 만주국(滿洲國)을 세워서 괴뢰로 삼고, 중국의 본토를 침략하면서 난징대도살(南京大屠殺)사건과 같은 만행을 서슴지 않았다.

이런 점에서 보면 일본은 지구상에서 가장 악독한 짓을 저지른 나라 중의 하나이고 한국 사람들이 그들을 싫어하고 증오할 만한 이유가 충분한 것 같다. 만일 한국 사람들이 일본 사람들을 싫어하지 않는다면 허파도 쓸개도 없는 사람들이다.

회장님은 이따금 일본인들을 들먹이지만 일본인들을 노골적으로 욕하는 것 같지는 않다. 아마도 일본인들과 일본정부를 구별하여 말하는 것 같다. 한 사람 한 사람의 일본인들은 친절하고 예의가 바르고 교양도 있지만 일본이라는 나라는 너무도 악독한 짓을 많이 하였다는 것이다. 한국인들은 일본인들의 강점(强占)으로 지배를 받을 때 마치 노예처럼 치욕을 당한 모양이다. 이름도 일본이름으로 바꾸고 말도 일본말만 쓰고 일본 사람 앞에서는 쥐구멍이라도 찾고 싶을 정도로 기가 죽어 있었다.

노예라는 것은 무슨 일이던지 자기 마음대로 결정할 수가 없고 주인을 위하여 모든 것을 바쳐야 하는 인간이기 때문에 농사지은 곡식을 바치라면 바치고 징용을 가라면 가고 징병을 가라면 가고 무엇이든지 주인이 하라는 대로 해야 하는 인간들이다. 회장님은 자기의 부모와 형제가 일본인의 명령에 따라 피땀 흘려 농사지은 곡식을 바치고, 강제노동을 하고, 군대에도 다녀온 것을 잘 알고 있었다. 어떤 사람은 징용으로 가서 죽고 군대로 가서 죽어서 돌아오지 않은 사람들도 보았다. 그리고 점점 자라서 공부하면서 일본인의 잔인성을 알게 되었다. 그리고 한국 사람들이 일본인들을 몰아내고 독립을 해야 한다는 것을 알고 독립운동을 하다가 목숨을 잃은 사람들이 많다는 것도 학교에서 배워서 알게 되었다. 한국 사람들은 일본 사람들의 노예였다. 그래서 독립만세를 부르며 거리에 나섰다가 죽은 사람도 많다고 한다.

회장님의 컴퓨터에서는 노래가 흘러 나왔다.

사람들의 노랫소리가 들리는가?
분노한 사람들이 부르는 노랫소리가
이것은 민중의 음악이니

다시는 노예가 되지 않겠다는 것이오.
그대들의 심장 뛰는 소리가
북소리가 되어 울려 퍼질 때
이제 곧 새로운 삶이 시작할 터이니
내일이 오면
우리의 성전(聖戰)에 뛰어들 터인가
누가 용감하게 나와 함께 설 것인가
저 방벽(防壁) 너머로
그대가 갈망하던 세상이 있는가.
그렇다면 전투에 참가하라.
그것이 그대들에게 자유할 권리를 줄 테니

사람들의 노랫소리가 들리는가 ……

영어로 부르는 노래는 힘찼다. 알고 보니 '레 미제라블' 이라는 뮤지컬에서 부른 노래라고 한다. '레 미제라블' 이란 말은 프랑스 말로 '불쌍한 사람들' 이라는 뜻이란다. 폭군에게 억압을 받던 프랑스인들이 폭군을 몰아내고 목을 끊어 죽이고 죄 없이 감옥에 갇힌 죄인들을 풀어놓으면서 혁명하였을 때를 읊은 노래란다.

일본에게 짓밟혔던 한국인들은 불쌍한 인간들이었다. 폭군에게 짓밟힌 프랑스인들 보다도 가련하고 비참한 인간들이었다. 회장님은 그래서 일본인들을 좋아하지 않고 때때로 그들을 증오하고 멸시하는 것 같다. 회장님은 한 시간이나 지나도록 노래를 듣고 있었다. 영어로 된 노래를 따라 부르기도 하였다. 그러나 회장님의 영어실력은 60점도 안 되는 것 같았다.

한국 사람들은 다른 나라에게는 지는 일이 있더라도 일본에게는 지지 말아야 한다고 생각하고 열을 올린다고 한다. 그래서 그런지 경제적으로는 많이 일본을 따라가는 것 같지만 그래도 아직 여러 가지 분야에서 일본을 따라잡기는 멀었다고 한다. 우선 한국 사람들은 공중도덕이나 법을 지키지 않고 남을 배려하지 않는 것이다. 아무 데나 침을 뱉고 쓰레기를 버리고, 교통법규를 지키지 않고, 큰 소리로 떠들고, 해외여행을 다니면서도 국제공항 아무데서나 고스톱을 하고……, 이루 말할 수가 없다.

그런데 그 중에도 제일 부끄러운 것은 한국 사람들이 거짓말을 잘한다는 것이다. 허위사실로 남을 고소하는 무고죄나, 거짓을 꾸며서 재물의 이익을 취하는 사기죄나, 거짓 증언하는 위증죄 같은 범죄를 얼마나 많이 저지르는지 일본과 비교해 볼 때, 인구를 비례하여 계산하면 한국이 일본보다 무려 400~500배나 많다는 것이다. 그러니 '한국사람!' 하면 '거짓말쟁이!' 라고 할 수밖에 없지 않은가?

영어로 '블랙 컨슈머' 라는 말은 한국말로 '불량소비자' 라고 번역할 수 있는데 점포에서 물건을 사가지고 가서 적당히 변조해 놓고 그것을 불량품이라고 변상을 요구하든지 소문을 내어 생산업체를 해치는 소비자를 말하는 것이었다. 어떤 인간은 어떤 제빵가게에서

빵을 사다가 흉측한 이물질을 넣어서 소비자단체에 고발하기도 하고, 어떤 인간은 식당에서 값비싼 음식을 먹고 나서 거짓으로 배탈이 나서 치료하였다고 손해배상을 요구하기도 하고, 어떤 인간은 전자제품을 사다가 사용하면서 거짓으로 사고가 발생하여 피해를 입었다고 손해배상을 청구한다는 것인데 한국의 제조업자들의 80% 이상이 억울하게 비슷한 일을 경험한다는 것이다.

불량소비자들은 경쟁업체를 망하게 하거나 아니면 무단히 돈을 뜯어내려고 상습적인 행위를 한다. 공해식품이 나돌고 가짜 화장품, 가짜 약품, 가짜 명품이 소비자를 속이고 가짜 의사가 병원을 경영하고, 가짜 박사가 대학교수가 되어 행세한다.

한국에 20년 가까이 살고 있던 어느 일본 사람이 《맞아죽을 각오로 쓴 한국, 한국인 비판》이라는 책을 쓰면서 한국이 일본을 따라잡자면 100년은 걸린다고 말한 것이 헛소리가 아닌 것 같다. 평소에는 일본을 예찬하지 않던 한국 사람들도 일본만 한 번 다녀오면 일본에 찬론자로 변하는 수가 많다. 어딜 가나 깨끗하고 사람들이 친절하고 정직하고 한자(漢字)를 많이 쓰고 책을 많이 읽는 것을 보고 오기 때문이다.

2011년 3월 11일, 일본 동북지방에 일어난 지진은 9.0이라는 엄청난 강도에 높이 10m의 쓰나미가 겹쳐 수만 명이 사망 또는 실종하고 이재민이 60만 명이나 되고 부서진 집만 20,000여 채에 원자력발전기의 폭발로 방사능이 100km 밖에까지 날아가고 있는 형편인데도(경제피해액 3,000억 달러로 추산) 그들은 약탈이 없고 사재기가 없고 상점 앞에는 정연하게 줄을 서고 도로에서는 자동차의 새치기가 없고, 신호등이 작동하지 않는 네거리에서 자동차가 뒤엉키지 않고, 차가 다니지 못하게 망가진 건널목에서도 보행자가 파란 불이 켜질 때를 기다리고, 부상자를 간호하러 오면 '나보다 더 급한 환자는 없느냐?'고 묻고 양보한단다.

일본인들은 언제나 '스미마셍'(미안합니다. 죄송합니다)이라고 말하는 것을 생활화하고 남에게 조금도 '메이와쿠'(迷惑)를 끼치려 하지 않는다. '메이와쿠'라는 말은 본디 '무엇에 홀려 정신을 차리지 못함'이나 '정신이 헷갈리어 갈팡질팡 헤맴'이라고 풀이할 수 있지만 일본 사람들은 '폐' '귀찮음' '성가심' '불쾌함' '괴로움'과 같은 뜻으로 사용한다는 것이다. 남에게 폐를 끼치거나 귀찮게 하거나 성가시게 하거나 불쾌하게 하거나 괴롭게 하는 일은 하지 말라는 것이 가정이나 학교나 사회에서 지키는 윤리의 핵심이라는 것이다. 지방자치단체에는 각각 '미혹(메이와쿠)행위방지조례'가 있어서 사람들은 그것을 철저히 지키고 아이들에게도 그것을 철저히 교육하고 만일 지키지 않으면 회초리를 든다고 한다.

회장님은 K대학교 후지모토 도시카즈 초빙교수가 기자와 대담한 것을 보았다고 하면서 사모님에게 말하였다.

"일본에서는 교실에서 선생님이 학생들에게 무엇을 아는 사람 손 들라고 해도 손을 들지 않는대요. 그리고 모르는 것이 있으면 질문하라고 해도 안 하고."

"왜 그러지요?"

"안다고 손드는 것이나 모른다고 질문하는 것은 남에게 '메이와 쿠' 가 된다는 거지요. 모르는 것은 집에 가서 혼자 공부한대요."

"공부하는 데는 손핼 텐데."

"손해가 돼도 잘난 척하거나 자기만 알려고 질문하는 것은 남에게 실례라는 것이지요. 일본 사람들은 '무라하치부' (村八分)라는 말을 쓰는데 그것은 마을에서 제분수를 지키지 못하는 '팔푼이' 라는 거지요. 말하자면 마을의 분위기에 맞지 않게 욕심을 부리고 남의 눈에 거슬리는 행동을 하는 사람이 마을 사람들에게 따돌림을 당한다는 거지요. 그래서 세상 사람들의 건전한 상식이 중요한 행동기준이 되는 셈이지요. 자기 자신의 생각보다는 '세켄' (世間, 사회)이 더 중요하다는 것이지요. 지진과 쓰나미로 이재민이 되어 모두 굶어서 음식을 받으려고 줄을 서서도 음식이 모자라면 앞에 서있는 사람이 자기는 배가 고파도 뒷사람에게로 돌린다고 해요."

"백발노인이 오니기리(주먹밥)를 먹는 모습을 텔레비전에서 보았어요. 정말 안 됐더군요."

"그렇게 춥고 불편한 피난소에서 오니기리로 연명하여도 정부에서 도와줄 때까지 참고 참는 것이 당연하다고 생각하는 것이지요. 정말 대단해요."

"어째서 그럴까요? 예수도 안 믿으면서."

"남을 배려하고 폐를 끼치지 않는다는 DNA가 있답니다. 갑작스런 것이 아니래요. 오랜 세월에 걸쳐 섬나라에 살면서 서로서로 협력하고 배려하고 양보하는 정신이 길러졌다는 거지요."

"좋은 유전자를 타고 났군요."

"그리고 한국 사람들은 '굉장하다' 거나 '세다' 는 말을 많이 하지만 일본 사람들은 잘 하지 않는답니다. 지진에 대한 방송을 하는데도 그저 지진의 강도가 '8.8' 이라고만 하지 그 정도를 강하게 표현하지 않는다는 거지요. 냉철하고 객관적이랄까, 그런 거지요."

"그래서 일본을 다녀 온 사람들은 일본 사람들을 모두 칭찬하게 되는 거지요."

회장님은 일본 사람들을 칭찬하고 나서는 반드시 한국 사람들은 일본 사람들보다 뒤떨어진 점이 많다고 하였다. 그리고 일본 제품이라면 한국 사람들이 너무 좋아한다는 것이었다. 한때 한국 여자들이 일본에 가면 전기밥솥을 몇 개씩이나 사가지고 들어오고, 일본 사람들이 쓰던 물건도 아주 비싼 값에 산다는 것이었다. 들리는 바로는 일본 사람들이 필요하지 않아서 내놓은 물건들은 중고품이라고 부르기도 하고 재활용품(리사이클)이라고도 하는데 어린이들이 입는 분홍색 점퍼, 미키마우스는 수십 만 원씩이나 주고 사들이고 기저귀나 분유도 보기가 무섭게 사들인다는 것이었다. 이런 사람들은 '리싸족' 이니 '신리싸족' 이라고 한단다. '리싸' 라는 말은 영어의 '리싸이클' 에서 연유하였다고 한다.

회장님은 터놓고 큰 소리로 일본인들을 칭찬하는 일은 많지 않지만 속으로는 그들을 칭찬하는 마음을 항상 가지고 있었다. 일본인들은 정말로 정직하고 질서를 잘 지키고 타인에게 폐를 끼치지 않는 사람들이라고 믿고 있었다. 그래서 미국같이 세계의 모든 국가에서 모든 인종이 모두 모여서 사는 사회에서도 일본인들이 가장 모범적이라는 평가가 내려졌다는 것을 알고 있었다. 미국의 경찰관들은 만일 질서 위반자가 일본인이라는 것을 알게 되면 거의 눈감아준다고 한다. 일본인의 질서위반행위는 너무나 적거니와 그들이 저지른 범법행위는 고의가 아니라 단순한 실수로 간주한다는 것이다. 고의로는 절대로 범법하지 않는다는 사실을 너무나 잘 알고 있기 때문이다.

일본인들은 교통사고가 나더라도 한국 사람들에 비하여 입원하는 사람들이 10분의 1에 지나지 않는다고 한다. 한국 사람들은 우선 엄살을 떨고 입원하여 상대방에게 부담을 주고 돈을 뜯어내자는 기만술과 사기작전을 감행한다는 것이다. 한국의 어떤 도시에서는 시민의 태반이 가짜로 입원하여 보험금을 타냈다가 사직당국의 조사를 받는다고 한다. 그러니 한국 사람이라면 거짓말이 연상되는 것이다. '나는 한국인이다' 라는 말은 '나는 거짓말쟁이다' 라는 말과 동의어라고 한다.

그리고 내가 보아도 한국 사람들은 남과 대화하는 태도가 잘못 된 것같이 보였다. 한국 사람들은 남의 이야기를 잘 들을 줄 모른다. 누가 말만 꺼내기만 하면 꼭 방해하고 만다. 남의 이야기를 잠자코 듣는 것은 수치스럽거나 못난 짓이거나 자존심이 상하는 짓이라고 생각하는 것 같다. 그래서 한 사람이 '중국 갔다 왔다' 고 하면 말이 떨어지기가 무섭게 '나는 미국 갔다 왔다' 고 나선다. 그까짓 중국 갔다 온 것이 무슨 자랑이냐고 무안하게 만들고 마는 것 같다. 마음을 닫고 외면하고 방어하고 공격하는 인상을 준다. 우리 회장님은 그래도 좀 나은 편이다. 남의 이야기를 잘 들어 주는 때가 많은 것 같다. 그리고 상대방이 하고 싶은 말을 다 한 것으로 보일 때 장단을 맞추기 위하여 비로소 말을 꺼낸다. 회장님의 유일한 장점이다.

그런데 만일 한국에서 일본과 같은 무서운 지진이나 쓰나미가 일어나고 원자력발전소가 파괴되었다고 하면 도저히 상상도 할 수 없는 대혼란이 일어날 것이라고 나는 단정하고 싶다. 한국 사람들은 일본 사람들에게 견준다면 너무나 수준이 떨어지고 마치 불량배 같은 사람들이기 때문이다. 아마도 내가 이런 말을 한다는 것을 알면 한국 사람들은 스스로 반성하기는 고사하고 당장에 달려 와서 나를 물고를 낸다고 덤빌 것이다. 반성을 모르고 겸손을 모르고 타인배려를 모르는 인간들이니까. 동방예의지국이 아니라 동방무례지국이라는 말이 나올 정도니까. 내가 아무리 하잘것없는 견공에 지나지 않고 그중에도 가장 연약한 토이푸들에 지나지 않더라도 알 만한 것은 알고 있다.

한국에서는 일본의 재난을 돕겠다고 성금을 모으기 시작하고 의료지원을 준비하고 긴급구조대를 파견하여 헌신적으로 활약하고 있지만 한편에서는 일본의 재난이 결코 우연한 일이 아니라 그들이 저지른 죗값이라는 지적도 있다. 그것은 1923년(대정12년) 9월, 관동

지방에 일어난 이른바 관동대진재(關東大震災) 당시에 흉흉한 민심을 진정시키기 위하여 일본 정부가 허무맹랑한 유언비어를 퍼뜨렸는데 그 주동자는 쇼리키 마쓰타로(正力松太郎)라는 경찰간부였고 그는 태평양전쟁 후에 원자력위원장, 과학기술처장관, 요미우리신문사(讀賣新聞社) 사장 등을 역임하였다고 한다.

그 때는 마침 일본에서 노동운동, 여성운동 등 여러 가지 민권운동이 일어나는 어수선한 분위기인 데다가 지진이 일어나 모든 것이 파괴되고 사람이 죽고 다치는 혼란 속에서 민심이 흉흉해지자 이를 수습하기 위하여 조선인(한국인)들이 일본인들을 죽이려고 방화를 기도하고 우물에 독약을 풀었다는 정부의 선동에 현혹된 일본인들은 죽창을 들고 6,000~7,000명의 조선인들을 닥치는 대로 찔러 죽였다는 것이었다. 그러나 일본 정부는 아직도 사과한 일이 없다는 것이다. 더군다나 독도의 영유권을 주장하는 철면피한 행동을 일삼고 있으며, 한국을 멸시하는 지식인들이나 망언하는 정치인들이 많다는 사실을 지적하는 사람들도 있다. 그러니 한국인들이 일본인들을 좋아한다는 것은 결코 기대할 수 없는 것임을 나 같은 견공도 인정할 수밖에 없다.

나는 언젠가 회장님이 탄천에서 친구들과 이야기하는 것을 들은 일이 떠올랐다.

"일본 놈들이 독도(獨島)를 일본 땅이라고 주장한다지요?"

"심심하면 상습적으로 그런 말을 한답니다."

"그 사람들 심보가 틀린 것 아닙니까? 일본에서는 죽도(竹島, 다케시마)라고 부르는 모양인데 죽도는 대나무가 자생하는 섬이니까 바위만 솟아 있는 독도와는 이름조차 거리가 멀거든요. 그 인간들은 터무니없는 생떼를 쓰고 남의 나라를 침략하는 근성을 가지고 있으니까……. 그런데 아무리 떠들어도 소용이 없을 텐데 왜 그리 집요하게 주장할까요?"

"먼 장래를 위한 것인지 모르지요. 아주 먼 장래 말이오. 백년이고 2백년이고 3백년이고 계속하여 순찰 일기를 쓰고 주장하다가 보면 그것이 증거자료가 되어 국제사법재판소 같은 데서 유리하게 판결을 받을지도 모르니까요."

"그렇군요. 먼 훗날 언젠가는 그럴 수도 있을지 모르지요. 그리고 자라나는 젊은이들에게 그런 욕망을 심어주어서 영토와 영해를 넓히게 하는 거지요. 섬나라 곤죠라는 거지요. 도리가 없어요. 구제불능이랄까."

"우리는 대마도(對馬島, 쓰시마)를 우리 땅이라고 주장해야 한다는 사람들이 있어요. 그런데 그 '곤죠' 라는 말이 무업니까?"

"근성(根性)이라는 거지요. 근본적인 성격이랄까요? 고칠 수 없는 섬나라 사람들의 성격이지요. 중국하고는 센카쿠열도(尖閣列島)를 가지고 다툰다는군요."

"그 댜오위다오라는 섬 말이지요? 동중국해 타이완과 류큐제도(琉球諸島) 사이에 있다는 무인도들, 바위섬들."

"한국어로 읽으면 조어도(釣魚島)라는 것인데 어업을 비롯한 이해관계가 있는 것 같지요."

"일본은 동양평화를 깨트리고 도저히 인간으로서는 할 수 없는 잔인한 범죄를 저질렀으니까 이제는 반성을 해야 할 텐데 반성은 고사하고 기회만 있으면 다시 일을 저지르고 싶은 것 같아요. 내가 어렸을 때 살던 고향에는 일본인이 토지를 많이 사서 소작료를 받고 농사를 지었는데 어찌나 소작료를 많이 받았는지 모르거든요. 그래도 워낙 가난하다 보니까 그 비싼 소작료를 바치면서도 농사를 지어 주는 사람들이 있었으니 가난이 원수랄까요."

"일제하에서는 그야말로 노예나 다름없었지요. 곡식이라는 곡식은 모두 빼앗기고 목화 공출, 가마니 공출에다 놋그릇도 다 빼앗겼으니 말해 무엇 합니까. 아마 그때 영양실조로 병이 나서 죽은 사람들이 상당히 많았을 겁니다."

"난 일본 사람 고미카와준베이(五味川純平)가 쓴 〈인간조건〉이란 소설을 읽고 얼마나 일본인들이 잔인무도한 종자들인지 놀랐어요. 무대는 중국이지만."

이야기를 들어보면 일본인들이 잔인한 종자들이란 것은 틀림없을 것 같았다. 그런데 어찌하여 일본 사람들은 질서를 잘 지키고 남에게 폐를 끼치지 않는다고 칭찬을 받는지 알 수 없는 일이었다. 국민은 착하면서 국가는 포악하고 잔인하단 말인가. 일본의 지도자들이 악한 것이지, 국민들은 교양 있고 친절하고 선하다는 말인가. 도무지 이해하기 어렵다.

그것은 그렇다고 치고 아무튼 누가 만일 나에게 일본 사람을 좋아하느냐, 한국 사람을 좋아하느냐? 고 묻는다면 나는 주저하지 않고 일본 사람을 좋아한다고 대답할 수밖에 없다. 나도 거짓말을 싫어하니까 하는 수 없다. 나는 정직한 사람과 살고 싶다. 그래서 한국 사람보다는 일본 사람과 살고 싶다. 사모님이 들으시면 서운하다고 하시겠지만. 그리고 회장님이 들으면 괘씸하다고 하겠지만. 나에게도 양심이 있으니 어쩔 수가 없다. 거짓말 잘 하는 한국인들은 우리들 개만도 아주 훨씬 못하니까.

전쟁의 원인은 모두 인간들의 허황하고 사악한 욕심 때문이며 그 결과는 불쌍한 군인들과 국민들이 대량적으로 억울하게 죽는 것이다. 사람이 죽고 다치고 엄청난 시설이 파괴되는 그 비참한 전쟁은 인간들의 잔인성을 그대로 드러내는 것이다. 나 같은 견공들이 볼 때는 인간들은 그야말로 바보요 천치요 악마라고 할 수밖에 없는 것이다.

인간들은 인간능력의 한계도 모르고 '종족의 우상' 에 사로잡혀 주제를 파악하지 못하고 우주를 자기중심으로만 바라본다. 이러쿵저러쿵 학설 같은 것을 내세우지 않는 우리들, 견공들이 착하고 겸손하다.

그러나 나는 지금 그런 시시한 인간들의 이야기를 왈가왈부하면서 따질 능력도 충분하지 않거니와 따질 필요도 없다. 인간들에게는 훌륭한 선생님들의 교육이 필요하고 사회적인 약속이 필요하고 형벌이 필요할 뿐이다. 옛 사람들이 수양(修養)과 예(禮)와 법(法)을 말한 까닭이 여기에 있다. 수양은 정심(正心)과 성의(誠意)를 잘 함양하는 일이고 예는 사회적인 약속(규범)을 잘 지키는 문제이고 법은 강제로 의무를 이행하게 하는 수단이라고 할 수 있다.

동물들은 모두 인간들에게 언제 멸시와 박대를 받고 버림을 받고 폭행을 당하고 죽임을 당할지 알 수가 없다. 우리들 마음대로 풀밭을 뛰어다니고 하늘을 날아다니지 못하고 집안이나 울타리에 갇혀 있다가 꼼짝없이 당하고 만다.

회장님에게 폭행을 당한 나는 인간의 성품이 악하다는 것을 믿게 되었다. 나는 회장님의 발에 차인 후로 한 달이 넘도록 갈비뼈가 아프고 담이 결리고 가슴이 벌벌 떨리고 잠도 제대로 잘 수가 없었다. 지금은 몇 달이 지났어도 그 악독한 회장님만 보면 가슴이 두근거린다. 인간들은 이런 증세를 '트라우마' 니 '외상성신경증' 이니 '충격후스트레스장애' 라고 한단다.

인간들은 스스로 사색하는 인간(homo sapiens)이니, 일하는 인간(homo faber)이니, 유희하는 인간(homo ludens)이니, 미소하는 인간(homo risio)이라고 말하지만 그것들은 거의 모두 인간들의 의로움과는 거리가 먼 것들이 아닌가 싶다. 사색하는 인간들이 그렇게 어리석은 짓을 하기는 어렵고, 일하는 인간들이 그렇게 파괴하기는 어렵고, 유희하는 인간들이 그렇게 남과 다투기는 어렵고, 미소하는 인간들이 그렇게 흉악한 마음을 품기는 어렵지 않은가.

한국인들이나 일본인들이나 특별히 선하게 태어나거나 악하게 태어난 것은 아닌 것 같다. 그러나 한 가지 분명한 사실은 한국인들이 일본인들에게 악한 짓을 저지른 것은 거의 없지만 일본인들이 한국인들에게 저지른 악한 짓은 엄청나다는 것이다. ―일본인들은 한국과 중국을 침략하였을 뿐만 아니라 동남아 여러 나라를 침략하고 세계2차대전을 일으켜서 수많은 사람들을 억울하게 죽게 하였다. 일본인들은 한국이나 중국의 일부를 총칼로 점령하고 식량을 약탈하고 강제징병, 강제징용을 하고 심지어는 강제종군위안부를 끌어다가 인간을 파멸시키고도 물질적 보상은커녕 사과도 하지 않는 철면피이고, 언제까지나 피해자들이 모두 죽을 때만 기다리는 인간들이라는 것을 회장님은 너무나 잘 알고 있었다. 그러나 우리 집 회장님이라는 인간이 한 번도 일본의 악행에 대하여 공식적으로 항의하거나 항의하는 운동에 참여하는 것은 본 일도 없고 들어 본 일도 없다. 그는 말로는 일본을 증오하면서도 일본을 무시할 수 없는 나라라고 믿고 일본 책도 읽고 일본 노래도 부르는 것이다. 그는 실천할 줄 모르는 사이비 지식인에 지나지 않는 이중인격자인 것 같다.

7

회장님의 화병(火病)

회장님의 서재에는 남쪽 창문 쪽으로 족자 세 개가 걸려 있다. 그러나 얼핏 보면 세종대왕 어필 '가전충효 세수인경'(家傳忠孝 世守仁敬) 밖에 보이지 않는다. 나머지는 '백파선사비'(白坡禪師碑)의 탁본이고 또 하나는 중국의 화가가 그린 연꽃인데 세종대왕 어필의 뒤에 겹쳐 걸려 있기 때문이다. 그리고 동쪽으로는 백두산 천지그림 밑에 '행운유수'(行雲流水)라는 작은 목각편액이 약간 나지막한 서가 위에 세워져 있다.

백파선사비는 전라북도 고창군 선운사에 있는데 '화엄종주백파대율사대기대용지비'(華嚴宗主白坡大律師大機大用之碑)를 가리키는 것인데 추사 김정희 선생의 독특한 글씨가 돋보이고 비문 가운데 '대기대용'(大機大用)과 '빈무탁추기압수미 사친여사불 가풍최진실'(貧無卓錐氣壓須彌 事親如事佛家風最眞實)이란 글귀가 들어 있다. 대기라는 말은 일월성신이나 주야나 사시나 풍운우로와 같은 우주의 운행과 조화를 가리킨다. 대용이란 말은 수도하는 사람의 심신이 사리에 거침이 없고 능소능대하며 살리고 죽이는 것이 자재하며 대공심(大空心)과 대공심(大公心)으로 중생을 제도하는 기능이다. 따라서 대기대용이란 우주의 섭리에 따른 인간의 공능을 말한다고 할 수 있다. 나머지는 백파선사가 몹시 가난하지만 그 기개는 수미산을 압도하고 부모님을 섬기기는 부처님을 섬기는 듯하고 가풍이 지극히 훌륭하였다는 것이다.

백파선사는 우주의 섭리와 인간의 도리를 중시하였고 불가의 도리뿐만 아니라 세속의 도리에도 소홀함이 없었던 것 같다. '행운유수'는 우주의 섭리요 '충효와 인경(仁敬)'은 인간의 도리라고 할 수 있으니 합치면 하나의 대기대용이라고 할 수 있을 것이다. 추사는 제주에 있을 때 백파선사를 비판하였고 후에 사과하기 위하여 만나려다 만나지 못하였다고 한다. 비문을 보면 추사는 백파선사를 극찬하였다. 회장님은 비문의 내용도 좋지만 글씨에 더욱 마음이 이끌려서 늘 바라보는 것이었다.

회장님은 1970년대 초에 처음으로 추사의 '세한도'(歲寒圖)를 보고 감동을 받았다. 다 닳아 빠진 갈필로 그린 그림도 좋지만 발문이 마음에 닿았다. 추사가 제주도에서 유배생활을 하면서 우선(藕船) 이상적(李尙迪)이라는 제자로부터 계복(桂馥)의 〈만학집〉(晚學集)과 운경(惲敬)의 〈대운산방문고〉(大雲山房文藁)를 받고 나서 다시 하장령(賀長齡)의

<황조경세문편>(皇朝經世文編)을 받고 이상적에게 그려 준 그림이 '세한도' 라는 것이다. 추사는 우선 이상적이 책을 구하기 위하여 애쓴 것을 말하고 대략 다음과 같이 글을 이어나갔다.

 "세상 사람들은 오직 권세와 이익만을 추구하는데 우선은 그렇지 않고 멀리 제주도에서 귀양살이하며 초췌한 나에게 마치 권세와 이익을 추구하는 세상 사람처럼 대하는구나. 사마천이 말하기를 권세와 이익으로 합친 자는 권세와 이익이 없어지면 교제가 성기게 된다고 하였는데 그대도 세상 사람들 중의 하나이면서도 스스로 도도한 권세와 이익의 밖으로 벗어났으니 나를 권세와 이익으로 보는 것이 아니겠지요? 사마천의 말이 틀린 것인가? 공자는 말하기를 날씨가 추워진 후에야 소나무와 잣나무가 뒤늦게 시든다는 것을 안다고 하였는데 소나무와 잣나무는 춘하추동에 관계없이 시들지 않는 것이어서 날씨가 춥기 전에도 하나의 송백이요 날씨가 추운 후에도 하나의 송백인데 성인은 특별히 날씨가 추워진 후를 칭송하였다. 이제 그대가 나에게 대하기를 전에나 후에나 더하고 덜함이 없으니 성인의 칭송을 들을 만하지 않은가? 중국 서한(西漢)시대의 순후한 세상에서 보아도 급암(汲黯)과 정당시(鄭當時) 같은 어진 사람에게도 빈객들이 많이 오기도 하고 적게 오기도 하였다. 적공(翟公)은 정위(廷尉)라는 벼슬을 잃으니까 손님이 끊어졌다가 다시 벼슬길에 오르게 되자 손님이 너무나 많이 찾아오기 때문에 문에다 방문(榜文)을 써 붙였던 것은 지극히 절박한 것이다. 슬프도다!"

적공이라는 사람은 벼슬이 없어지자 너무나 한산하게 살기 때문에 새들이 너무 많이 모여들어서 문 앞에다 새그물을 처 놓을 만하였는데 다시 벼슬을 하게 되자 사람이 너무 많이 몰려오자 대문에 글을 써놓았다는 것이다.

'한 번 죽고 한 번 삶에 사귀는 정을 알고(一死一生乃知交情), 한 번 가난하고 한 번 부유함에 사귐의 태도를 알며(一貧一富乃知交態), 한 번 벼슬하고 한 번 벼슬하지 못함에 사귐의 정이 드러난다(一貴一賤乃見交情)'고.

이것은 세상 사람들의 얄팍한 변덕을 꼬집은 것이었다. 추사는 이상적의 참된 인품을 높이 평가하고 고마워하면서 세상의 인심이 어떤 것인지를 잘 드러내고 있다. 추사가 그림을 그리고 굳이 '세한도'라고 이름을 붙인 것도 공자가 송백을 특별히 칭송한 것과 상통하는 것이며 이상적의 높은 인격을 칭송한 것임은 말할 나위없는 것이었다.

회장님의 침실 벽에는 율곡 선생의 친필로 알려진 '성동인우 애지산학'(性同鱗羽 愛止山壑)이라는 탁본이 걸려 있다. 회장님은 항상 바라보며 생각하곤 하였다. 물속에 사는 물고기나 공중을 나는 새나 모두 하늘로부터 받은 성품(性品)은 같은 것이며 인간의 사랑은 산과 골짜기에 두루 머문다는 것으로 해석하였다. 물고기와 새의 성품이 같으면 모든 동물의 성품이 같고 비단 동물뿐만 아니라 식물의 성품도 동물과 같은 것으로 넓혀 볼 수 있다. 동식물은 자연이고 인간도 자연의 일부에 지나지 않는 존재이다. 따라서 인간이나 동물이나 식물

이나 모두 그 성품은 공통되는 것으로 해석할 수 있을 것 같다. 이것
은 율곡이 주장하던 이일분수(理一分殊)와 통하는 논리였다.

　회장님은 울적한 기분이 들 때가 잦았다. 좀 더 건강하게 오래 살
면서 선현의 글을 읽고 우주와 인간의 문제를 깊이 깨우치고 좋은
글을 써서 후진들에게 보여주고 싶어 한다. 그러나 건강에 자신을
잃게 되고 나이가 평균수명에 다다라서 그런지 우울증과 같은 증세
가 잦았다. 수년 전에는 신경정신과의 진료를 받으면서 4개월 이상
이나 특별한 약물치료를 받았다. 회장님은 그 때 장기간의 약물복용
이 부작용을 일으킬 것 같아서 청주의 김 박사에게 상담하였다. 김
박사는 말하였다.
　"이제 약물은 끊고 날마다 운동을 하시오. '걸으면 살고 안 걸으면
죽는다' 는 책이 있으니 읽어보시오. 긍정적으로 생각하고 낙천적으
로 사시오."
　회장님은 그의 말을 모두 받아들였다. 약을 끊고 운동을 힘쓰
고……. 그래서 극복한 증세는 이따금 재발하는 것 같았다. 무어라
고 확실히 진단을 내리기는 어렵지만 정신신경과의 진료대상인 것
같았다. 그런데 그저 심리적인 치료방법으로는 어렵고 약물의 치료
가 필요한 모양이었다. 명상과 같은 여러 가지 수도생활로 효과를
볼 수도 있지만 마음이니 의지니 하는 것은 물질로 이루어진 뇌세포
를 무시하고 따지기 어려운 문제라고 생각되었다.
　우울증 조울증 불안장애 공황장애 뚜렛장애 정신분열증 인지기능

저하 치매 긴장성두통……. 이들 가운데 몇 가지는 회장님의 건강과
관련이 있는 모양이다.

　회장님은 단단히 결심을 하고 탄천을 거닐거나 산을 찾아다니기
도 하였다. 그리고 PC에서 음악을 검색하여 감상도 하고 노래를 따
라 부르고 콧노래로 흥얼거리기도 하였다. 노래는 '황혼의 노래' 와
'숨어 우는 바람소리' 이었다.

아지랑이 하늘거리고 / 진달래가 반기는 언덕
깨어진 꿈 추억을 안고 / 오늘 나는 찾았네.
내 사랑아 그리운 너 / 종달새에 노래 싣고서
그대여 황혼의 노래 / 나는 너를 잊지 못하리
마음 깊이 새겨진 / 사랑이 아롱지네.
맑은 시내 봄꿈을 안고 / 어린 싹 눈을 비빌 때
그 옛날의 아련한 모습 / 내 맘에 새겨진다.

– 〈황혼의 노래〉

갈대밭이 보이는 언덕 / 통나무 집 창가에
길 떠난 소녀같이 / 하이얗게 밤을 새우네.
김이 나는 차 한 잔을 / 마주하고 앉으면
그 사람 목소린가 / 숨어 우는 바람소리
둘이서 걷던 갈대 밭길에 / 달은 지고 있는데

잊는다 하고 무슨 이유로 / 눈물이 날까요?
아아 길 잃은 사슴처럼 / 그리움이 돌아오면
쓸쓸한 갈대숲에 / 숨어 우는 바람소리

몇 번을 반복하여 들으며 흥얼거리고 따라 부르기도 하니 마음의 응어리가 다소나마 풀리는 모양이다. 가슴 속에 맺힌 것이 가득한 것 같지만 따지고 보면 그것이 대단한 것도 아닌 것 같았다. 그저 사람이 살다 보면 누구나, 아무나 느끼는 것에 지나지 않는 별 것 아닌 것 같았다. 그리움을 간직하고 있는 사람이 그리움 때문에 괴로울 때 그리움을 주제로 한 노래를 부르면 가슴 속의 응어리가 풀릴 만도 하지 않은가. 울고 싶을 때 울어서 응어리를 푸는 것, 카타르시스! 마음의 정화(淨化).

그러나 회장님의 우울증은 한층 근원적인 곳에 도사리고 있는 것 같았다. 그 근원적인 곳이란 어떤 곳일까? 그리고 그 근원적인 곳에 도사리고 있는 우울증의 근원은 무엇이며 그 정체는 무엇일까. 그것은 그리운 고향, 그리운 시절, 그리운 사람들, 그리운 꿈들일까. 순간순간 머리를 스쳐가는 것, 손에도 잡히지 않고 눈에도 보이지 않는 그 형체도 분명하지 않은 어떤 것일까.

회장님은 요즘도 몸이 몹시 괴롭게 보였다. 이따금 몸이 괴롭다고 직접 말하는 수도 있다. 그리고 사모님에게 말하는 태도도 어쩐지 거칠게 보였다. S병원에서 처방한 대로 열심히 약을 먹는 것 같은데도 별로 효험이 있는 것 같지가 않다.

　그 동안 S병원에서는 수술도 받았지만 그 이전부터 소화기내과 비뇨기내과 폐－식도외과 호흡기내과 이비인후과 순환기내과를 다니고 응급실에도 두어 차례나 쫓아가서 여러 가지 검사를 받았는데 요즘도 몸이 나쁘고 잠도 잘 수가 없어서 우울한 기색이다.

　심지어는 사모님에게 ‘이래서 사람들이 자살하는 모양이야!’ 라고 한 마디 하기도 하였다. S병원은 미리 예약을 하지 않으면 안 되고 응급실로 달려가면 고생만 하기 때문에 함부로 달려갈 곳이 못 되었다. 한국에서 제일 높은 수준인데도 환자들은 오랫동안 기다리거나 심지어는 바닥에 누워 있는 환자도 발견될 정도로 혼잡하였다.

　“식사하세요.”

　“글쎄요. 못 하겠네요. 병원이나 다녀와서 할 테니 신경 쓰지 마세요.”

　회장님은 아침에 일어나 그 동안에 복용하던 약품을 챙겨 종이에 적었다. 의사에게 보고하려는 것이었다. 현재 복용하는 약 봉투와 먼저 복용하던 약 봉투와 처방전을 모두 찾아도 한 가지는 알 수가 없었다. 시간은 자꾸 지나고 지체하기가 싫어졌다.

　회장님은 거실에서 바라다 보이는 MDG병원으로 달려갔다. 접수 창구에 가서 N원장에게 진료를 받겠다고 신청하고 한참을 기다려서야 마침내 호명을 당하고 진료실로 들어섰다.

　“가슴이 차갑고 시리고 괴롭습니다.”

　“그래요. 처방을 바꿔야겠어요. 종전의 약은 위에 해로워요. 일시적으로만 쓸 수 있어요."

"원장님이 바꾸어주세요."

"그런데 근본적인 원인을 치료해야 해요. 스트레스 같은 것."

"그렇다면 정신과 치료를 받아야 합니까?"

"반드시 그런 것은 아니지만 스트레스가 문제지요. 우울증과도 관계가 있고요."

"요즘 우울증을 스스로 느낍니다."

"화병이라고 말할 수도 있어요."

"그러니 정신과를 가야 하지 않을까요?"

"우선 치료해 보면서……."

"… ??…."

"우선 약물로도 치료가 될 것 같으니까요. 약을 드세요."

회장님은 스트레스나 화병을 소화기내과에서 치료한다는 것이 잘 믿어지지 않았지만 그대로 승복하고 쓸쓸한 마음으로 엘리베이터로 향하였다. 처방전을 들고 약국에 가서 약사에게 말을 건넸다. 스트레스가 원인이므로 위액에 문제가 발생하지만 약으로 치료하면 된다는 것이고 소화기 계통의 환자들은 거의 비슷한 원인과 증상이라는 것이었다. 말하자면 현대인의 소화기 질환의 대부분이 스트레스와 관계가 있다는 것이었다. 그래서 스트레스를 치료하는 것이 우선이지만 그것이 거의 어렵기 때문에 소화기질환이 나타나면 약으로 치료하기를 반복한다는 것이었다.

그런데 회장님의 화병은 그 원인이 무엇인지가 궁금한 것이었다. 그는 2년 전에도 갑자기 S병원 응급실로 가서 혈액, 심전도, 위내시경, 심근경색 등을 검사하면서 이틀을 고생하였는데 며칠 전에는 또 응급실로 달려가서 하루 종일 굶으면서 여러 가지 검사를 받고 저녁 아홉 시가 되어서야 겨우 미역국을 먹고 집으로 돌아왔었다.

겉으로 보기엔 팔자가 좋은데……. 도대체 무슨 스트레스란 말인가. 그만한 나이에 할 일이 없어서 복지관이나 등산이나 기원을 다니거나 친구도 없이 쓸쓸히 산책이나 하고 신문이나 보고 텔레비전을 시청하다가 잠이나 쿨쿨 자는 사람들이 대부분이고 더러는 중풍으로 수족을 제대로 쓰지 못하고, 관절염으로 걷지도 잘 못하는 분들이 있는데 우리 회장님은 강의도 다니고, 발표도 하러 가고, 강의를 들으러 다니고, 친구들과 막걸리도 마시고, 노인회관 사랑방에도 나가고, 친구들과 산보도 하고, 더군다나 인터넷신문 칼럼원고도 자주 써서 발표하고, 문학단체에도 관계하고, 한국철학연구소에 자주 나가고, 각종 강연회에 방청하러 다니는 일이 잦다 보니 심심하거나 고독하거나 우울할 여지가 없을 것 같았다.

회장님의 친구 여여당 선생은 회장님을 가리켜 결코 남부럽지 않은 분이라고 말한다. 당신도 출세하여 존경받는 직업에 종사하다가 정년으로 은퇴하고, 사모님도 거의 그렇고, 자제는 해외에 유학하여 박사학위를 따와서 국립대학교에 근무하고, 딸 하나도 박사학위를 가지고 연구소에서 중책을 수행하고, 자부도 일류 음악교사이고, 딸

하나도 일류 교향악단 단원이고, 경제적으로도 여유로운 편이
고……. 모두가 갖추어진 형편인데 도대체 무슨 화병이 날 수 있단
말인지 납득하기가 어렵단다.

그런데도 화병이 원인이 되어 가슴이 답답하고 쓰리고 시린 증세
가 일어나 응급실로 달려가야만 할 형편이라는 것이다. 회장님의 화
병은 아마도 자신이나 가정의 문제가 아니라 짜증나는 신문기사들
을 비롯한 방송보도와 인터넷 매체의 기사들과 주변에서 보고 듣는
불쾌한 일들 때문인 것 같다. 항상 조금씩 느끼는 감기나 요통이나
전립선비대증이나 축농증쯤은 병도 아닌 것 같다.

어느 시의원의 행패, 중동(中東) 자스민혁명, 탈북자들의 어려움,
어둡게만 보이는 남북관계, 금융감독원의 행태, 소년 자살, 노인 자
살, 부모 살해……. 불법 유흥업, 채소밭에 감춘 엄청난 현찰, 경찰관
과 소방관이 구타를 당하는 사건, 입학 부정, 학교 성적 부정, 일부
교사들의 비교육적 불법행위, 전면 무상급식, 어린이 성추행과 성폭
행, 인터넷에 떠도는 음란물, 매국노 후손의 치부, 빽 있는 자의 특채
와 성공……. 정치인들의 부패와 부도덕, 전직 대통령들의 추악한
모습, 일본의 독도영유권 주장……. 아마도 이런 불쾌한 정보들이
회장님의 화병을 일으키는 원인인 것 같다. 〈맹자〉 '이루하편 28' 에
는 '종신지우'(終身之憂)와 '일조지환' (一朝之患)이라는 말이 있는데 회
장님의 화병은 일조지환이 아니라 종신지우에 해당하는 것 같다.
'종신지우' 는 일생에 걸친 근본적인 문제요, '일조지환' 은 일시적

인 처지나 환경에서 일어나는 지엽적인 문제란다.

사실 그것은 세상에 불의한 일이 너무나 자주 일어나는 데 대한 회장님의 걱정과 통하는 것이었다.

당장 먹고 살기에 급급한 사람들은 일시적인 걱정이 많지만 이른바 지성인들은 자기의 일신상에 대한 걱정보다도 국가와 사회가 잘 되기를 걱정하고 봉사하는 것이 보람이기도 하기 때문에 그것이 곧 종신의 걱정이 될 수 있다는 것으로 보였다.

맹자는 말하기를 '순(舜)임금은 누구이며 자신은 누구인가? 똑 같은 하나의 사람에 지나지 않지만 순임금은 후세에 롤 모델이 되어 그 덕택을 만세에 전하게 하였는데 자신은 하나의 평범한 사람으로 머물고 만다는 것은 매우 유감스런 일'이라고 생각하였던 것이다. 회장님은 세상이 어떻게 돌아가고 있는지 많이 알고 있는 것이 걱정을 키우는 원인인 것 같다. 회장님의 취미는 철학, 윤리, 교육, 문학 따위에 관계가 있기는 하지만 그것들이 화병을 고치는 데는 별로 도움이 되지 않는 것 같다.

도대체 무엇이 걱정인가? 무엇이 화병의 원인인가?

회장님은 인간의 추한 모습을 너무나 잘 알고 있는 사람이었다. 외국침략전쟁, 무력혁명과 인명살상, 핵무기 등 대량살상무기의 개발, 테러, 타인종과 타민족(국민) 멸시와 학살, 독재정부와 전체주의 정부의 인민 억압과 착취, 정치인의 철면피한 거짓말, 개발이라는 허울 좋은 명분 아래 일으키는 자연환경 파괴, 공해(공기오염, 수질오염), 불량식품, 동물의 학대와 수렵, 유흥, 도박, 사기, 횡령, 절도, 강도, 재산싸움, 불법 부동산투기, 골육상쟁……. 교만, 허장성세, 돈과 권력 앞에서 벌이는 비겁한 행동과 아부, 타종교 배척, 사이비종교인……. 부부싸움, 불륜한 이성교제, 성도덕의 문란, 유행, 낭비, 건강이나 생명에 대한 지나친 집착…….

회장님의 화병은 맹자가 말한 종신지우에 가까운 것으로 보였다. 대한민국은 북한을 떼어놓고 생각하기 어렵다. 북한이나 남한이나 완전한 자유와 평등을 실현하는 사회는 건설할 수가 없다. 본디 자유와 평등은 동시에 성립되기 어려운 개념이다. 어떤 정치체제에서는 평등을 주장하면서 자유가 억압되고 어떤 정치체제에서는 자유를 주장하면서 평등이 억압된다. 한국에는 사회의 불안을 조성하고 인간성을 황폐화하는 사람들이 있다. 그들은 남한이 미국의 식민지라고 주장하고 미군철수를 주장하면서 북한에 대해서는 비판을 거절하고 오히려 옹호한다. 북한에는 모순도 갈등도 없고 부조리도 없는 것처럼 말하거나 함구하는 자세를 취한다. 남한에는 정치가 엉망이고 경제가 엉망이고 교육이 엉망이어서 국가적 사회적 위기가 고조되고 있다는 말들이 넘치고 있다. 아마도 이런 것들이 모두 회장님의 화병을 불타오르게 하는 모양이다.

그런데 이러한 회장님의 화병을 불타오르게 하는 도화선 또는 정보는 확실한 근거가 있는 것인지 궁금한 것이었다. 근거도 확실치 못한 그릇된 정보가 도화선이 되고 불씨가 되는 것은 아닌지 확인할 필요가 있는 것이다. 본디 인간들은 고집이 너무 세어서 한 번 자기가 입수한 정보나, 믿을 만한 사람의 말이면 끝까지 그것을 신봉하거나 자기가 싫어하는 사람의 말이면 덮어놓고 끝까지 반대하고야 마는 성질이 있어서 회장님도 그런 고집불통으로 화병을 자초하는 것은 아닌지 모를 일이었다.

그러나 그가 서재에 쌓아놓은 책을 보면 많은 책을 읽었고 책을 많이 읽으면 그런 인간이 되지는 않을 것 같았다. 사실 지금 사는 집에서도 한 트럭이나 되는 책을 자선단체에 기부하고 또 자식에게도 물려주고 퇴직할 때도 공공도서관에 보내주었으니 책을 벗하여 살아 온 것을 짐작케 한다. 그리고 늘 신문도 읽고 강연회에 쫓아다니고 사람들과 대화를 나누기를 좋아하니 그렇게 소갈머리 없이 잘못된 정보나 판단으로 화병이 일어날 것 같지는 않을 것 같다.

그렇다면 그의 화병은 충분한 이유가 있을 것이라고 짐작할 만하다. 그가 침대에 누워서 듣는 라디오에서는 오늘도 갖가지 뉴스가 흘러 나온다. 대학생의 인터넷 도박행위가 만연하여 심각하다는 것. 경마 경륜 따위로, 로또복권으로, 고스톱으로, 증권투자로 국민의 사행심이 날로 팽배한다는 것. 금융부실과 부정으로 민심이 동요한다는 것. 대학의 난립과 부실경영으로 대대적인 통폐합이 불가피하다는 것. 대졸 실업자가 매년 증가한다는 것. 대졸자들은 육체노동을 기피하여 실업자가 양산된다는 것. 그래서 육체노동자는 중국과 동남아에서 들어오는 다문화가족들로 채워진다는 것. 공직자들의 값비싼 골프회원권 소유. 교사들의 62세 정년단축은 특수한 목적을 위하여 단행되었다는 것. 일부 교사들이 국가관을 완전히 전도시키고 군중시위를 직접 간접으로 선동한다는 것…….

　회장님은 한국의 좌파(진보파)에는 일률적으로 이름 붙일 수 없는 몇 개의 그룹이 있다는 견해에 동조하는 것 같다. 그것은 현재의 우파(보수파)에서 저지르는 부정부패 부조리에 대하여, 다시 말하면 자유민주주의 체제에서 빚어지는 여러 가지 사회악에 대하여 비판하고 개선하고 저항하려는 그룹, 대북정책에 대하여 유화적 태도를 보이는 그룹, 북한의 주체사상을 적극적으로 동조하는 그룹이 있어서, 이들을 크게 보면 반공 좌파와 친공 좌파가 있다는 것이다.
　유럽에서는 영국의 노동당과 같이 사회주의 노선을 걷고 있는 좌파들은 반공 좌파들이고, 친공 좌파들은 거의 몰락하였다는 것이며 이념전쟁도 거의 종식되었다는 것이다. 그런데 한국에서는 좌파들로 보이는 그룹이 마치 하나처럼 보여서 누가 친공 좌파이고 누가 반공 좌파인지 잘 구분하기가 어렵다는 것이다. 이와 마찬가지로 한국의 우파에서도 누가 진정한 자유민주주의 신봉자이고 누가 맹목적인 친미 친일 우파인지 분명하지 않다는 것이다.
　문제는 좌파들 가운데는 서로 다른 이념적 차이가 있지만 하나처럼 뭉쳐서 행동하기 때문에 ‘초록은 동색’이라는 인식을 주는 것이다. 이것은 우파의 경우도 마찬가지이다. 좌파나 우파는 서로 ‘초록은 동색’이라는 논리를 적용하여 반민족적 집단이라고 비판하고 공격한다. 좌파나 우파나 모두 외부의 이념이나 세력(힘)에 기대고 있기 때문이란다.

그런데 한국에는 중도실용주의라는 정치적 슬로건이 있다. 이것은 좌파와 우파를 초월하여 오직 국가발전이라는 목표가 있을 뿐이라고 한다. 이들은 비록 우파 또는 보수파에 속하는 것처럼 보이면서도 좌파 또는 진보파와도 될 수 있는 대로 대립하지 않고 그들을 포용하여 실적을 올리려는 태도를 보이는 것이다. 한국에서 진보를 표방하는 좌파의 세력은 매우 강하기 때문에 그들과 대립하는 태도로는 소기의 정치적 실적을 쌓기는 어려운 것으로 보는 것이다. 이리하여 우파(보수파)에서는 중도실용주의 노선을 비판하고 질타하고 저항하는 경향을 보이기도 한다. 그래서 돌출하는 어떤 새로운 인물이 나타나 파란을 일으키기도 한다는 것이다.

그리고 한국의 중도실용주의는 좌파와 우파에서 모두 공격의 대상이 되기 쉽다. 한국의 좌파가 공격을 받는 이유는 친공 좌파가 포함되어 종북이나 친북의 색채를 보이는 것이고 우파가 공격을 받는 이유는 친미친일분자가 많고, 부패의 만연과 빈부의 격차와 기업의 윤리적 수준 미달에 있는 것이다.

회장님은 세대갈등, 이념갈등, 계층갈등, 노사갈등, 지역갈등, 성별갈등이라는 말에 염증을 느끼는 것 같다. 그 가운데 세대갈등이란 말은 비교적 최근에 듣는 말이었다. 20~30세대는 50~60세대를 증오한다는 것이었다. 신세대는 새로운 것을 원하는 데 반하여 구세대는 옛것을 그대로 답습하는 까닭이란다. 그리고 신세대는 연애도 결혼도 자녀출산도 하기 힘든데, 구세대는 안정된 위치에 있는 것으로 보인다는 것이다. 구세대는 국가의 산업화과정에서 희생적으로 일하여 나라를 일으켜 놓았지만 신세대는 고생을 모르고 성장하고 학벌을 갖춘 철부지라는 것이다. 신세대는 산업화과정을 개발독재로 보고 증오하는데 반하여 구세대는 개발독재를 옹호하고 오히려 찬양한다는 것이다.

그런데 회장님은 벌써 구세대의 연령도 넘어선 세대에 속하면서 소외를 당하는 처지가 된 것을 느끼며 우울한 감정에 사로잡히는 것이었다. 회장님은 마르쿠제가 말하는 '1차원적 인간' 에 속하는 것이지만 자신은 그것을 수긍하지 않는 것 같다. 그것은 자신이 지성인으로 자처하기 때문이었다.

그러나 과연 지성인으로 자처할 수 있는지는 알 수가 없다. 그는 공부도 많이 하고 책도 많이 읽었지만 머릿속에 남아 있는 것이라곤 별로 많은 것 같지 않다. 벌써 늙을 대로 늙었기 때문이다. 그것이 그의 화병을 더욱 끈질기게 하는 것 같다.

독일의 어느 사회심리학자는 '침묵의 나선이론' 이라는 것을 주장하였다고 하는데 그것은 인간들이 여론에 따라 태도가 달라지는 사실을 지적한 것이라고 한다. 인간들은 자신의 생각이 여론과 일치하면 잘 떠들지만 일치하지 않을 때는 잘 말하지 않고 침묵한다는 것이다. 그런데 어떤 인간들은 침묵하는 것을 싫어하는 것 같다. 떠들어야 잘난 것처럼 보이고 침묵하면 바보처럼 보인다고 생각한다. 회장님은 반대자의 앞에서 침묵하는 수가 많다. 찬동하기는 싫고 침묵으로 은근히 반대하는지도 모른다. 반대자와 아귀다툼을 하는 일은 없는 것 같다. 침묵을 일삼는 회장님은 도무지 알 수 없을 때가 많다.

8

지하철 3호선에서

인간들은 우리들 견공들보다 더 잘 다투는 것 같다. 한 번은 회장님이 서울 종로5가에서 열리는 친구들 모임에 다녀올 때에 지하철 3호선을 타게 되었다. 마침 노약자석이 비어 있어서 나이가 70세 안팎으로 보이는 남자와 함께 앉게 되었다.

"저보다는 좀 더 연세가 많은 것 같은데 실례지만 올해 몇이신가요? 저는 69인데요."

"나는 좀 더 많습니다."

"그런데 웃기는 놈들! 빨갱이들! 그놈들 북한으로 가래도 안 간단 말이오."

"……."

"제 놈들이 무얼 안다고 떠들어대는지 모른단 말이오."

"아, 그렇습니까?"

"오늘 그 놈들하고 한바탕 다퉜단 말이오. 그 놈들은 법을 무서워하지 않아요. 우파는 말 한 마디 하기를 주저하는데 그 자들은 제 세상인 것처럼 행세하고 떠들어요. 그러면서 빨갱이란 말을 들으면 '요즘 세상에 빨갱이가 어디 있느냐' 고 해요. 말은 빨갱이가 하는 소릴 다 하면서도. 아, 천안함폭침사건도 눈으로 안 봐서 북한의 소행인지 알 수 없다나요. 그러면서 유엔에다가 북한의 소행이 아니라고 편지를 보냈다는 거요."

"유엔으로 편지를 보냈습니까?"

"그렇답니다. 저희가 그 방면의 전문가도 아니면서 말이오. 그들은 공산주의가 용납되고 찬양되는 사회가 민주주의사회이고, 태극기에 대하여 경례하지 말고, 애국가를 부르지 말고, 군대에 가지 말아야 한다고 주장한대요. 그리고 폭력시위를 선동하고 갖은 불법행위와 위법행위를 다 한단 말이오."

"……."

"그 뿐만 아니라 북한의 도발은 모두 우리가 원인을 제공하고 유도하여 일어난 일이기 때문에 우리가 나쁘다는 식으로 말한단 말이오. 그렇게 많이 퍼다 주었는데도 모든 것이 남한이 북한에게 잘못하여 도발하는 거래요. 남한에서 장기집권이나 독재한 것은 핏대를 올리고 입에 게거품을 품으면서, 북한의 3대 세습이나 지독한 독재에 대해서는 그들의 사정이니 우리가 상관할 바가 아니래요. 남한의 인권이 그렇게 중요하면 북한 인민의 인권도 중요한데 북한에서는 아무리 인권이 유린되고 굶어죽어도 비판을 하지 않고, 혹시 남이 물어도 대답을 회피한단 말이오. 제 놈들은 걸핏하면 정치 이야기를 하면서도 남이 이야기하면 정치 이야기해 봤자 손톱만큼도 달라지는 것 없다고 하면서 말하는 사람을 공격한단 말이오.”

“국토가 분단된 탓으로 여러 가지 복잡하고 어려운 문제들이 있지요. 그런데 그들의 논리에도 타당성이 있고 국민들이 그들에게 동조하고 그들을 지지하는 사람들이 많지 않습니까?”

“그들은 도시빈민층과 노동자 농민을 현혹할 만한 논리를 개발하여 사용하지요. 소위 언어의 혼란전술을 최대한으로 활용하지요. 좋은 말, 그럴듯한 구호는 모두 동원하여 그때그때 활용하는 거지요. 소외계층에 대하여 감언이설을 다 동원하여 유혹하지만 결국엔 소외계층에 손해와 희생만 안겨주지요. 그래서 그들을 절대로 좋게 볼 수가 없어요. 공산주의 정권이 모두 독재정권이었던 것은 역사적 사실이거든요. 지금 세계적으로 공산정권이 남은 나라는 거의 없지 않습니까? 그것이 좋으면 왜 선진국들이 그것을 선택하지 않고, 심지어는 피 흘려 혁명을 성취한 나라들도 그것을 포기하겠습니까?

“연구 많이 하셨나 봐요. 어떻게 그렇게 많이…….”

“연구했다기보다는 상식적으로 좀 알고 있을 뿐이지요. 한국의 좌파들은 남북분단도 그 책임이 마치 미국과 남한에 있는 것처럼 말한단 말이오. 유엔감시 하에 남북한에서 동시에 총선거를 실시하게 되어 있는데 북한에서는 그것을 거절하지 않았어요? 북한에서 거절하지 않았으면 1948년에 통일정부가 수립되었지요. 북한은 유엔의 결의대로 따르면 공산정권을 세울 수 없다는 것을 알고 거절한 것이지

요. 그렇게 하고 나서 소련과 중공을 믿고 적화통일전쟁을 일으켰다
가 유엔군의 개입으로 좌절되었지요. 6.25 전에는 미군도 모두 철수
하고 남한의 국방경비대도 형편없었거든요. 6.25때 대구 부산만 남
고 모두 점령당하지 않았습니까?”

“…….”

“제가 너무 말을 많이 하여 미안합니다. 오늘은 제가 취하였습니
다.”

“괜찮습니다. 나는 이야기 듣기를 좋아하니까요. 그런데 어떻게
그렇게 많이 알고 계시는지요?”

“방금 묻고 또 물으시네요. 아, 그거야 신문 잡지 인터넷 등을 통
하여 너무나 잘 아려진 사실이기 때문이지요. 선생님도 다 아시는
것 아닙니까? 대중매체란 정말로 무시할 수 없고 현대인이라면 밥은
굶어도 매스컴은 놓을 수 없지 않습니까?”

“그렇긴 하지만 매스컴을 모두 그대로 믿을 수는 없잖습니까?”

“물론이지요. 매스컴도 좌파와 우파가 있으니까요. 좌파는 좌파를
옹호하면서 우파를 비판하고 우파는 우파를 옹호하면서 좌파를 비
판하니까요. 신문 잡지가 그렇듯이 인터넷도 그래요. 똑 같은 사건
이라도 어떤 서버에서는 옹호하고, 어떤 서버에서는 비판하니까요.
문제는 그들이 진실을 외면하는 데 있어요. 진실을 말이오.”

“그렇지요. 그런데 선생님이 알고 있는 것, 선생님이 접촉하는 정
보매체가 진실을 토대로 하고 있는지 어떻게 알 수 있을까요? 혹시
잘못된 정보일 수는 없을까요?”

"그래서 여러 가지 매체를 다양하게 접촉하고 전문가의 견해를 중시하지요. 비전문가들이 말도 안 되는 소리를 하는 수가 너무나 많거든요. 사실 국민들은 누구나 국가적으로 중요한 문제에는 관심을 가져야 해요. 우리는 국회의원 선거를 비롯하여 대통령 선거, 지방자치단체의 단체장 선거와 의원 선거를 하는데 정보에 밝아야 훌륭한 인물을 지지하지요. 진정한 애국자와 전문가를 뽑지 않고 사이비를 뽑아 놓으면 나라가 어떻게 되겠어요. 뻔할 뻔자지요."

"그런데 지금 우파나 그 지지자들은 배부른 사람들이 아닌가요?"

"그렇게 말하는 사람들도 있어요. 그렇지만 우파의 주장은 성장이 있어야 분배도 있다는 생각이고 좌파의 주장은 우선 배고프니 분배가 급하다는 것이지요. 둘 다 일면의 타당성과 부당성이 인정된다고 말하는 사람들도 있는데 성장과 분배의 조화가 중요하겠지요. 그런데 좌파의 주장이 무조건 나쁘다는 것이 아니라 그들의 행동이 상당히 파괴적이고 심지어는 국가안보에 위협이 될 정도로 과격하다는 것이지요. 국가보안법 철폐와 미군철수가 그들의 상투적 구호니까요. 거리의 난동과 회사의 난동을 보세요. 또 촛불시위를 보세요. 경찰이 두들겨 맞는 나라는 지구상에 한국밖에 없다는 거 아시지요? 법치국가가 폭력국가가 되고 난장판이 돼가고 있어요. 얼마나 심각한 문젭니까? 우리나라의 좌파는 지금 정치계 경제계 교육계 문화예술계 정보계 금융계 법조계 행정계 언론계 종교계 노동계, 심지어는 국방 안보분야까지 모든 분야 각계각층에 만연하여 활동하고 있고, 우파들은 그 와중에서 그들의 눈치를 살피면서 우물쭈물하는 자들

 나는 토이푸들이다

이 너무나 많다는 것이지요. 정치계에는 진정한 정치인은 없고 위선 적인 정상배만 우글거리고, 다른 분야에도 똑 같단 말입니다. 너무 말이 많아서 미안합니다.”

“그런데 아까 ‘언어혼란전술’ 이라는 말을 하셨는데 그게 무엇인 지 모르겠네요.”

“그건 좋은 말을 자꾸 개발하여 사실을 위장하고 거짓을 미화하는 전술입니다.”

“누구나 좋은 말을 쓰는 것이 바람직하지 않을까요?”

“그렇지요. 그런데 좌파에서 쓰는 것은 국가안보를 위협하는 선전 과 선동성이 강한 말을 개발하는 거지요.”

“……”

“이를테면 ‘참교육’ 이니 ‘희망교육’ 이니 ‘인간교육’ 이니 ‘민족 교육’ 이니 하는 말이 있지 않습니까?”

“그것이 왜 문제라는 것이지요?”

“ ‘참교육’ 이라는 말은 일본좌파교육에서 쓰는 ‘진교육’ (眞教育)을 직역한 것인데 처음에는 학교에서 촌지나 부조리가 없는 참된 교육 을 가리킨다고 선전되어 많은 호응을 받았는데 내용적으로는 반국 가적인 교육을 하는 것이지요. ‘희망교육’ 이나 ‘인간교육’ 도 모두 그런 것이고 요즘은 ‘사람 사는 사회의 교육’ 이라는 말을 쓰는 것 같습니다. 절망에서 희망을, 비인간교육에서 인간교육을, 사람이 살 기 어려운 사회에서 사람이 살기 좋은 사회를 건설한다는 것이 얼마 나 좋습니까. 그러나 그것은 어디까지나 슬로건일 뿐이지요.”

“그런데 좋은 목표를 표방하는 조직을 좌파로 몰고 용납하지 않는다면 우파가 잘못 아닌가요?”

“그래서 좌파들은 우파들의 주장이나 공격에 대하여 ‘신 매카시즘’ 이라고도 한답니다. 미국에서 매카시 의원이 주장하던 것처럼 함부로 공산주의자로 모는 것 말입니다. 그러나 그것은 그들의 주장일 뿐이지요. 실지로 전교조는 민주혁명교육, 계급투쟁교육을 하니까요. 전교조교사들 가운데는 그것을 잘 모르고 가입한 사람들도 있다고 합니다. 그러나 쉽사리 탈퇴하기도 어렵겠지요. 현재 전교조 회원은 많이 감소하였다고 하며 특히 20대의 회원은 매우 적다고 합니다. 전교조의 본색을 알게 된 거지요. 일제고사도 거부하고, 교사평가제도 거부하고, 아이들에겐 공부해야 소용없으니 투쟁해야 한다고 가르친답니다. ‘학생인권조례’ 라는 것도 모두 교사가 학생들을 통제하지 못하게 하고, 학생들이 자유로이 시위를 할 수 있도록 제도화하는 것이랍니다. 학생들이 교사를 폭행하여 부상까지 당한다는 것 아닙니까. 무상급식도 외부의 업자에게 맡기지 않고 학교에서 직접 실시함으로써 급식에 종사하는 사람들을 노동조합원으로 만들어 투쟁하게 할 목적이라는군요.”

“지나치게 부정적으로 해석하는 것이 아닌가요. 난 잘 모르지만. ……보편적 무상급식이 선택적 무상급식을 받아야 할 학생에게 불리하다는 주장이 있더군요. 그런데 포퓰리즘이라는 말이 있지요. 지금 좌파나 우파나 모두 포퓰리즘을 경쟁하는 것 아닙니까?”

“좌파에서 하니까 우파에서도 그대로 따라서 하는 것인데 그것이 문제지요. 소위 보수파에 속한다는 정치인들도 모두 형편없는 놈들이거든요. 그 놈들 국회에서 다수의석을 차지하고도 항상 쩔쩔 매기만 하고 애국심도 없고 신념도 없고 정치철학도 없는 놈들이란 말이오. 초고령사회로 들어가기 때문에 저절로 복지예산은 엄청나게 늘어 가서 10~20년 후에는 국가부도가 날 수밖에 없겠지요. 그것이 큰 문젭니다. 국가가 파산하여 성장이 멈추고 실업자가 많아지면 많은 한국인 노동자들이 해외로 나가서 3D업종에 종사해야겠지요. 동남아에서 한국에 온 노동자들과 같겠지요. 그들의 고생은 이루 말할 수 없고 너무나 딱하거든요."

"그래도 우선은 복지가 급하니까 할 수 없는 것 아닙니까?"

"글쎄 아무리 급해도 국가의 장래를 생각해야 한다는 것이지요. 유럽의 모든 복지국가들이 모두 국가재정이 파산에 이르게 된다고 하지 않습니까? 그리고 국민들이 열심히 일하지 않는 풍조가 만연하고 대학생등록금이 적은 대신 아무나 대학에 들어가 그럭저럭 졸업만 하고나서 화이트칼라 노릇만 하려고 하기 때문에 고급실업자만 양산된다는 것 아닙니까. 지나친 복지는 망국의 지름길이라는 거지요. 우리나라를 보십시오. 지금 일부 중소기업에서는 인력이 모자라난린데 대학을 나왔다는 인텔리실업자는 얼마나 많습니까? 직업교육을 전문으로 하는 실업계 고등학교나 전문학교를 많이 설립해야 하는데 좌파정권에서 쓸모없는 4년제 대학을 엄청나게 인가했단 말이오."

　술 취한 사람이 아무리 말을 많이 하더라도 회장님은 싫증을 내지 않고 맞장구를 치면서 잘 들어주었다.

　그의 말이 흥미도 있고 또 이야기를 들어주는 것이 바람직한 매너라고 생각되었다. 정말로 회장님은 자기가 말하기보다는 남의 말을 듣기를 좋아하는 편이었다. 그리고 아무리 남의 말이 잘못된 말이고 회장님의 의견과 반대가 되더라도 상대방의 논리를 좀 더 자세히 묻고 논리의 근거를 묻기는 해도 화를 내거나 상대방을 무안하게 만들지는 않는 것이었다. 회장님이 점점 더 구체적으로 질문하면 얼마 가지 않아서 상대방은 스스로 잘못을 발견하고 잘못을 시인하거나 수정하거나 철회하고 마는 것이었다.

　"그런데 저기 저 양반, 이중석 닮았네."

　"이중석이라면 헌법전문가 말씀인가요?"

　"잘 아시네요. 바로 그 사람이지요."

　"그래요. 많이 닮으신 것 같네요."

　회장님은 술 취한 사람의 말에 동조하고 수긍하는 태도였다. 그리고 그 옆 사람은 술 취한 목소리로 계속하여 신나게 떠들어대었다. 그러면서 건너편 노신사에게 큰 소리로 말하였다.

　"여보세요. 무슨 말인지 아세요? 아주 많이 닮았단 말이오."

　건너편 노신사는 매우 불쾌한지 화를 벌컥 내었다.

　"도대체 왜 그따위 소릴 하는 거요? 사람을 보고 함부로 이러니저러니 말하는 게 아니란 말이오. 돼 먹지 못하게시리."

　"당신이 나라를 위해 일할 만한 사람이라고 했는데……."

"그 따위 소리 다 싫단 말이야. 술 한 잔 마셨나 본데 술을 처먹었으면 입으로 처먹었지 똥구멍으로 처먹었나? 내가 다 들었는데 요즘 세상에 빨갱이가 어딨어? 걸핏하면 남에게 빨갱이라고 몰아붙이는 놈들이 진짜 빨갱이야."

건너편에서 화를 벌컥 내고 막말이 나오자 분위기는 아주 살벌해졌다. 욕설이 섞인 노신사의 말은 너무나 거칠었다. 점잖게 충고해도 좋을 텐데 지나친 것이었다. 노신사는 자리에서 일어나더니 다음 역에서 하차하였다. 술 취한 사람의 반격을 피하려는 것인지, 당초의 목적지에서 하차한 것인지는 잘 알 수가 없었다. 노신사는 당초부터 술 취한 사람의 이야기를 모두 듣고 반박하고 싶었던 것 같았다.

대부분의 좌파는 결코 좌파에 대한 비난을 용납하지 않으며 우파보다는 훨씬 논쟁을 잘한다는 말이 있다. 신나게 떠들던 술 취한 사람도 일단 입을 다물고 말았다.

만일 노신사가 반론을 제기하고 토론을 벌인다면 회장님은 점점 흥미를 느낄 터인데. 이윽고 회장님도 다음 역에서 환승하려고 준비를 하였다.

"아차!"

회장님이 환승하려던 도곡역은 벌써 지나고 심지어는 수서역도 지나고 있었다. 어차피 환승역을 두 번이나 지나쳤으니 굳이 서두를 필요도 없었다. 그래서 다시 말을 이었다.

"그런데 아까 그 노인은 왜 그리 화를 냈을까요? 좀 지나친 것 같던데."

"한국 사람들 다 그런 것 아니오? 금방 사람을 죽일 것처럼 화를 내는 것 말이오. 친구간이나 부부간이나 형제간이나 걸핏하면 언쟁하고 입에 담기 어려운 막말을 마구 내뱉으니까요. 교통사고 내고 서로 싸우는 것 보세요. 금방 살인날 것 같지요."

회장님은 술 취한 사람의 말을 들으니 자기에게 하는 말처럼 들렸다. 회장님도 걸핏하면 사모님과 언쟁을 하고 언쟁을 할 때마다 화가 벌컥 난 모습이었다. 감정을 억제하지 못하고 마구 쏟아내는 모습이 도저히 회장님답지 못한 것이었다. 그는 때때로 반성은 하면서도 제대로 실천은 못하는 것 같다.

인간들! 특히 한국의 인간들은 '감정의 동물' 이라는 말을 자주 하는 것 같다. 걸핏하면 '기분문제' 라고 떠든다. 그래서 '기분 나빠서 안 하겠다', '기분 나빠서 못 참겠다' 고 한다. 자신의 감정이 남에게 어떻게 비치는지는 생각지 않는다. 자기의 말 한 마디가 상대방에게 얼마나 큰 상처를 주는지도 헤아리지 않고 함부로 말한다.

"그런데 그 노인은 너무 지나친 것 같아요. 선생님의 말이 귀에 걸리면 점잖게 훈계할 일이지 그렇게 욕설을 퍼부으면 되나요? 자기 얼굴에 침 뱉기지."

"그 사람도 좌파가 틀림없어요. 내가 좌파를 비난하는 소리를 옆에서 다 들었기 때문에 화가 난 것이지요."

"글쎄요. 그런데 우리나라에 극좌파가 7%밖에 안 된다는 말이 있으니까 그리 심각한 건 아니잖습니까?"

"그 7%가 얼마 되지 않는 것 같지만 그들은 결사적이고 일당백으로 투쟁하거든요. 그래서 좌파 7%가 결코 적은 숫자가 아니지요. 국회에서도 보세요. 골수좌파 몇 사람의 폭력에 야당이 모두 가세하고 여당은 바보처럼 밀리고 밀려서 그 엄청난 민생법안이 그대로 방치되어 있다는 것 아닙니까. 우파를 지지하는 일부 국민들은 그래서 우파에 속하는 여당에 불만이 많고 모두 쓰레기 같은 놈들이라고 하지요. 지금 나라 꼴이 말이 아니지요. 저 3개월이나 광화문 네거리를 점령하여 교통을 마비시킨 촛불시위를 비롯하여 각종 폭력시위를 보면 가히 알 만한 것 아닙니까?"

"……."

"바로 2~3년 전에는 국회의원의 보좌관이 국회의사당에서 몸싸움을 벌이는 광경이 벌어지지 않았습니까? 도대체 다수결의 원칙은 무업니까? 국민의 지지를 받아서 선출된 의원의 다수가 소속된 정당이 다수결의 원칙에 따라 항상 유리한 것은 누구나 인정할 수밖에 없는 사실이고 원리인데 소수의 폭력이 그것을 인정하지 않으니 민주주의의 심각한 위기라고 할 수 있지요. 해외의 선진국에서 한국의 폭력국회를 진귀한 풍경으로 보도하여 한국은 세계의 웃음거리가 되고 국가의 체면이 손상되는 거지요. 그리고 어떤 시민들은 자기네에게 불리한 의안을 준비한다는 이유로 의사당 구내에서 국회의원을 폭행하여 상해를 입히고, 현직 의원이 의사당에서 최루탄을 터뜨릴 정도니까 이 나라의 법치는 다 무너진 것이나 다름이 없지요. 말하자면 소수의 폭력 세상이 된 거지요. 그들 때문에 파업이 심각하고 시위가 심각하지 않습니까. 그로 인한 국력의 손실은 말할 수도 없거든요. 북한의 도발과 남한 좌파의 반국가행위가 국력을 낭비하고 위협하는 거지요."

"국회의원 보좌관이 몸싸움을 벌였다고 했던가요?"

"그렇지요. 왜 모르십니까? 매스컴이 다 보도하여 세상이 다 아는 사실인데?"

"그렇다면 소속 국회의원도 처벌을 받았겠네요."

"당연히 그래야지요. 그런데 처벌을 받았다는 이야기는 듣지 못했거든요. 그러니 법치가 무너졌다는 거지요."

"그런데 그들도 그들이지만 정부나 국영기업이나 정부산하기관의 공직자들이 부패하여 국력이 낭비되는 것이 더 크지 않을까요?"

"그렇습니다. 썩은 공직자들의 도둑질과 안일무사주의가 정말로 국력을 좀먹지요. 그놈들은 살인강도보다도 더 악질들이거든요. 살인강도들이야 사람을 얼마나 죽이겠습니까. 기껏해야 몇 사람이지. 그러나 부패공직자들은 수천 수만 명을 죽이는 것이나 다름없거든요."

"척결(剔抉)이란 말이 있지요. 뼈를 추린다는 말. 역대정권에서 '부정부패척결' 이란 말을 많이 써왔지만 말뿐이지 효과는 없는 것 같아요."

"그렇습니다. 심각합니다. 서민들의 예금을 가지고 이놈한테 몇 천만 원, 저놈한테 몇 억씩 뇌물로 주고, 대출로 주고, 투자로 날리고, 미친놈처럼 돈을 뿌려서 파산이 와도 '나 몰라라' 니 한심하죠.

더욱 한심한 것은 그놈들을 처벌하지 않는 것인지 못하는 것인지 검찰도 못 믿고 감사원도 못 믿겠다는 것이 서민들의 생각이지요. 그놈이 그놈이니까요.”

“맞습니다. 그놈이 그놈······.”

“요즘 인터넷을 보니 ‘대한민국8거지악’ 이라는 것이 있더군요.”

“7거지악이라는 말은 들어봤어도 8거지악은 처음이네요. 그래 그게 무어랍니까?”

“국민이 사분오열한다는 것, 인기영합주의와 이기주의의 결합, 반국가분자의 각 분야 침투(남남갈등 정치갈등 조성), 공중도덕문란, 종교단체의 치부, 국민의 정체성(자아)상실, 국민의 분별력 부족, 언론기관의 역기능 등이랍니다.”

“인기영합주의라는 것은 포퓰리즘 말인가요?”

“그렇지요. 원래 포퓰리즘은 지배층에서 피지배층에 대하여 베풀던 정책이고 복지정책도 여당에서 자기네의 정권을 유지하기 위하여 국민들에게 베풀던 것인데 우리나라에서는 야당에서 그것을 활용하여 정권을 장악하게 되니까 여야가 너도 나도 복지를 내세워 종당에는 국민이 모두 못 살게 되는 거지요. 부족한 국가재정을 확보하기 위하여 세금을 자꾸 증가시키다 보니 기업이 흔들리고 서민도 흔들려서 성장이 멈추게 되고 성장이 멈추니 분배도 저절로 멈추게 되지요. 소위 ‘복지국가’ 의 표본이라는 나라들도 모두 그렇게 되어 파산하게 되고 다른 나라에도 타격을 주게 되는 것 아닙니까?”

“도대체 경제학자들이나 정치학자들은 다 어디 가서 무얼 하는 건지 모르겠어요.”

“훌륭한 학자들도 드물거니와 그런 인재가 있어도 정치권에서 활용하지도 않고, 활용하더라도 정권유지나 선전에 활용하는 것으로 그치고 말지요. 첫째는 정치인들이 애국심도 없고 공부를 하지 않아서 무식하다는 것이지요.”

“그런데 일전에 어느 경로잔치에 갔더니 국회의원이 방바닥에 엎드려 큰 절을 올리더라고요. 그렇게 국민을 공경하는 국회의원들이 어째서 법안도 만들지 않고 제출된 법안도 심의하지도 않고 상정하지도 않고 민생에 관련된 긴급한 법안도 몇 천 건이나 몇 년씩 내팽개치고 있을까요? 완전히 직무유기지요. 세비만 낭비하는 좀벌레들이지요.”

“그런 데다가 자존심은 있는지 목에 힘을 주고……, 여의도에서 교통위반 차량은 모두 국회의원들 승용차랍니다.”

“그래서 ‘개자식들’ 이란 말이 나오는데 ‘개자식들’ 이 아니라 ‘악마의 자식들’ 이지요. 개야 얼마나 선량합니까? 인간에게 비교한다면.”

“그렇습니다. 그런데 한국 사람들, 어쩌면 그리도 고집이 센지요. 모르면 알려고 하지 않고 모르는 대로 빡빡 우겨대는 사람들이 참 많거든요. 심지어는 누가 나쁜 식습관으로 병이 나서 죽었다고 하더라도 다 죽을 때가 돼서 죽은 것이라고 우겨대거든요. 나쁜 습관과 질병의 인과관계나 질병과 사망의 인과관계를 인정하지 않는 것이지요. 그래서 의학적으로 전문가가 말하는 것도 한 마디로 묵사발을 만드는 수가 많아요. 비슷한 풍조가 정치 경제 사회 문화 등, 모든 분야에 만연하고 있어요."

"국가의 앞날이 암담한 것 같습니다."

"거기다가 북한의 도발과 위협에 제대로 대처하지도 못하고……."

"그런데 김○○이라는 사람을 아십니까?"

"글쎄요."

"그 사람은 완전한 극좌파 골수분자였는데 배신자라는 비난과 협박을 받으면서 극우파로 전향하였답니다."

"어떻게?"

"소위 좌파라는 사람들이 남한의 독재에 대해서는 법질서를 무시하고 결사적으로 투쟁하면서 다른 나라에서는 유례가 없는 북한의 독재와 북한동포의 인권문제에는 눈을 돌리고 오히려 북한의 체제를 옹호하는 것을 보고 마음이 달라졌다는 것이지요. 북한체제를 옹호하면 북한동포의 인권은 점점 더 악화한다는 거지요. 그래서 좌파들이 내세우는 평화니 인도주의니 인권이니 하는 것이 현실과는 거리가 멀고 그들을 지지하는 것은 친북반미로 간주될 수밖에 없다는 겁니다. 탈북자들에 대한 태도를 보십시오. 그들은 목숨을 걸고 탈출한 난민들인데 그들을 중국 공안원들이 잡아서 강제로 북송을 하여도 좌파 국회의원들은 말 한 마디 안 하고 있잖습니까? 천성산 개구린가 도롱뇽이 죽는다고 야단법석들이었는데 북한동포가 개구리나 도롱뇽만도 못하단 말입니까? 좌파들의 말로는 그게 북한의 국내

문제라나요? 어떤 우파 의원은 여자의 몸으로 열하루씩이나 단식농성을 하다가 혼수상태가 되어 병원으로 실려 갔다는데 배부른 국회의원들은 코도 내보이지 않는단 말이오. 외국의 젊은이들과 국제난민들이 모두 모여들어 중국정부에 항의하는 판국에 제 놈들 배만 채우고 북한동포를 외면하는 그 놈들을 국민의 대표로 보낸 국민들이 너무나 어리석고 억울하지요. 북한동포도 다 같은 동포인데 어떻게 모른 척한단 말입니까? 굶어죽는 동포는 외면하고 굶겨 죽이는 정권을 지지하고 돕는 놈들이니 말입니다……. 그것이 정칩니까? 도대체? 벼락을 맞을 놈들!"

"……."

술 취한 사람은 좌파를 비판하기에 열중이었다. 인터넷에 떠도는 정보도 소상히 알고 있었다. ○○○의 조소(흉상)를 향하여 욕하면서 신문으로 때리다가 망치를 들고 산산조각이 나도록 부수어버리는 동영상을 보기도 하였단다.

그의 말 가운데는 좀 지나치기도 하고 수긍하기 어려운 점도 있었지만 회장님이 끼어들 여유는 없었다.

회장님이 듣고 싶은 이야기는 사회정의(社會正義)였다. 불의(不義)를 파헤치고 고발하고 맞서 싸우는 의로운 이야기였다. 회장님이 존경하는 사람은 의로운 지도자, 의로운 공직자, 의로운 시민이었다.

9

아너소사이어티

그들의 대화는 계속되었다.

"그런데 요즘 '아너소사이어티' 가 신문에 소개되었더군요."

"아, 그 자선단체 말이지요?"

"그렇습니다. 1억 원 이상 기부한 사람들의 단체랍니다. 회원은 모두 50명이 넘는 것 같고요. 그런데 그 사람들은 모두 재벌들이겠지요."

"아니지요. 모두 중소기업을 운영하거나 전문직으로 일하면서 돈을 모은 '작은 부자' 들이랍니다. 그들은 40%가 고졸, 중졸, 또는 무학(無學)이고 아주 검소하게 사는 보통사람들이랍니다. 어려운 환경에서 자라나서 자수성가한 사람들이고 '내가 잘 나서가 아니라 나라가 크니까 나도 큰 것' 이라고 말하고 조금씩, 조금씩 형편대로 기부하다 보니 그 액수가 늘어났다고 합니다. 처음엔 6명이 시작하였는데 3년 만에 49명으로 늘었다고 합니다.”

“참으로 반가운 소식입니다. 사실 ‘아너소사이어티’ 회원이 아니고도 폐지를 수집하여 모은 돈이나 노점상으로 모은 돈을 기부하고, 자기의 모든 물적 재산과 문화적 재산을 포함하여 기부하고, 사회의 발전을 위하고 소외계층의 복지를 위하여 의료봉사를 하는 사람도 있고, 하다못해 길거리의 쓰레기라도 청소하는 사람들이 있다는 것은 그래도 다행입니다.”

“그렇습니다. 서양에서 말하는 ‘노블레스 오블리쥬(noblesse oblige)’ 라는 것과 비슷한 것이지요. 세상을 시끄럽게 하고 계급갈등을 조장하는 사람들이 있는가 하면 그와는 달리 묵묵히 남을 돕고 국민의 의무를 다하고 검소하고 성실하게 사는 국민들이 있어서 다행입니다. 기부하는 사람들이 자본주의 4.0시대를 열어가는 사람들이지요. 따뜻한 자본주의, 따뜻한 자유주의, 따뜻한 신자유주의를 꽃피우는 것이니까.”

“나는 오늘 아침에 ‘철가방 아저씨’ 라는 기사를 읽었습니다.”

“그것은 무엇인가요?”

“짜장면 배달원 김우수 씨 이야긴데요, 미혼모의 아들로 태어나서 고아원을 거쳐 12살부터 혼자 살면서 소년원을 드나들고 갖은 어려운 생활로 연명하였는데 소년원에 있을 때 어린이재단에서 발행한 ‘사과나무’ 라는 잡지를 읽고 어려운 아이들을 돕겠다는 생각을 하였답니다.”

“나는 그 기사를 못 읽었습니다.”

"그는 올해 54세인데 1.5평밖에 안 되는 고시원 쪽방에서 월 70만 원을 벌면서 어려운 아이들을 돕다가 교통사고로 사망하였답니다."

"……."

"월세 25만원을 내고 남은 돈으로 보험금을 불입하고 나머지로 어린이들을 도왔다니……. 기사의 작은 제목은 '세상을 떠난 후 세상을 부끄럽게 하다' 였습니다."

"과연 세상을 부끄럽게 하는군요. 그보다 수십 배나 많이 벌면서도 남에게는 인색하기 짝 없는 사람들이 얼마나 많습니까? 세상 사람들이 김우수 씨를 통하여 부끄러움을 느낄 줄 알아야 하는데. 우선 나부터라도요."

"사실은 한국에도 재벌들이 매년 기부금을 내놓기도 하고 각종 장학금재단이나 후원단체가 조직되고 장애자나 빈곤층과 같은 불우이웃돕기나 재해의연금을 모금하여 성과를 거두기도 하고 우선 대통령이 수백 억 원을 사회에 내놓기도 하여 본보기가 되고 있지요. 그리고 어떤 연구소에서는 '기부문화활성화를 위한 입법개선방안 공청회' 같은 모임을 통하여 기부문화의 활성화를 모색하는 것으로 압니다. 그런데 기부문화를 활성화하는 데는 여러 가지 법적 제도적 장치가 필요하다는군요. 기부자에 대한 여러 가지 혜택도 주고 우선 공정성과 투명성이 확립돼야 하니까요. 결코 간단한 것은 아닌 것 같거든요. 기부금이 업무담당자의 보수로 나가기도 하고 그밖에 부당하게 사용된 선례가 있어서 말입니다."

"그런데 미국 같은 나라에서는 성인의 90% 이상이 기부금을 내고 있는데 개인기부금이 전체기부금의 4분의3(70%)을 넘는다는군요.
미국에서는 재산이 아무리 많아도 기부를 하지 않으면 상류사회나
엘리트모임에 낄 수 없답니다. 근로자들도 모두 봉급에서 공제하여
기부하는데 개인별로는 적은 액수지만 전체적으로는 큰 액수라는
것이지요. 영국에서도 75%의 국민이 매월 기부금을 낸다고 합니다.
일본에서는 1990년을 '자선(philanthrophy) 원년' 으로 꼽는데 기부문
화가 매우 활발하게 진행되고 있답니다."
　"그런 서양이나 일본 같은 선진국에 견주면 한국의 기부문화는 아
직도 멀었지요?"
　"그렇습니다. 한국에서도 기부문화가 있긴 하지만 아직은 많이 떨
어지고 있지요. 한국에서는 성인의 10%밖에 안 된다니까요."

　회장님은 어려운 처지에 있는 사람들을 많이 돕진 않는 것 같았
다. 그저 최소한도에 그치는 것 같다. 직장에서는 수년 동안 노인들
을 돕기 위하여 정기적으로 봉급에서 공제하여 전라도지방의 어느
양로원을 지원하여 고맙다는 연하장이 오기도 하고, 이따금 ARS전
화로 성의를 보이거나 구세군의 자선냄비에 헌금하기도 하지만 그
것은 명목에 지나지 않는 것이었다. 지식이 따뜻하면 마음이 따뜻하
고 마음이 따뜻하면 실천이 따뜻한 법인데……. 그 중에 하나라도
따뜻하면 나머지도 따뜻해지는 법인데 아마도 한 가지도 따뜻하질
못한 모양이다. 따뜻하지 않은 지식, 따뜻하지 않은 마음, 따뜻하지
않은 실천은 공동체의 일체감을 모르는 이기주의요 냉혈주의가 아

닌가? 회장님은 여여당이라는 노인회장과 때때로 산책하면서 자비(慈悲)에 대한 설법도 듣고 쓰레기 줍기도 배우지만 실천은 그에 미치지 못하는 것 같다. 회장님 자신도 평생을 통하여 남에게 지식은 전달하였어도 그 전달한 지식이 따뜻한 마음과 따뜻한 실천으로 이어지지 않은 것을 깨닫는 것 같다. 그래서 그는 항상 반성하는 마음으로 겸손하게 살려고 노력하는 모양이다. 견공에게는 아니지만.

"그런데 기부하는 사람들은 대개 부모에게서 그것을 배웠다고 하더군요."

"그렇답니다. 부모가 어려운 사람을 돕는 것을 보고 자란 사람들이 그대로 부모를 본받아 실천한다고 합니다. 그러니 부모의 영향은 대단한 것이지요. 가정교육이 정말로 중요해요."

"요즘은 가정교육이 무너졌다는 말이 있더군요. 아이를 적게 나서그런지 모두 왕자병이나 공주병에만 걸려서 저만 알고 절약이나 겸손이나 양보나 인내를 모른다고 합니다. 가정교육이나 학교교육이나 모두 문제가 많답니다."

"교육자들은 다 무엇 하는 것인지 모르겠어요."

"교육자들, 말이 아니지요. 선생님들이 학부모들과 학생들에게 얻어맞는 형편이니까요. 그리고 '교사는 있어도 스승은 없다' 는 말이 있지 않습니까? 교사들은 지금 교육을 포기하다시피 했답니다. 학생이 수업 중에 졸거나 떠들거나 전화를 걸거나 말 한 마디 안 한답니다. 만일 꾸중하면 반항하고, 반항한다고 체벌하면 인권침해라고 말썽이 일어나기 때문에 차라리 포기하는 것이 현명하다는 것이지요.

그래서 공부는 학원에 가서 하고 학교에서는 형식적으로 졸업장만 따는 셈이랍니다.”

“공교육은 무너지고 사교육만 번창하는 꼴이 다 이유가 있지요.”

“그런데 요즘 ‘자유민주주의’ 라는 말 때문에 또 말썽이더군요.”

“그래요? ‘자유민주주의’ 가 왜 말썽인가요?”

“학생들의 역사교과서에 ‘자유민주주의’ 라는 말 대신에 그냥 ‘민주주의’ 라는 말을 써야 한다는 것이지요.”

“ ‘자유민주주의’ 는 우리나라의 가장 기본적인 통치의 원리이고 헌법의 기본정신이 아닌가요?”

“그래서 말입니다. ‘자유민주주의’ 는 시장 경쟁과 반공을 강조하고 복지를 배제할 우려가 있답니다.”

“그런데 ‘자유민주주의’ 라는 것은 ‘자유주의’ 와 ‘민주주의’ 가 함께 기본이 되는 것인데 ‘민주주의’ 는 권력이 국민으로부터 나온다는 것이고 ‘자유주의’ 는 국가의 부당한 간섭과 통제를 배격하는 것 아닙니까? 그런데 그것만으로는 부족하기 때문에 경제적으로 어려운 사람들이 국가의 지원을 받는 복지도 이루는 것인데.”

“…….”

술 취한 사람은 정말로 이야기꾼이었다. 그의 이야깃거리는 무궁무진이었다. 그리고 술이 점점 깨는지 말소리가 점잖아지고 차분해지는 것 같았다. 그리고 회장님은 그의 말에 맞장구를 치는 데 열을 올렸다. 의기가 상합하는 것이었다. 그러나 시간이 얼마든지 있는 것도 아니고 이제는 집으로 돌아가야겠다는 생각이 들었다. 회장님은 드디어 결단을 내리고 술 취한 사람에게 손을 내밀고 작별하였다.

"말씀 잘 들었습니다. 안녕히 가십시오."

회장님은 아무 역에서나 내렸다가 몇 정거장이나 되돌아서 환승하였다. 회장님은 지하철에서 우연히 만난 술 취한 사람의 말을 오래도록 기억하였다.

인간들은 모두 제가 잘 난 체하고, 잘 알지도 못하면서 아는 체하고, 양심과는 전혀 관계없이 이 말 저 말, 그때그때 닥치는 대로 내뱉는 것 같다. 그러면서 아귀다툼을 하고, 죽인단 말을 함부로 한다. 회장님은 바로 며칠 전에도 서울의 어느 강연회에 갔다가 행사가 끝나고 나서 어느 노인이 미친 듯이 날뛰며 하던 말이 잊혀지지 않았다.

"말리지 마! 나 오늘 한 놈 죽이고 갈 테야!"

무슨 일인지는 알 수 없지만 사람을 죽이다니? 더군다나 백발이 성성한 노인의 입에서 그런 말이 나오다니? 한국이라는 나라는 법도 없고 죽이고 싶으면 마음대로 사람을 죽이는 나라인지? 견공들의 상식으로도 도무지 상상할 수 없는 일이 아닌가.

회장님의 화병은 필시 개인적인 신상문제보다는 국가와 사회에 관한 문제에서 발생하는 것 같았다. 그런데 그게 무슨 소용이란 말인가. 우리들 견공이 볼 때는 쓸 데 없는 것이었다. 도대체 무엇이 어떻게 달라진단 말인가. 회장님은 쓸 데 없는 걱정으로 화병이 나는 것이다.

10

우울증

회장님은 친목회의 모임에 참석하기 위하여 지하철을 탔다. 이동전화기를 꺼내 보았다. 받은 메시지를 열어 보니 성남시 운중동에서 노인이 신병을 비관하여 자살했다는 기사가 나타났다.

"아이고 가엾어라. 얼마나 병고가 심하였길래?"

회장님은 혼자서 중얼거렸다. 그리고 벌써 10여 년 전에 고향에서 농사짓는 선배가 자살한 사건을 더듬었다.

"그도 질병을 고칠 희망이 없어서 추수가 끝난 후에 치표(置標)까지 만들어 놓고 나서 어느 날 가족을 시장으로 보내고 대문과 방문을 굳게 닫아걸고 혼자 농약을 마셨다지."

회장님은 여러 가지 사고로 죽거나 자연사한 경우라도 죽음 자체가 슬픈 일이라고 믿어 왔다. 더구나 자살이란 것은 가장 불행한 일이며 어떠한 경우라도 자살해서는 안 된다고 생각하며 살아왔다. 그러나 그것은 어디까지나 혼자만의 생각이고 얼마나 절망적이면 자살을 하게 될까 하는 동정심도 없는 것은 아니었다.

지하철 교대역(법원 검찰청)에서 내려 1번 출구로 나가서 오른쪽을 살폈다. 먼저도 모였던 식당, '가마촌' 이 보였다. 둘이 결석하고 여섯이 모여 버섯찌개와 막걸리로 식사를 나누며 좌담으로 들어갔다.

"오늘은 특별히 춘천에서 온 남 교장에게 이야기를 먼저 청해야겠네요. 그래 요즘은 주로 무슨 일을 하시는지? 강의도 하러 다니신다지요?"

"1주일에 두어 번, 노인심리상담을 위하여 경로당으로 찾아다닙니다."

"구체적으로 어떤 내용인지요?"

"주로 여가활용이나 취미활동이나, 우울증을 예방하는 차원에서 이야기도 하고, 이야기를 많이 듣고 옵니다."

"우울증이 자살과 관계가 깊다는데 구체적으로 소개해 주세요."

"첫째는 자살예방인데요. 우리나라 지난 해(2010년) 인구 10만 명당 자살률은 31명이라고 합니다. 세계적으로 봐도 OECD국가 중에서 1위지요. 하루에 42.2명, 34분에 1명꼴이랍니다. 65세 이상 노인 자살자가 20년 전에 비하여 5배 이상 증가하였다고 합니다. 선진국에서는 50세가 넘으면 행복도가 증가하여 자살률이 감소하는데 한국은 정반대랍니다. 일반적으로 자살의 원인이나 이유는 정신질환, 고통, 짝사랑, 스트레스, 비탄, 철학적 또는 이념적인 이유, 처벌이나 견디기 힘든 환경을 피하기 위해, 죄책감이나 부끄러움, 심각한 상해, 금전손실, 자기희생, 자살공격(자폭), 삶에 대한 가치나 애착 상실(비관, 허무주의), 종교적 컬트(cult, 새로운 종교적 구심점, 소종파), 외로움 등이라고 합니다. 사람들은 흔히 명예를 위하여, 사회적 환경이나 권력에 대한 저항을 위하여, 스트레스를 견디지 못하여, 사이비종교에 미혹되어서 자살하지요."

"그런데 자살은 범죄인가요? 아닌가요?"

"종교적으로나 사람들의 가치관으로는 일단 범죄라고 보는 경향이 농후합니다. 그래서 옛날에는 자살한 사람에 대하여는 장례도 제대로 치르지 못하게 하고 비석도 세우지 못하게 하고 또 유산을 몰수하기도 하였지만 현대국가에서는 대개 법적으로 범죄라고 하지는 않지요. 다만 자살을 교사하거나 방조하는 행위는 범죄로 인정하여 처벌합니다. 집단자살에서 살아남은 사람에게는 과실치사로 책임을 묻기도 합니다. 남의 자살행위를 막기 위하여 완력을 쓰는 경우에는 처벌되지 않고요. 기독교에서는 사람의 생명은 어디까지나 하나님만이 좌우할 수 있다고 믿어서 자살은 회개할 수 없는 범죄로 봅니다. 말하자면 자살은 자신을 죽이는 일종의 살인죄이고 하나님의 권위를 훼방하는 죄라고 봅니다. 불교에서도 자살한 사람은 결코 극락에 가지 못하고 지옥이나 아귀도(餓鬼道, 아귀들이 모여 살며 항상 굶주리고 매를 맞는 곳)나 축생계로 밖에 갈 수 없다고 합니다. 그런데 마침 오늘이 세계보건기구(WHO)와 국제자살예방협회(IASP)에서 정한 '세계자살예방의 날' 입니다. 9월 10일이니까요."

"그렇군요. 우울증(depression)에 관하여 이야기 좀 해 주시지요."

"김충렬 박사가 쓴 글을 보았는데요. 우울증이란 말은 본래 '내리누름' (to press down)이라는 말인데 그것은 '정신이 꺾이다, 기가 죽다, 낙담하다, 슬프다, 가치를 낮추다, 활동성과 적극성을 저하시키다' 라는 뜻이 포함되어 있어요. 발병 연령은 대개 40세지만 요즘은 점점 빨라지고 있어요. 최근엔 아이들에게서도 발견되며 자살로 연결되기도 합니다. 예외도 있긴 하지만 대체로 괜히 슬퍼지고 불안해지고 무슨 일을 해도 흥미나 즐거움이 없고 웃지도 않게 되고 자다가 자주 깨고 입맛이 떨어지고 식사량도 감소합니다. 말도 적게 하고 만사가 귀찮고 집중력이 떨어져서 금방 한 일도 잊어버리고, 소화불량, 두통, 목과 가슴에 무언가 걸린 느낌, 변비나 설사, 성욕감퇴와 같은 현상이 일어나고 여기저기 몸이 아플 수도 있어요. 우울증 환자의 10%가 환상과 환각을 경험하며 정서적 낙담, 의기상실, 정신운동 저하, 체중 변화도 일어납니다. 우울증에 대한 이론도 매우 복잡한데, (1) 생리적 활동 감소로서의 우울증, (2) 기분과 정서로서의 우울증, (3) 무력한 자아로서의 우울증 등이 있는데 이론은 간단히 설명하기가 어렵습니다."

"우울증의 특징만 간단히 소개해 줘요."

"우울증의 특징은 첫째로 정서적 특징인데 슬픔·불안·죄책감 등이고, 둘째는 인지적 특징인데 주로 사물에 대하여 부정적인 생각을 하는 특징을 보이는 것이고, 셋째는 자존감의 특징인데 낮은 자존감·부적절함·의기소침을 들고 있습니다. 넷째는 행동적 특징인데 운동성 초조증이 대표적이고, 다섯째는 신체 생리적 특징인데 우선 식욕과 체중에 변화가 일어납니다. 우리나라에서는 흔히 '화병'과 연결하여 생각되지만 서양에서는 '정신에너지고갈'로 봅니다."

"역시 간단한 것이 아니군요. 인간의 심리란 복잡하고 미묘하고 개인차가 있으니까 그럴 것 같군요."

"생로병사라는 것이 있지요. 태어남이나 늙어감이나 질병이나 죽음이 모두 고통이지요. 이른바 사고(四苦)라는 거지요. 거기다가 사랑하는 사람이나 좋아하는 것과 헤어지는 고통(애별리고, 愛別離苦), 미워하는 사람이나 싫어하는 것과 만나는 고통(원증회고, 怨憎會苦), 구하는 것을 얻지 못하는 고통(구부득고, 求不得苦), 수양하지 않고 쾌락만을 좇는 고통(오온성고, 五蘊盛苦)을 합하여 팔고(八苦)라고도 하지요. 사람은 이런 팔고를 통하여 고통을 느끼지만 그 이어지는 고통 속에서도 순간 순간적으로는 기쁨과 즐거움도 느끼면서 살고 있는 셈이지요. 말하자면 삼락(三樂)이라는 것이 있어서 다행이랄까요? 그런데 우리 같은 평범한 사람들은 건강하고 친구를 사귀고 화목한 가정을 유지하면 그것으로 만족해야겠지요."

"그런데 스트레스라는 것은 우울증과 관계가 없나요?"

"관계가 있습니다. 우울증의 한 원인이 될 수 있으니까요."

"그런데 스트레스는 누구나 다 똑같이 받는 것인지 개인차가 있는 것인지요?"

"개인차가 있다고 보아야 합니다. 본디 스트레스라는 것은 어떤 일이나 사건에 대하여 내 스스로 반응하는 것이니까요. 똑 같은 사건에 대하여 어떤 사람은 매우 심각하게 반응하는 사람도 있고 어떤 사람은 그와 반대로 받아들이는 사람이 있으니까요. 이런 점에서 보면 내 자신의 생각이나 태도에 따라 스트레스가 좌우되는 것이지요.

"……."

"그런데 친한 친구나 함께 일하는 사람들이 스트레스를 심하게 받고 짜증을 내고 징징거리는 경우에는 자신도 모르게 그 사람들의 스트레스에 걸려든다는 말이 있습니다. 말하자면 심한 스트레스에 반응하는 사람을 따라서 하게 되고 마치 병균에 감염되듯이 나에게도 스트레스가 온다는 것이지요."

"매스컴의 영향도 있습니까?"

"물론 있습니다. 신문 잡지 라디오 텔레비전 같은 대중매체가 사람들의 스트레스를 유발하는 일이 많답니다. 부정부패 부조리 불의 패륜 같은 것을 많이 듣고 보게 되면 스트레스를 받기 쉽지요. 그리고 그것이 잦다 보면 마음이나 사고방식이 부정적으로 변화한다고 합니다. 그래서 대중매체를 외면하고 멀리 하는 사람들도 있답니다. 골치만 아파지니까요."

"그렇다면 스트레스가 순전히 나의 마음이나 나의 태도에만 좌우되는 것이 아니라 남의 영향도 크다는 셈이군요."

"그렇지요. 그런데 무엇보다도 나의 마음이나 태도가 더 중요하다는 것이지요. 뚜렷한 주관이 필요하고 긍정적인 사고나 태도가 필요하지요."

"그런데 문제는 뚜렷한 주관을 확립한다는 것이 어렵거든요. 자칫하면 독선적이고 고집불통으로 보이기 쉽고, …… 완미고루하게 보일 수도 있으니까요.”

“사실 그렇습니다. 학자들이 연구하여 발표하는 이론들이 애매모호하고 사실과는 거리가 먼 경우가 많지요. 그저 그런 논리도 있다는 것이지요. 사람이 살면서 스트레스를 전혀 안 받을 수는 없는데 그 받은 스트레스를 푸는 것이 중요하다는 것입니다. 그래서 친구들과 이야기도 나누고 소풍도 하고 운동도 하고 음악도 듣고 부르고 여러 가지 취미활동도 하고 봉사활동도 하면 좋다는 것입니다. 자, 건배합시다!”

남 교장의 말에 모두 박수로 화답하고 잔을 들었다.

회장님의 우울증은 어제 오늘의 일이 아니었다. 벌써 수년 전에 불면증이 심하여 정신과를 찾았더니 의사는 말하였다.

“혹시 죽고 싶은 생각은 나지 않습니까?”

“아니요…….”

회장님은 ‘아니’ 라고 분명히 대답하였다. 그러나 의사가 보기에는 심한 우울증으로 자살하고 싶은 생각까지 할 수 있는 상태라고 보는 것 같았다. 사실 회장님처럼 삶에 애착을 갖는 사람도 적지 않을 것이다. 사람들은 모두 죽기를 싫어하고 살기를 원한다고 할 수 있다. 그러기에 어렵고 힘들고 아니꼽고 더러운 경우를 모두 참고 견디며 미칠 것만 같은 육체적 고통을 참으며 이를 악물고 살고 있는 것이 아닌가. 그런데 인간들은 우리들 견공들보다 몇 배나 오래 동안 살면서 왜, 무엇 때문에 오래 살고 싶어 하는가?

자손들의 성장을 보기 위하여?

친구들을 만나고 향락하기 위하여?

통일을 보고 이산가족을 만나기 위하여?

아름다운 세상을 보기 위하여?

학문을 연구하기 위하여?

글을 쓰기 위하여?

국가와 사회에 봉사하기 위하여?

음악을 감상하기 위하여?

……?

여러 가지 이유가 있을 것 같다. 그러나 인간들은 먹고 즐기고 놀고 잘난 체하고 제멋에 겨워 사는 인간들이 많은 것 같다. 그리고 거의 맹목적으로 오래 살고 보자는 욕심이 강하고 죽음을 두려워하는 것 같다. 만일 죽음을 싫어하지도 않고 두려워하지 않고 맞이하거나 스스로 죽는 사람들은 도저히 견딜 수 없는 육체적 고통이나 마음의 고통이 있어서 그 고통을 피하기 위하여 순간적으로 죽음을 택할 뿐이지 진심으로 죽기를 싫어하지 않고 두려워하지 않는 것은 아닌 것 같다. 두 말할 것 없이 이승에서 살다가 저승으로 간다는 것이 무조건 싫은 것이다. 사람들이 저승이라는 말을 만들어 쓰고 있지만 저승이라는 세상이 있다는 것을 믿는 인간들도 아주 드문 것이다. 저승은 흔히 내세(來世)니 피안(彼岸)이니 천국(천당)이니 극락이니 여러 가지 말로 표현하지만 그것이 실지로 존재한다고 믿는 인간들은 거의 없다고 한다. 서양의 성직자들에게 물어 보아도 열에 아홉은 모른다거나 없다고 한단다.

　회장님은 불안장애인지 공황장애인지 가슴이 답답하여 괴롭고 두통이 자주 일어나고 불면증이 심하여 괴로워할 때가 자주 있는 모양이다. 그래서 허둥지둥 병원 응급실로 달려가기도 한다. 병원에서 중대한 질병이라는 진단을 받을까 불안하여 혼자서는 겁이 나서 가지 못하고 사모님이나 친인척을 불러서 동행하고야 만다. 그러나 하루 종일의 검사 끝에 대단찮은 것으로 판명되어 돌아오곤 하였다.
　인간들은 불안을 느낄 때가 많은 모양이다. 부모나 선생님에게 꾸중을 들을까 불안하고, 남에게 흉을 잡힐까 불안하고, 시험에 낙방할까 불안하고, 직장에서 해고당할까 불안하고, 깡패를 만나거나 위험한 일이 닥치지 않을까 불안하고, 불치병이 나지 않을까 불안하고, 병원에서 수술을 받거나 복약을 하다가 잘못될까 봐 불안하고……. 또 부모남이나 형제들이나 자식들이 병이 나거나 사고를 당하지나 않을까 불안하다. 사실 따지고 보면 인간들은 항상 불안하지 않을 수가 없을 것 같다. 인간들이 세상을 살아가기가 얼마나 힘 드는지 견공들도 생각해 보면 알 일이다. 의식주를 해결하기도 힘겹고 건강을 지키기도 힘겹고 이웃과 사이좋게 지내기도 힘겹다. 부모노릇하기도 힘겹고 자식노릇하기도 힘겹고 이웃노릇하기도 힘겹다. 매사가 힘겹지 않은 것이 없는 것 같다. 그래서 인간들은 항상 피곤하다. 사실 인간들은 너무나 보잘것없는 약점 투성이다. 자신이 약점 투성이인 줄 아는 인간은 불안할 수밖에 없고 불안한 인간은 그

래도 깨달은 인간이다. 깨달은 인간은 교만을 버리고 겸손해지기 쉽
다. 그런데 회장님은 일본의 청년철학자 후지무라미사오(藤村 操)가
닛코(日光)의 화엄폭포(華嚴瀑布)에 투신하여 죽은 것도 일종의 우울증
이 아닌지 생각하였다. 그때 후지무라는 다음과 같은 유서를 남겼다
고 한다.

유유하도다 천양(天壤), 요요하도다 고금. ……. 만유의 진상은 한
마디로 다할 수 있다. '불가해'(不可解)이다. 나는 이 한을 품고 번민
하다가 드디어 죽음을 결심하였다.…….

천지와 고금은 공간과 시간을 말한다. 유유하고 요요한 시공에 견
주어 볼 때 인간은 너무나 왜소하다. 지극히 왜소한 인간이 그처럼
위대한 시공에 대하여 도전할 수는 없다. 시공(우주)은 너무나 위대
하다는 것이다. 후지무라는 시공의 위대함에 대하여 불가해라는 결
론을 내리고 죽음을 결심한 셈이다. 그러나 시공의 위대함과 자살과
는 필연적인 관계가 없다. 세상 사람들은 거의 모두가 시공은 불가
해라고 믿었을 것인데도 불구하고 그것 때문에 자살하지는 않는다.
그래서 그의 자살동기는 따로 있다고 생각할 수 있다. 사람은 누구
나 지위 명예 재물 사랑을 생각하기 쉽고 그것을 완전히 벗어나기
어렵다. 그래서 아마도 후지무라도 그것들, 특히 사랑에 집착하게
되고 거기서 좌절을 느끼고 인간능력의 한계를 절실히 느끼게 되어
급기야는 죽음을 결심하지 않았는지 추측하는 사람들이 있는 모양

이다. 일본의 천재작가로 알려진 나쓰메소세키(夏目漱石)는 후지무라
의 스승이었고 후지무라가 자살한 1년 뒤에 〈나는 고양이다〉를 썼
는데 그 작품 속에서는 '놓아주기만 하면 나무에 유서를 쓰고 폭포
에서 뛰어내릴지도……' 라고 썼단다. 후지무라가 나무에다 유서를
쓴 사실과 일치한다. 나쓰메는 과연 후지무라의 자살동기를 어떻게
보고 있는지 궁금하다.

어떤 사람들은 후지무라의 자살을 서양의 견유학파(犬儒學派)의 사
상과 비교하기도 하는 것 같다. 견유학파는 개인의 내면적 자유와
자족의 행복은 세계를 포기하는 것(abandonment)에 있다고 보았다.
세속적인 욕망을 버리는 것이다. 그런데 왜 하필이면 견유학파라고
했는가. 아마도 우리들 견공은 세상 욕심을 버리고 살기 때문인 것
같다. 인간들처럼 추악하게 욕심을 부리지 않으니까. 그러나 나 같
은 견공은 그것을 알 턱이 없다. 알아도 아무런 소용이 없기도 하다.

회장님은 무거운 몸을 이끌고 S병원 비뇨기과로 달려갔다. 벌써
두 달 전부터 이상한 징후가 나타나 동네 병원에서 치료하고 그래도
안심이 안 되어 종합병원 단골의사에게 예약하여 CT촬영과 채혈 채
뇨를 하였기에 검진을 받으러 간 것이었다. 그는 언제나 불안하였
다. 수년 전부터 전립선비대증으로 비뇨기과를 드나들었지만 최근
엔 갑자기 혈뇨까지 나타났으니 '다시 무슨 선고가 내려질지도 모
른다' 는 불안을 억누르기가 어려웠다. 그리고 방광내시경검진을 취
소한 것은 잘한 일인지, 어쩌면 경솔한 일일 것만 같이 생각되었다.

도무지 병원에 가는 것이 겁날 때가 많았다. 검사를 통하여 질병을 발견하게 되고 질병을 발견해야 치료하고 치료해야 건강을 유지할 수 있을 것이지만 그것이 겁나고 싫은 것이었다.

진료실로 호출되어 들어가자 더욱 불안하였다. 의사에게 정중히 인사하고 선고(?)를 기다렸다. 의사는 모니터를 뒤적이고 나서 약간의 문제가 있긴 하지만 큰 문제는 없으니 1년 후에 오라고 하였다. 회장님은 감사하다는 인사를 연발하고 원무과를 거쳐 암센터 폐식도외과로 갔다. CT검사를 연기하려는 속셈이었다. 적어도 6개월쯤 연기하려 하였지만 1월말까지는 검사를 받는 것이 좋다는 권고를 받아들일 수밖에 없었다. 최근 5년 동안에 수많은 CT와 PET에 각종 검사가 빈번하여 도무지 마음이 불편하였다.

그는 허둥지둥 집으로 돌아와 여여당 선생에게 전화를 걸었다.

"K선생이 언제 작고하셨나요?"

"벌써 여러 날 되었어요."

"여러 날이라니요? 오늘에야 전자메시지를 받았는데요……."

"열흘도 넘었어요. 인사도 끝나고요."

"조문을 못 가서 미안하네요. 식사를 못 하시는 것 같더니만……."

회장님은 우울하였다. 수북한 약봉지를 챙겨가지고 약국으로 달려갔다. 무엇이 무엇에 먹는 약인지 구별이 되지 않아서 다시 확인하지 않을 수가 없었다. 그리고 어떤 약은 처방전의 반만 가져오고 나머지가 있는 것 같아서 확인하였더니 모두 가져갔단다. 도무지 기억이 나지 않았다. 약봉지에 이것저것 메모를 하여 비닐봉지에 넣어서 다시 집으로 돌아와 소파에 누웠다. 문득 퍼시 비씨 셸리의 '서풍에게 부치는 노래'(Ode to the West Wind)가 머리에 떠올랐다. 그러나 5장으로 된 긴 시라는 것과 제일 마지막 한 구절밖에는 아는 것이 없었다.

......

예언의 나팔, 오 바람이여!
만일 겨울이 오면 봄이 어찌 멀었으리오!
(The trumpet of a Prophecy! O Wind,
If Winter comes, Can Spring be far behind?)

어떤 사람은 '예언의 나팔을 불어라, 오 바람이여!' 라고도 번역한다. 겨울이 오면 봄도 곧 뒤따라온다는 것을 외치라는 것이다. 서풍은 겨울을 재촉한다. 단풍이 아름답다고 매스컴이 떠들어댄 지 며칠 되지 않았는데 벌써 거리는 온통 조락한 이파리로 뒤덮여 버렸다.

겨울이 오면 봄도 멀지 않다는 것은 누구나 알고 있는 상식이다. 지구의 온대지방에서 뚜렷이 나타나는 우주의 섭리라고나 할까. 그것은 확실하고도 명백한 자연의 섭리요 진리이다. 그러나 그 겨울이 너무나 긴 지역도 있다. 기나긴 겨울의 혹독하고 잔인한 추위에 얼어 죽고 굶어죽는 생명체도 그 수를 헤아리기 어렵다. 그러나 그런 재앙이 극도에 다다르면 다다를수록 축복이 가까이 다가오는 것을 목격하게 된다. 그 기간이 너무나 길어서 보이지 않는 수가 있지만 그것은 하잘것없는 인간의 척도에서 본 것에 지나지 않는다. 벽을 향하여 날아가는 공이 세게 날아가면 갈수록 세게 반동의 현상을 나타내는 것과도 유사하다. 춘하추동의 순환은 우주의 영원하고 절대적인 법칙이라는 것이다.

인간사회에도 자연계의 현상처럼 혹독하고 잔인한 정치적 사회적 억압과 파멸이 있었고 그것은 끊임없이 반복되기도 하였으며 지금도 계속되는 곳이 많이 있다. 그런 곳엔 자유도 평등도 사랑도 없다. 정치인들은 자유라는 이름으로 평등과 사랑을 파괴하고, 평등이라는 이름으로 자유와 사랑을 파괴하고, 사랑이라는 이름으로 자유와 평등을 파괴한다. 자유와 평등과 사랑의 조화는 이루어내기도 어렵지만 이루어내려는 의지도 없다. 정치인들은 그 어떤 하나의 명분을 내세워 대대적인 선전활동을 벌여 대중을 선동하고 현혹하여 자신의 권력이나 집단적 야욕을 충족하는 데 바쁘다. 그러나 그것이 악랄하면 악랄할수록 스스로 파멸하기를 재촉하는 결과가 되고 만다. 셸리는 자연의 봄을 확신하듯이 인간사회의 봄을 확신하고 영혼의 봄을 확신하는 것이라고 회장님은 생각하였다.

회장님은 언제나 그랬지만 올 가을은 유달리 서글프게 느끼는 모양이다. 마음을 위로해 줄 만한 시나 노래나 책도 없는 것 같았다. 그러나 문득 이브 몽땅이 불렀다는 '고엽'이 떠올랐다. 그의 목소리는 회장님의 가슴을 파고드는 기분이었다. 그리고 이탈리아 말을 모르기 때문에 뜻은 잘 전달되지 않지만 번역으로 짐작할 수는 있었다.

아, 나는 그대가 기억해 주길 원해요

우리가 서로 함께 했던 그 행복한 날들을

그 무렵에 인생은 덧없이 아름다웠고

태양도 지금보다 뜨겁게 타오르고 있었죠

낙엽들이 무수히 나뒹굴고 있네요

아시죠? 내가 잊지 않고 있다는 걸요

낙엽들이 무수히 나뒹굴고 있네요

추억과 회한들 역시도

그리고 북풍은 그것을

차가운 망각의 밤 속으로 실어가고 있네요

당신이 내게 불러준 그 노래가 나에겐 잊혀지지 않네요

……

……

인생은 조금씩 소리도 없이

서로 사랑하는 사람을 떼어 놓았고

그리고 바다는 모래 위의 헤어진

연인들의 발자국을 지워 버리네요

　그러나 회장님의 마음은 '고엽' 에 가까운 것이 아니었다. 차라리
이화(李華)가 지은 '조고전장문' (弔古戰場文)과 가까운 것이었다.

　……

새들은 우짖지 않고 산은 고요하다.
밤은 참으로 긴데 바람소리만 쓸쓸히 들린다.
혼백이 서로 엉키어 하늘은 자욱하고
귀신이 모여들어 구름이 뒤덮인다.
햇빛이 차가우니 풀조차 자라지 않고
달빛은 처량한데 서리가 하얗게 내린다.
이토록·사람의 마음을 아프게 하고 눈을 처참하게 하니
이와 같은 곳이 또 어디에 있을까?
……

회장님은 서리를 맞고 떨어져 사람의 발에 밟히고 찬 바람에 날리는 낙엽의 모습과 시들어 말라 버린 풀들을 보면 '조고전장문'이 생각나는 모양이다. 회장님이 금년 들어 더욱 가을을 쓸쓸하게 느끼는 것은 나이 탓도 있지만 몸이 건강하지 못하여 병원을 자주 드나드는 탓인 것 같다.

그래도 속으로는 겨울을 지나 봄이 오기를 기다리는 것 같다. 그러나 계절은 바뀌겠지만 그의 건강은 완전히 지난 날로 되돌아갈 수는 없는 것이었다.

경로당 사랑방에서 자주 만나던 K선생이 아주 먼 나라로 떠났다. 회장님의 친구들도 벌써 절반이 넘게 떠나고 만 것이다. 낙엽이 나뒹구는 늦가을은 겨울의 삭막함이나 큰 차이가 없을 만큼 처량하고 살벌하게 느껴졌다. 죽음의 계절이었다.

11

인간들의 욕구

아무리 보아도 회장님은 불만이 많은 것 같다. 그는 세상을 부정적인 시각에서 비관적으로 본다. 정치하는 사람들을 알기를 돼먹지 못한 놈들로 본다. 그뿐만 아니라 믿을 사람이라고는 거의 없는 것으로 안다. 아무리 믿고 가까이 사귀는 사이라도 물질적인 이해관계가 상반하거나 자기에게 조금이라도 불리하면 안면을 몰수해 버리고 자기의 이익을 좇는다고 생각한다. 실지로 우리들 견공들이 보아도 그럴 것 같다. 인간들은 참 무서운 동물들이다. 물욕으로 똘똘 뭉쳐진 동물들이다.

미국의 심리학자 에브라함 매슬로는 '인간의 동기부여에 관한 이론'에서 인간들의 욕구를 5단계로 나누어 설명하였다고 한다. 인간들이 가지고 있는 기본적인 욕구는 먹고 마시는 욕구와 수면욕과 성욕이라고 한다. 먹고 마시지 않으면 당장 생명을 유지할 수가 없고,

수면을 통하여 쉬지 않으면 피로가 쌓여서 병들어 죽게 되고, 성욕이 없으면 인간들은 멸종하고 만다. 이런 욕구들은 우리들 견공과 거의 똑 같은 욕구인데 인간들은 이런 욕구를 생리적 욕구라고 한다. 견공들이나 묘공들이나 인간들이나 피장파장이다.

그런데 인간들은 여기서 한 걸음 나아가 기본적 생리적 욕구가 항상 안전하게 보장되기를 희망한다. 그들이 흔히 말하는 생리적 욕구는 구체적으로 보면 의식주에 관한 욕구가 함께 포함되어 있다. 먹고 마시고 잠자고 성욕을 충족하기 위해서는 옷도 입어야 하고 주거도 있어야 한다. 인간들은 먹는 것도 산해진미를 원하고 여러 가지 기호식품도 원한다. 기호식품으로는 커피나 술이 포함된다. 인간들은 몸에 해로운 담배를 피우고 술도 많이 마신다. 회장님은 담배는 피우지 않았지만 술은 자주 마시고 젊었을 때는 과음으로 인사불성이 되어 실수도 하고 넘어져서 얼굴을 깨기도 하였다. 인간들은 비교적 넓고 호화로운 주거를 원한다. 주거의 모습이 그 인간의 가치를 나타낼 정도이다. 그것을 가지고 은근히 잘난 체한다. 이러한 인간의 욕구가 첫째가는 욕구라면 둘째가는 욕구는 첫째의 욕구가 항상 안전하게 충족되고 확보되기를 원하는 것이다. 이것이 안전의 욕구라는 것이다.

다음으로 인간들은 어느 집단에 소속되고 사랑을 주고받기를 원한다. 한국 사람들은 지연 혈연 학연이라는 말을 많이 쓴다. 같은 고향 사람이나 피붙이의 관계가 닿는 사람이나 학교와 관계되는 집단에 소속되고 같은 취미를 가진 사람들에게 끼어서 고독을 면하기도 하고 이익을 취하려고도 한다. 그리고 서로서로 애정으로 뭉쳐서 서로 도움을 받기를 원한다. 이것을 소속과 사랑의 욕구라고 한다.

다음으로 인간들은 인정받고 존중받기를 원한다. 가정에서나 직장에서나 어느 모임에서 자기가 무시당하는 것은 참기 어려운 고통이다. 말 한 마디를 하더라도 그 말이 무시되고 금방 공격을 받으면 낯이 붉어지고 언쟁으로 이어지고 심지어는 주먹다짐으로 발전하기도 한다. 어떤 사람들은 진정으로 인정받고 존중 받으려고 일부러 노력하는 수도 있다. 그리고 자기를 존중해 주는 사람에게 고마워한다.

다음으로는 자아실현의 욕구라고 한다. 이것은 자기의 능력을 극대화하는 동시에 그것을 남에게 인정받는 것이다. 자기의 능력을 극대화하는 것은 남들이 객관적으로 볼 때 매우 만족할 만한 상태까지 자기의 능력을 발휘하는 것이며 거기서 자신의 보람을 느끼고 만족을 느낄 수 있는 단계이다. 따라서 타인에게 인정받는 수준에서 더 한층 올라서서 자기가 하고 싶은 일을 성취하여 얻는 승리의 희열을 느끼는 단계라고 할 수 있다.

이러한 욕구들은 첫째 단계에서 둘째 단계로, 셋째 단계로, 넷째 단계로, 다섯째 단계로 점점 범위가 확대되고 그 수준이 높아지는 것이다. 따라서 욕구가 강하다는 것은 어느 한 단계에서 나타날 수도 있지만 모든 단계를 포괄한다고 볼 수 있다. 인간들이 우선적으로 자기의 생명에 애착을 가지고 의식주를 해결하고, 사회적으로 인정을 받고, 자기의 이상을 실현하려는 욕구를 갖는 것은 자연스런 것이고 인간욕구의 공통점이라고 할 수 있다.

견공들도 인간들의 욕구라는 것이 대강 어떻다는 것은 짐작한다. 인간들의 기본적인 욕구는 정당하다. 그러나 그 인간들은 그것을 정당한 수단이나 방법으로 충족하려고 노력하지 않고 걸핏하면 부당한 수단이나 방법으로 남을 해치기를 서슴지 않는다. 그래서 인간들은 거의 모두가 도둑놈이고 짐승만도 못한 놈들이라고 할 수 있다.

회장님은 언젠가 인간들의 욕심에 관하여 이야기하였는데 그것은 중학교 영어교과서에 실려 있는 이야기라고 한다. 줄거리는 다음과 같은 것이었다.

옛날에 거지가 있었다. 그는 사람들에게 구걸하는 데 쓰는 자루를 하나 둘러메고 길을 걸으며 혼잣말로 불평하였다.

"세상엔 부자들이 참 많단 말이야. 그런데 그들은 부자라는 것을 모르고 계속하여 욕심을 부린단 말이야. 도무지 이해할 수가 없어. 만일 나는 돈이 조금이라도 있으면 절대로 더 가지려고 욕심을 부리지 않을 거야. 부자들은 정말로 몹쓸 욕심쟁이란 말야."

이때 마침 사람들에게 행운을 가져다준다는 '운명의 여신'(Fortune)이 거지가 불평하는 말을 듣고 거지에게 다가왔다.

"그래, 네 말이 맞는다. 부자들은 정말로 욕심쟁이란 말야. 그런데 만일 너는 돈이 조금만 있어도 더 많이 가지려고 욕심을 부리지 않겠니?"

거지는 그 말을 듣고 정말로 자기는 욕심을 부리지 않겠다고 힘주어 말하였다.

"그래. 잘 알았다. 그럼 네가 가지고 있는 그 빈 자루를 벌리려무나. 내가 황금을 주겠다."

거지는 너무나 기뻐서 어찌 할 바를 몰랐다. 그리고 믿어지지 않는다는 표정을 지으며 자루를 벌렸다. 여신은 정말로 거지의 자루에 누런 황금을 붓기 시작하였다. 벌써 자루에는 황금이 반이나 찼다.

"자, 이제 되었느냐? 너도 이만하면 어떤 부자한테도 지지 않는 큰 부자가 되었단다."

"아닙니다. 여신님. 아직은 부족합니다. 조금만 더 주세요."

여신은 거지가 달라는 대로 부어주었다. 그리고 다시 말하였다.

"자, 이제 되었다. 이젠 정말로 엄청난 부자가 되었다."

그러나 거지는 다시 말하였다.

"아직도 조금 부족합니다. 조금만 더 주세요."

"그런데 이제 더 붓기만 하면 아마도 자루가 찢어질 것이다. 자루가 찢어져서 황금이 땅위로 쏟아지면 금세 먼지로 변하고 만단다. 이제 그만 가져가거라."

그래도 거지는 욕심을 부리고 말하였다.

"여신님, 제가 아주 조심할 테니 걱정 마시고 조금만 더 주세요."

"그래? 그럼 조금 더 주지. 그러나 자루가 찢어지지 않도록 아주 조심하거라."

"네. 조심하겠습니다. 아주 조금만 더 주세요."

여신은 거지에게 황금을 조금 더 주고 어디론지 사라지고 말았다.

거지는 황금이 가득한 자루를 보면서 너무나 기뻐서 어쩔 줄을 몰랐다. 콧노래를 부르면서 이리저리 덩실덩실 춤을 추기도 하였다. 그리고 자루를 어깨에 메려고 하였으나 너무나 무거웠다. 그래도 어깨에 메는 방법밖에는 없었다. 거지가 힘껏 황금자루를 어깨에 메는 순간 자루는 완전히 찢어지고 황금이 모두 땅위로 쏟아져 금세 먼지로 변하고 말았다. 거지는 깜짝 놀랐다. 부자가 되자마자 다시 불쌍한 거지로 돌아가고 만 것이었다. 거지는 아무리 후회하여도 소용이 없었다. 부자들을 흉본 것이 바로 자신을 흉본 것이었다.

나 같은 견공들이 볼 때는 인간들은 모두 황금에 눈이 어두운 그 거지와 똑같은 놈들이다. 인간들의 욕심은 바다보다도 깊고 산보다도 높은 것이었다. 한국에는 도시가 자꾸 발달하고 새로 개발하는 곳이 많아서 갑자기 땅값이 뛰어 벼락부자가 되기도 하고, 부동산투기를 벌이거나 뇌물을 받거나 공금을 횡령하거나 부모의 재산을 독차지하거나 하여 부자가 된 인간들이 많은데 만일 가난한 형이나 동생들이 있어도 도와주지 않고 혼자만 욕심을 부리는 인간들이 많은 것 같다. 형이나 동생은 너무 살기가 힘들고 자식들을 교육하기가 힘들어서 도와 달라고 해도 묵묵부답으로 버티기만 하고 마지못해 노루꼬리만치 도와주는 척하면서 생색이나 내고, 심지어는 부모가 어렵게 지내도 아랑곳하지 않는 자식들이 많다고 한다. 특히 부모들은 자식을 가르치기에 바빠서 노후를 준비하지 못하였다가 자식은 성공하여 잘 살아도 부모를 봉양하지 않기 때문에 이제는 부모들이 견디지 못하여 하는 수 없이 자식들에게 생활비를 요구하는 소송을 벌이기도 한단다.

한국에는 효자비(孝子碑)가 방방곡곡에 있는데 충청북도 청원군 남일면 효촌리에는 경연(慶延)의 효자비와 정문이 있고, 양수척(楊水尺)의 효자비가 있다. 경연은 효성이 지극하여 많은 사람의 본보기가 되었는데 양수척은 경연의 효성을 보고 감화를 받은 천민(賤民)이었다고 한다. 그리고 충청남도 예산군 대흥면에는 '의좋은 형제공원'이 있고 공원 안에는 의좋은 형제의 비석이 있는데 여기서는 해마다 축제를 열고 '의좋은 형제상'을 주기도 하지만 실지로 의좋은 형제로 상을 받을 만한 사람은 찾기가 어렵다고 한다. 그러니 모두 겉으로만 그럴듯하게 꾸며놓고 실지로는 알맹이가 없는 것이 인간들이다.

말하자면 인간들은 남 보기에만 훌륭한 것처럼 꾸며 놓고 자랑이나 하고 선전이나 하고 욕심은 욕심대로 부리는 위선자들이다. 진실한 인간은 살기가 어렵고 위선자들은 살기 좋은 것이 인간세상이라고나 할까. 효자 열녀 우애에 관한 이야기는 수없이 많아도 그것은 호랑이가 담배 피우던 옛날 이야기로만 듣는다.

그리고 이상하게도 한국에는 학교 어린이들에게 모두 정부에서 무상급식을 해야 한다는 사람들이 많다. 부잣집 아이들은 부모가 충분히 점심을 먹일 수 있는데도 가난한 집 아이들이나 부잣집 아이들이나 무조건하고 똑같이 공짜로 주어야 한다는 것이다. 나라에 그만

 나는 도이 무섭다

큼 돈이 많은 것도 아닌데 말이다. OECD 36개국 가운데서도 학교에서 급식하는 나라는 65% 밖에 없고 어떤 나라는 전혀 급식을 하지 않거나 하더라도 부모의 경제력이 아주 빈약한 학생만 무상이고 나머지는 할인유상급식이나 전액 유상급식을 하며 부모들은 주정부나 시정부와 같은 자치단체에 급식비를 납부한다고 하는데 말이다. 국가채무가 엄청나게 많고 학교시설도 많이 해야 하고 어려운 사람들을 많이 도와야 하기 때문에 한 푼이라도 절약하여 꼭 필요한 곳에 써야 하는데 말이다.

서양 사람들 격언에는 '공짜는 쥐덫에 달린 치즈뿐' 이라는 말이 있고 공짜를 좋아하는 습관이 생기면 사람이 스스로 일하고 발전하기가 어렵다는데 정치인들의 욕심으로 보면 학생들에게 공짜를 주어야 인심을 얻을 수 있고 지지를 받을 수 있기 때문에 정치인들이 그것을 노린다는 것이다. 아무리 경제적으로 여유가 있는 부자라도 정부에서 공짜로 자식들에게 점심을 준다는데 굳이 싫다고 할 사람은 없다는 것이다.

미국의 어느 지방에는 갈매기가 떼죽음을 하여 원인을 알아보니 굶어 죽었다는 것이었다. 갈매기들은 생선가공공장에서 바다에 버리는 생선의 머리나 꼬리를 오랫동안 주워 먹던 버릇이 있어서 사나운 파도를 헤치고 고기를 잡는 습성이 없어졌는데 공장에서는 생선의 머리나 꼬리를 가공하게 되어 바다에 버리는 물건이 없어졌기 때문에 갑자기 갈매기의 먹이가 없어져서 굶어죽는다는 것이었다.

공짜는 꼭 필요한 사람에게 해당하는 것이지 멀쩡한 사람에게는 큰 해독이 된다는 것이다. 공짜를 좋아하는 것은 인간의 욕심이고 공짜를 좋아하게 만드는 것은 인간의 욕심을 잘못된 방향으로 키워주는 것이다. 선진국에서는 아이들에게 스스로 일하고 스스로 돈을 벌고 스스로 어려운 문제를 해결하도록 하여 자립심을 길러준다는데 한국의 부모들은 아이들에게 자립심을 길러주지 않고 의타심만 길러준다는 것이다. 역시 선진국이 되기는 어려운 모양이다.

한국 사람들은 겉으로는 선진국 사람들의 흉내를 내고 있지만 속으로는 아직 먼 것 같다. 국가로부터 공짜로 혜택을 받는 것을 부끄러워하지 않고 소득을 속이고 세금을 포탈하고 서류를 위조하고 갖은 거짓말을 해서라도 공짜로 혜택을 받고 싶어서 안달이다. 부자가 혜택을 받으면 그만큼 가난한 사람들이 혜택을 받기가 어려워지는데도 불구하고 우선 욕심을 부리고 보자는 태도이다. 그런데 정치인들이 이런 좋지 않은 심리를 이용하여 공짜를 주장하여 인심을 얻고 권력을 잡아보자고 미쳐 날뛰니 그것이 더욱 한심스러운 일이다.

내가 바라볼 때 회장님은 팔자가 좋은 편이다. 고달프게 일하지 않아도 먹고 살기에는 어렵지 않다. 젊어서 열심히 일하고 저축하고 근검하게 살아온 보람인 것 같다. 말하자면 노후준비가 잘 된 편이다. 문득 보아도 의식주 걱정은 없는 것 같다. 우선 식생활을 보아도 돈이 없어서 먹지 못하는 편은 아닌 것 같다. 다만 검소한 식생활습관에 따라 값비싼 음식을 즐기지 않을 따름이다. 주택을 보아도 넓은 편에 속한다. 사모님과 단 둘이 살면서 운동장 같은 거실과 넓은

방이 네 개나 된다. 의류도 값나가는 옷을 많이 맞추어 입는 것은 아니지만 양적으로 보면 상당히 많은 편이다. 벌써 몇 년씩이나 입지도 않고 앞으로도 입을 기회가 거의 없거나 허리 품이 작아서 입기 어려운 옷이 여러 벌이나 된다. 안 입는 옷은 남에게 주거나 아파트 지하실 입구에 있는 의류수거함에 가져다 넣으면 되는데 버리기 아까운 생각 때문에 버리질 못한다.

그런데 의류수거함에 가져다 넣는 것은 결코 버리는 것이 아니고 자신에게 필요치 않은 것을 필요한 사람들에게 나누어 주는 것인데 회장님은 자기의 물건이 옷장에서 썩고 있는데도 남에게 나누어주지 않는 인색한 짓을 하고 있는 것이었다. 회장님은 가까운 친인척에게 주고 싶어 하지만 친인척들도 남의 옷을 얻어 입고 싶어 하지 않는 편이다. 그리고 친인척들이 자주 왕래를 해야 그런 것도 가능한 일인데 도무지 친인척들이 왕래를 하지 않는 편이다.

회장님이 너무나 인색하고 인품이 모자라서 그런지, 아니면 서로 먹고 살기가 어려워서 그런지, 서로 폐가 될까보아 그런지 여간해서 왕래하는 것을 보기 어렵다. 그래서 입지 않는 옷은 과감히 의류수거함에 가져다 넣어야 한다. 그러나 회장님은 그런 결단력이 없는 것 같다. 회장님은 어쩌면 버려야 할 만큼 버렸다고 변명할지도 모르지만 아직도 몇 아름이나 더 가져다 버려야 한다.

회장님은 별로 부유한 환경에서 자라지는 않았다고 한다. 겨우 밥이나 먹을 정도의 가정에서 자랐지만 공부하기를 좋아해서 주경야독으로 대학엘 가고, 대학에서 배운 것이 없다고 생각하여 다시 대학원 석사과정을 거쳐서 박사과정까지 공부하고 교수생활을 하였다고 하니 첫째 단계에서 다섯째 단계까지 모든 욕구를 거의 충족한 것으로 보인다. 그래도 무엇이 부족한지 비관주의나 염세주의에 젖은 인상을 준다. 아무리 살기 좋고 정의와 사랑이 넘치는 세상이 되기를 바라더라도 그런 세상이 되기는 어렵고 자신이 그런 세상을 만들 수도 없는 것이 당연한 것인데 말이다. 하나의 가정도 그렇고 친인척관계도 그렇고 친구들도 그렇고 어떤 모임도 그렇고 마을이나 나라나 다 그런 것인데, 그것을 그대로 인정하고 어느 정도 만족할 수밖에 없으련만 회장님은 사사건건 걱정이다.

"오늘도 신문에 또 이런 사건이 보도되었네. 모두 도둑놈들이야. 모두 잡아서 20년 이상 감옥에서 썩혀야 돼. 고약한 놈들! 짐승만도 못한 놈들이 들끓는단 말야!"

회장님은 이런 소리를 하다가 사모님에게 지청구를 듣는다.

"그래서 어떻게 하겠다는 거지요?"

"어떻게 하긴 무얼 어떻게 해? 도리가 없지. 내가 무슨 힘이 있어?"

"도리가 없으면 그만이지 뭘 그렇게 자꾸 애기해요? 쓸 데 없이. 당신이 아니라도 걱정할 사람 많아요."

"나 말고 누구요?……"

"대통령, 장관들, 국회의원들, 사회지도자들. 어디 한둘인가요?"

"그렇긴 그래. 그렇지만 그 사람들을 믿을 수가 없단 말이야."

"왜 못 믿어요?"

"지도자라는 인간들이나 정치한다는 인간들이 국가가 무엇인지 정치가 무엇인지도 모르고 날뛴단 말이오.”

“그렇거나 말거나 당신이 걱정한다고 무엇이 달라진단 말이오. 도대체?”

회장님은 본살도 못 찾고 만다. 사모님은 결코 맞장구치기를 싫어한다. 필요 없는 이야기는 처음부터 싫어한다. 회장님은 수없이 당하고 나서도 언제 당하였느냔 듯이 말을 꺼냈다가 또 당하고 만다. 회장님은 아마도 쥐정신인가 보다. 쥐정신이 아니고서야 그렇게 당하기를 거듭할 수가 없지 않은가. 엄처시하다.

회장님은 당초에 사모님에게 하고 싶은 이야기가 있었다. 학교폭력과 한국의 여자들에 관한 것이었다. 회장님은 학교폭력에 관한 대중매체를 접촉할 때마다 너무나 기가 막히는 기분이었다. 강한 놈이 약한 놈을 부르거나 끌고 가서 이유 없이 돈을 요구하거나 옷을 빼앗거나, 강제로 옷을 입으라고 요구하고 나서는 며칠 후에 옷 입은 값을 요구하거나, 무엇을 사오라고 명령하고, 남의 물건을 훔쳐오게 하거나 빼앗아오게 하거나, 수틀리면 침을 뱉거나 때리거나, 발로 밟거나, 담뱃불로 눈썹을 지지거나, 개처럼 목에다 끈을 매고 엎드려 기게 하고 짖게 하거나, 심지어는 입속에다 개구리를 집어넣거나 오줌을 마시게 하거나, 몸에는 문신을 하기도 하고 여학생을 유인하여 집단성폭행을 감행하기도 한다는 것이다.

그러나 문제는 학부모나 선생님들이 잘 모르고 있거나, 알더라도 ‘아이들의 장난’ 이라고 눈감아주고 철저히 지도하지 않는다는 것이다. 만일 외부에서 알게 되면 학교장이나 교사가 문책을 당할 염려가 있기 때문에 될 수 있으면 학생들의 비행을 감춘다는 것이다. 가해자의 부모들은 피해자에게 원인이 있다고 주장하면서 책임을 전가하고 자기자식에게 불이익이 생기면 학교에 가서 교장과 교사에게 항의하고 심지어는 고발하거나 폭력으로 맞서거나 보복하려고 하기 때문에 피해학생이 오히려 다른 학교로 전학을 가거나 가해자를 피하여 숨는다는 것이다.

학교폭력의 원인은 한두 가지가 아니지만 그 중에서도 중요한 것은 학교에서 인성교육을 제대로 하지 않고 학과성적 위주로 입시교육에 치중하는 것과 사회적 환경의 탓이라고 한다. 특히 어른들은 청소년의 모범이 되지 못하고 갖은 비행을 저지르며 대중 매체 가운데 악성인터넷카페의 영향이 크다고 한다. 보도에 따르면 언어폭력이나 완력폭력이나, 성적인 음란물이나, 살인으로 성적을 올리는 게임이나, 이른바 '막장카페' 라는 것이 있는데, '막장카페' 는 폭력으로 결투할 청소년을 유혹하여 싸움을 시키고 관람자들에겐 돈을 걸고 도박을 시키기도 한다는 것이다. 사회에서 일어나는 부조리와 갈등과 범죄를 모조리 듣고 보고 알고 있는 회장님은 학교폭력에 관하여도 할 이야기가 많다.

'외국여성들이 본 한국여성들' 이라는 글이 있단다.

독일 여자들은 정치 경제 사회 문화 등 여러 가지 분야에 관심을 넓히고 있는데 한국 여자들은 대체로 결혼, 명품, 성형, 연예인, 사생활, 화장하기 등에 관심을 가지며 이기적이고, 남을 돕는 일에는 관심이 적다는 것이다. 내면은 빈 깡통이고 외모만 가꾸고 남자가 모두 챙겨주기를 바란다. 독일 여자들의 말이다.

한국 여자들은 성형에 눈이 멀어 있고 돈이면 사족을 못 쓴다. 돈에 굴복하여 루저(loser)의 인생을 산다. 미국 남자들에게는 한국 여자들이 'easy girl'(다루기 쉬운 여자)로 소문이 나 있다. 미국 여자들이 평하는 것이다.

한국 여자들은 여대생들까지도 명품을 너무 좋아하고 유행에는 무조건하고 따라야한다고 생각한다. 스페인 여자들의 말이다.

한국 여자들은 키 큰 남자를 좋아하고 자신도 불편한 하이힐을 신는다. 화장하는 데 오만 것을 다 바른다. 가면을 쓴 꼴이다. 우크라이나 여자의 말이다.

한국 여자들은 테이크아웃 커피를 마시면서 자기를 과시한다. 여대생들은 책도 들어가지 않는 명품 백을 들고 다닌다. 그리고 더치페이를 아주 싫어한다. 영국 여자의 말이다.

한국 여자들은 자기가 신데렐라라도 되는 것처럼 생각하고 남자들에게 투정을 잘 부리고 더치페이를 싫어한다. 한국 여자들은(남자도 그렇지만) 소형 승용차를 싫어하고 명품을 좋아하고 값비싼 스마트폰을 좋아한다. 한국 여자들은 성격이 급하고 기가 너무 세다. 일본 여자의 말이다.

한국 여자들은 남자들의 병역의무를 무시하고 이해하지 못하며 병역복무자 우대에 대하여 불만이 많다. 지나친 화장과 향수 때문에 불쾌감을 준다. 지나치게 다이어트를 하고 돈을 마구 쓰기도 한다. 이스라엘 여자의 말이다.

회장님은 이러한 자료들을 그대로 가감 없이 믿는 것은 아니지만 대체로 수긍하는 것 같다. 한국 여자들은 역지사지할 줄을 모르며 어떤 때는 실속 없이 손해를 감수하면서 다투기도 한다. 흔히 말하는 '치킨게임' 이라는 어리석은 짓을 범하는 것이다. 쓸데없이 피를 흘리며 싸우는 닭처럼, 두 대의 자동차가 정면을 향하여 서로 돌진하다가 죽음을 피하기 위하여 피하는 차는 패배하고 죽음을 두려워하지 않는 차는 승리하는 것처럼. 인간들의 게임은 잔인하고도 너무나 철부지여서 탈이다. 어린 청소년들도 그런 것을 컴퓨터게임으로 배워서 실지로 흉내를 낸다고 한다. 틀림없이 인간들은 어리석고 잔인하다.

회장님이 이야기할 때 보면 사모님은 무슨 이야기든지 그것을 들어주기만 하는 것이 아니라 반론을 자주 제기하고 드디어는 분위기가 좋지 않게 된다. 그래서 아무리 중요한 이야깃거리라도 길게 이야기하기는 어렵다. 회장님은 국가나 사회문제에 관심이 많은데 반하여 사모님은 신앙이나 인간관계에 관심이 많다.

회장님은 언젠가 인터넷에서 본 것이라고 하면서 일본인 소설가 미우라아야코(三浦稜子)가 쓴 글 가운데 '울지 않는 바이올린' 이라는 글을 사모님에게 이야기하였다.

하루는 작가의 집에 작가의 남편이 친구를 데리고 왔는데 그 손님

이 노래를 잘 부르기 때문에 주고받은 이야기였다. 바이올린을 연주
할 줄 아는 그 남자는 신혼 초에 부인 앞에서 바이올린을 연주하였
더니 잘 한다고 칭찬하기는 고사하고 다른 유명한 바이올리니스트
들 이야기만 하고 심지어는 시끄럽다는 태도를 보였기 때문에 그 후
로 30년이나 바이올린을 연주하지 않았다는 것이었다.

　작가는 '자기도 혹시 남편의 바이올린을 울지 못하게 한 일' 이 없
는지 반성하였단다. 그리고 그 후에 남편이 아주 서툴게 만들어 놓
은 의자에 관심을 보이고 거기에 앉아서 아주 잘 만들었다는 표정을
보였더니, '당신은 울지 않는 바이올린을 울게 하는 사람' 이라고 말
하더라는 것이다.

　사모님이 연필을 들거나 펜을 들고 있을 때는 아무도 말을 걸면
안 된다. 방해에 대한 반격이 오기 때문이다. 공격을 피하려면 알아
서 기어야 한다. 사모님은 조금이라도 싫으면 싫다고 말하고 그것을
행동으로 표현하는 수가 많다. 개성이 강하고 자존심이 강하고, 남
에게 아부하거나 일부러 비위를 맞추려고 하지 않는다. 가식이라고
는 거의 없는 것 같다. '울지 않는 바이올린' 을 울게 하는 것은 아주
쉽고도 어려운 일인가 보다.

　인간들은 한 번 들인 습관이나 사고방식을 좀처럼 뜯어 고치지 않
는다. 회장님도 우울한 습성을 떨쳐 버리지 못하고 살고 있으니 똑
같은 인간이다. 그러나 약간의 우울증은 너무나 많은 인간들의 공통
점이고 일종의 전염병인 것처럼 보인다.

12

'대한민국'이라는 나라

회장님은 생각에 잠겨 있었다.

우리나라는 지금(2011년)부터 4344년 전에 단군왕검이 세웠다고 한다. 고대의 여러 부족국가를 거쳐 삼국시대를 지나 통일신라를 거쳐 고려(高麗)로, 조선(朝鮮)으로 이어져 오다가 1910년에는 일본에게 강점을 당하고 1945년에 광복이 되어 1948년에는 남북한이 각각 독립된 정부를 세웠으나 1950년에는 북한의 남침으로 6.25사변이 일어나 수백 만 명이 죽거나 다치거나 하고, 엄청난 건물과 공장과 도로가 파괴되었으며, 1960년대에는 4.19혁명이, 1961년에는 군사혁명이 일어나서 경제개발이 본격적으로 추진되었으나 군사정권의 연장으로 독재정권에 대한 국민의 저항이 격렬하게 일어나 민주화함으로써 경제발전과 민주화라는 두 마리 토끼를 동시에 잡았다는 평가가 자자하다. 지금 한국 사람들은 세계적으로 주목을 받고 한국의 문화수준도 높은 평가를 받고 있다.

1910년, 대한제국이 망하고 나서 애국지사들은 해외로 망명하여 중국 상하이(上海)에서는 대한민국 임시정부를 수립하여 항일 독립투쟁을 전개하였으나 자력으로 해방을 맞이하지 못하고 미국 영국 중국 프랑스 소련 등의 힘을 빌려 독립하게 되었다. 남북한은 따로따로 독립정부를 세우게 되고 국민들은 좌익과 우익으로 분열하여 유혈극을 벌였다. 이러한 유혈극은 6.25사변 이외에도 제주도 4.3사건, 여순반란사건, 대구폭동사건을 비롯하여 여러 가지 폭력사건과 테러사건으로 나타났고, 독재에 대한 저항운동은 4.19혁명과 5.18항쟁 등으로 나타났으며 아직도 많은 사회적 갈등을 보이고 있다.

세계 제2차대전 후에 분할되었던 동독과 서독은 피 흘리지 않고 통일되고, 남북으로 분단되었던 베트남은 자유월남군과 호치민군의 전쟁으로 통일되고, 중국이나 캄보디아는 공산화로 내전이 종식되었다. 그 동안 공산주의국가들의 종주국 역할을 맡았던 소비에트 사회주의공화국연방(소련)은 스스로 해체되고 세계의 공산주의 국가들이 개혁 개방으로 체제를 전환하였다.

그러나 남한과 북한은 전쟁이 끝나지 않고 다만 정전상태에서 군사분계선을 사이에 두고 서로 대치하고 있다. 그 동안 남한에서 북한을 지원한 실적은 적지 않지만 남북한의 긴장완화에 결정적인 효과를 거두지는 못하고 있다. 아직도 대부분의 이산가족은 그 생사를 알 수 없고 납북인사들이나 국군포로에 관한 문제도 그대로 방치되고 답보상태에 있다. 남한의 지식인들 사이에는 친공이나 친북이나 용공으로 보이는 진보파(좌파) 사람들과 그 반대의 입장에 있는 보수파(우파)로 보이는 사람들로 나뉘어 대립하는 수가 많다. 남북한의 갈등과 대립은 남한사회를 분열케 하여 서로 반목하고 연대의식이나 협동심을 와해시키고 국력을 낭비하게 하였다.

어느 학자가 신문에 기고한 것처럼 한국에서는 공칠과삼(功七過三)이라는 평가가 통하지 않는다. 아무리 공이 많아도 과오가 조금만 있으면 '반역자' 나 '죽일 놈' 이 되는 것이다. 그러나 어느 시대 어느 사회를 막론하고 완전무결한 위대한 지도자를 기대하기는 어려운 것이다. 국가안보를 위해서는 국민의 희생이 뒤따르게 되고, 사회의 안녕과 질서를 위해서는 국민의 자유가 제한되기 쉽고, 경제의 성장에 주력하다 보면 분배가 소홀하고 분배에 치중하다 보면 성장이 어렵게 된다.

경제의 동향에서 본다면 시장의 개입을 중시하는 고전학파 경제학이론에서 정부의 개입을 중시하는 케인즈학파 이론으로, 다시 시장의 개입을 인정하는 신고전학파 이론으로, 다시 작은 정부를 지향하는 신자유주의학파 이론을 거쳐 정부와 시장이 동시에 개입되는 혼합경제이론이 나온다.

따라서 그 때 그때의 상황에 따라서 정책이 달라질 수밖에 없는 것이며 그 정책의 한계와 부작용을 인정할 수밖에 없다. 실지로 대한민국의 현실은 많은 우여곡절을 겪으면서 발전할 수밖에 없었고 시행착오도 피하기 어려웠던 것이다. 이러한 와중에서 대한민국의 장래는 많은 분야에서 결코 낙관할 수 없는 것이 사실인 것 같다. 하지만 회장님처럼 생각한다면 지구 위에 존립하는 어느 나라도 낙관할 수 있는 나라는 없지 않은가. 아무리 강대한 국가라도 항상 불안한 요소가 있는 것이 사실이니까.

회장님은 한국인들이 너무나 철부지 같은 행동을 서슴지 않는 것이 눈에 거슬린다. 당장 길거리에 나서면 자동차들이 건널목의 정지선을 지키지 않고 신호도 무시하고, 사람들은 쓰레기를 아무데나 버리는 것이 보인다. 라디오나 텔레비전에서 아무리 절전을 호소해도 대형 매장에서는 문을 활짝 열어놓고 난방도 하고 냉방도 한다.

그리고 웬 놈의 명품이 그리 유행하는지 한심할 때가 많다. 가방 하나에 몇 백만 원이나 하는데도 그것을 못 가져 안달하는 사람들이 많단다. 학생들 교복이나 사복이나 운동화도 수십 만 원씩이나 한단다. 굴비 한 세트에 244만 원이나 한단다. 한 마리에 24만 원이 넘는다. 이런 값비싼 물건들은 권력 있는 인간들에게 뇌물로 바치는 것이라고 말하는 사람들도 있다. 한국인들은 세계에서 사치를 가장 좋아하는 사람들이라고 소문이 자자하다.

외국으로 여행을 가면 무조건하고 값비싼 물건들을 사들고 그것이 마치 출세라도 하는 것처럼 즐거워 한다. '싹쓸이' 라는 말은 한국인의 대명사라고 한다. 회장님은 그런 사람들을 많이 보았고 한때는 스스로 그런 사람을 따라 하기도 하였다. 국산품보다는 외국산을 좋아하는 것이 당연하다고 생각하고 애국심과는 전혀 관계가 없다고 여긴다. 국산품을 애용하자는 말을 하는 사람도 없지만 혹시 그런 말을 하는 사람이 있으면 국수주의자로 몰고 '꼴통'이라고 흉본다. 그들은 한국인들이 외국산을 써야 한국산이 좋아진다고 떠든다.

5천 년의 가난을 딛고 겨우 밥이나 굶지 않을 정도로 살면서 돈 쓸 곳이 얼마나 많은데, 값싼 물건으로도 충분한데도 무엇 때문에 사치품이나 비싼 물건을 좋아하느냐고 회장님은 탄식한다. 그래서 회장님은 항상 마음이 괴롭다. 불면증에 시달리고 혈압이 오르고 소화기관이 엉망이다.

회장님은 우연히 이 선생이라는 사람을 알게 되었다. 이 선생은 회장님보다 좀 더 나이가 적은 편이지만 건강이 좋지 않아서 병원을 자주 드나들었다. 그는 우선 고개를 잘 돌릴 수가 없어서 자동차를 운전하지 못할 정도라고 한다. 그는 하도 속상하는 일이 많아서 컴퓨터에 매달리다 보니 목 디스크가 심하게 나빠지고 항상 위통과 불쾌감을 느낀다고 한다. 도대체 '한국 놈들은 왜 이 모양인지 알 수가 없다'는 것이 이 선생의 입버릇이다.

회장님은 이 선생을 만난 것이 천재일우의 행운인 것처럼 그를 반가워하고 그의 이야기에 맞장구를 치며 경청한다. 그것으로는 부족하여 이 선생의 블로그에 들어가서 몇 시간씩이나 시간을 보낸다. 두 사람은 너무나 닮은 데가 많다. 매사를 그대로 보지 않고 꼭 따지고, 보이지 않는 것을 찾아내어 문제를 삼는다. 그러면서 혼자 중얼거리며 얼굴을 찌푸리고 속을 썩인다. 제대로 알고 그러는 것인지 아닌지는 알 수가 없다. 걱정도 팔자라는 말이 맞는 것 같다.

사실 그들이 걱정하는 것은 아무런 도움도 되지 못한다. 사람들에게 강연을 하는 것도 아니고 대중매체에 제대로 발표하는 것도 아니고 공공기관에 건의하는 것도 아니고 미친 사람처럼 혼자 중얼거리는 것이 고작이니 말이다. 아마도 실성거리는 것인지도 모른다.

문제는 회장님이 한국사회의 어두운 면에만 시선을 집중하는 데 있다. 그것이 곧 스트레스를 유발하고 화병으로 나타나는 것이다. 왜 밝은 면에는 시선을 돌리지 않는단 말인가. 옛날이나 지금이나 완전무결한 국가나 사회는 없었고 다만 '유토피아'에 지나지 않는다는 것이다. '유토피아'란 '지상에는 없는 것'을 가리키는 말이 아닌가.

초등학생들이나 중학생들이 날마다 인터넷 검색창으로 볼 수 있는 '한국의 자랑'을 회장님은 모르는 것 같다. 한국은 반만년이라는 오랜 역사를 가진 나라, 훌륭한 인물과 지도자가 나타났던 나라이고, 그 중에도 광개토대왕이나 세종대왕이나 영조대왕이나 이순신 장군이나 근현대의 여러 독립운동가와 지도자들이 세계의 인물로 존경 받지 않는가?

광개토대왕은 영토를 넓히고, 세종대왕은 어리석은 백성을 위하여 한글(훈민정음)을 창제하였고, 한글의 과학적 언어학적 우수성은 세계의 언어학자들이 모두 인정하는 수준이고 문자가 없는 일부 민족에서는 한글을 자기네의 문자로 채택하여 사용하고 있단다. 영조대왕은 문치를 크게 일으키고, 이순신은 세계 역사에서 가장 훌륭한 해군제독이라고 알려져 있다.

단군 이래의 빈곤을 타파하였다는 한국의 '새마을운동' 은 세계의 저개발국이나 개발도상국의 본보기가 되고 있지 않는가.

한국의 자랑거리는 많다. 세계에서 가장 과학적인 문자(한글)를 가지고 있다는 것, 홍콩을 제외하면 지능지수(IQ)가 가장 높다는 것, 인터넷 보급률 1위라는 것, 세계수학올림피아드 1위라는 것, 아껴 쓰고 나눠 쓰고 바꿔 쓰고 다시 쓰는 아나바다운동을 시작한 첫 번째 국가라는 것, 자원이 없는 나라에서 수출대국이 되었다는 것, 아이엠에프(국제금융기금) 체제에서 국민의 '금모으기운동' 으로 최단시일내에 위기를 탈출한 것, 외환보유고가 많다는 것, 자동차산업과 조선(造船)산업이 크게 발달한 것, 아이티산업(전자산업)이 세계시장을 누비고 휩쓴다는 것, '케이팝' 이니 '겨울 연가' 니 '대장금' 이니 하는 연예가 '한류' (韓流)라는 이름으로 온 세계를 휩쓴다는 것, 피겨여왕 김연아가 세계의 우상으로 떠오른 것, 세계적인 음악가의 활동, 양궁 태권도 빙상 축구 등 체육분야의 각광, '붉은 악마' 의 응원, 유태인도 따라오기 힘든 교육열, 한복의 아름다움, 김치와 불고기의 세계화, 막걸리의 우수성, 세계적인 의료봉사와 선교활동, 세계적인 문화유산(팔만대장경판, 석굴암, 경복궁), 교육복지와 건강복지와 저소득층 생활복지의 향상, 아름답고 기후가 좋은 국토……. 형편없이 가난하게 사는 사람들이 자기들보다 더 가난한 사람들을 돕기 위하여 모금운동에 참여하고 자기 이름을 감추고 기부하는 착한 사람들도 얼마든지 있다.

대한민국(남한)은 면적 9만9천3백 평방킬로미터, 인구 5천51만5천 명, 1인당 국내총생산액(GDP)은 1조 4천5백71 달러로 세계 12위, UN의 회원국, 세계경제협력개발기구(OECD) 회원국, 개발원조위원회(DAC) 회원국이며, 세계적으로 문맹률이 가장 낮은 나라이다.

이처럼 이루 말할 수 없는 자랑거리가 있는 나라이고 회장님도 노후를 걱정 없이 지내면서도 웬 걱정이 그리도 많고 비분강개가 많고 상심(傷心)이 많은지 모르겠다. '걱정도 팔자' 라는 말이 아마도 회장님을 두고 하는 말인지도 모른다. 비가 오면 나막신이 잘 팔려서 좋고 날이 좋으면 짚신이 잘 팔려서 좋지 않은가. 회장님은 이런 것도 모르고 무얼 아는 체한단 말인가. 곁에서 보기에도 딱한 노릇이다. 그것은 나에게도 불리한 일이다. 회장님의 기분이 나쁘면 그 나쁜 기분이 나에게로 돌아온다. '불천노불이과' (不遷怒不貳過)라는 말로 안회(顔回)를 칭찬한 공자님 말씀을 모르진 않을 텐데 회장님은 알면서도 실천은 잘 하지 못하는 인간이다.

그는 걸핏하면 자기의 불쾌하고 우울한 기분을 남에게 전하기 일쑤다. 자기 혼자만으로 그치지 않고 왜, 무엇 때문에 죄 없는 사모님이나 나 같은 미물짐승에게까지 화풀이를 늘어놓는단 말인가. 가만히 보면 사모님은 회장님이 정치 경제 사회 교육 종교 등에 관하여 이야기하는 것을 즐거워하지 않는다. 회장님이 주방에 다가가서 이야기를 꺼내면 사모님은 화를 내기도 한다.

그런데 회장님 같은 인간이 나라걱정을 안 하면 어떨까. 아무리 해도 소용이 없겠지만 그렇다고 아주 안 해도 안 될 것 같다. 국가의 덕으로 공부하고 먹고 살면서 국가를 걱정하는 것은 너무나 당연하지 않은가. 아무리 소용이 없어도 걱정할 것은 걱정해야 한다. 그런데 입으로만 하지 말고 좀 더 효과 있는 방법을 생각해야 하지 않을까. 거리에 나가서 강연을 하든지 좋은 글을 써서 신문이나 잡지에 싣든지 아니면 인터넷에 올리든지 말이다. 맨날 PC 앞에 앉아서 무엇을 하는지도 잘 모르겠다.

어떻게 보면 회장님은 의인(義人)에 속하는 것 같다. 어느 시대 어느 사회나 의인이 필요한 것은 사실이다. 개미사회에서도 자신의 역할을 충분히 하는 일하는 개미는 20%라고 하는데 한국사회에도 회장님 같은 의인이 20%는 돼야 한다. 너도 나도 소용없다고 나라 걱정을 외면하다 보면 나라가 위태로워질 수도 있다. 아마도 회장님은 〈구약성경〉 창세기 18~19장에 나오는 소돔성과 고모라성을 생각하는지도 모른다. 소돔성은 사람들이 너무나 타락하여 동성연애가 만연하였고 하느님은 불의한 인간들을 유황과 불을 비처럼 내려서 멸망시켰다지 않는가.

그런데 거기에는 인구 5만 명에 의인이 단지 10명만 있어도 하느님은 그들을 구하기 위하여 멸망시키지 않겠다고 하였으니 의인이 10명도 없었던 모양이다. 그때 롯(Lot)의 두 딸과 약혼한 사나이들은 롯의 말을 믿지 않아서 함께 떠나지도 않았고, 롯의 아내는 불타는 집이 궁금하여 뒤를 돌아다보다가 소금기둥으로 변하였다고 하니 하느님의 징벌이나 롯의 말을 확실히 믿지 못한 까닭이라고 한다.

"이 더러운 나라! 소돔과 고모라 같은 나라! 유황과 불덩어리로 천벌을 받아야 해!"

회장님은 혼자서 입속으로 중얼거리다가 스스로 놀라곤 하였다. 좋은 나라를 만들기 위하여 심신을 바치지는 않고 나라를 저주하다니! 그리고 수천 년 전의 일이고 사실로 믿기도 어려운 이야기를 오늘날에 연관을 지으려는 것도 우스운 일로 생각되었다. 그리고 하느님은 정말로 의인을 돕고 악인을 징벌하실까 궁금하기도 하였다.

지금은 왜 도덕적으로 타락하고 종교적으로 불신자가 되고 사람을 수백 만 명, 수천 만 명씩 죽이고 또 죽일 무기를 만들어내는 악인들을 응징하지 않으시는지 소용없는 질문을 거듭하기도 하였다. 어떤 목사들은 농부가 가라지를 뽑지 않고 두었다가 추수할 때 곡식과 함께 추수하여 가라지를 가려내어 불태우는 격이라고도 한다. 미리 가라지를 뽑으면 자칫하면 곡식도 함께 해치게 된다는 것이었다.

그런데 왜 사회가 그렇게 어지럽고 타락하였는지 생각해 보면 우선 지도자들이 타락하였기 때문이라고 할 수 있지만 그 가운데서도 가장 중요한 원인은 교육이 제대로 되지 않는 까닭이라고 보았다. 어떤 지도자들이라도 교육을 받지 않은 인간들은 없으니까.

그렇다면 교육은 왜 제대로 되지 않는가. 압축성장에서 빚어진 사회환경 때문이란다. 압축성장은 근대화과정에서 성급한 산업화와 도시화와 서구화의 과정을 밟으면서 많은 폐단을 일으켰다는 것이다. 교육자라고 성인도 아니고 군자도 아니어서 사회의 부조리에 휩

쏠리고 말았다는 것이다.

그렇다면 교육은 사회 때문이고 사회는 교육 때문이라니 닭이 먼저냐 달걀이 먼저냐 하는 순환논리가 아닌가? 아무튼 그럴듯한 결론이나 대책이 나오기가 어렵다. 다만 강력한 지도자가 출현하기를 바랄 뿐이다. 강력한 지도자란 인기영합주의를 버리고 국가를 위해서는 과감히 십자가를 짊어지고 형장으로 향하겠다는 철석같은 의지가 있는 선각자라고 할 수 있다.

회장님은 〈자녀를 성공시킨 감동교육 101가지〉(김용란 지음)라는 책을 펼쳐 보았다. 핵심은 어머니의 따뜻한 마음이 교육을 좌우한다는 것이었다. 몇 가지 목차가 보였다.

1. 넌 훌륭한 사람이 될 거야
2. 노력하는 모습을 보여 주세요
3. 좋은 나라를 건설할 테다
4. 아들의 편에 선 불심
5. 너는 무엇이든 할 수 있다.
6. 철학이 있는 가정교육
7. 행실 닦기에 노력하라.
8. 자유민주주의적 교육방식
9. 백 명의 스승보다 한 명의 어머니가 낫다
10. 어머니들의 스승
11. 어머니와의 독서토론
12. 횡재한 재물을 버리다

13. 자연을 통해 심어 준 철학의 씨앗

14. 사람의 귀천을 따지지 말라

15. 깊은 교양이 가장 귀중한 자산이란다

16. 현모는 역사의 모체다

17. 온갖 역경에도 굴하지 않는 의지

18. 언제나 최선을 다하면 되는 거야

19. 사랑이 새로운 인생을 탄생시키다

20. 너는 다른 사람이 가지지 못한 것을 가졌단다

21. 높이 나는 새가 멀리 본다

'철학이 있는 가정교육'을 보니 미국의 존 F. 케네디 대통령의 어머니 로즈 여사가 9남매의 아이들을 기른 이야기가 핵심이었다. 로즈 여사는 식사시간에 많은 이야기를 나누게 하고, 독서를 시키고, 여행을 시키고, 육아일기를 썼으며, 자녀교육에 대한 지적 탐구를 게을리 하지 않았다. 케네디 대통령은 미국 국민들에게 성실·총명·용기·헌신이라는 네 가지 정신을 강조하였는데 그것은 그의 어머니의 자녀교육과 무관하지 않다는 것이다.

한국의 어머니들은 지금 자녀들을 어떻게 기르고 가르치고 있을까? 어떻게 해서든지 경쟁에서 이기라고, 일류대학에 들어가라고만 가르치는 것이 아닌지? 한국 학생이 경쟁에서 이기기 위하여 공부하는 데 반하여 유럽 학생들은 진정한 자신의 실력을 기르기 위하여 공부한다는 사실을 발견하고 크게 감동하여 쓴 어느 유학생의 글도 있건만.

책을 지은 이는 '일종의 신앙과 같은 깊은 사랑 속에서 부모가 올바른 길을 보여주는 것이 최선일 것'이라고 하였다. 그리고 좀 더 구체적으로는 부모의 위치를 철저히 지키기, 풍부한 사랑과 엄격, 현명하고 지혜로움, 기다림, 희망의 끈을 놓지 않음을 이상적인 교육 방법으로 지적하였다.

아이들은 부모의 영향을 너무나 많이 받고 환경의 영향도 많이 받는다. 그런데 한국의 부모들은 자식을 사랑하기는 하지만 구체적으로 어떻게 사랑하고 어떻게 지도해야 하는지 충분히 공부하지 않고, 거의 무식하거나 지나치게 간섭하는 경향이 있다. 회장님은 그래서 부모교육, 특히 어머니교육이 중요하다고 생각한다. 훌륭한 교육을 받은 부모가 훌륭한 자녀교육을 할 수 있다고 생각하는 것이다.

어떤 사람들은 '가난한 집 아이들이나 무식한 부모의 자식들이 공부도 더 잘하고 더 출세하더라'고 말하기도 한다. 그런 주장은 특수한 사례를 보편적인 사례로 인정하는 오류를 범하는 것이며, 억지를 부리고 어깃장을 놓는 것이고 자신의 무식을 폭로하는 것에 지나지 않는다. '개천에서 용 난다'는 속담도 있긴 하지만 그것은 너무나 예외에 속하는 일임을 말하는 것이다.

인간들의 논리는 우리들 견공들에게도 이상하게 들리는 것이 많다. 인간들은 말도 안 되는 소리를 너무나 자주 하고 목소리 큰 사람이 이기고 만다. 그래서 우리들만도 못한 것들이다.

13

선하냐? 악하냐?

나는 모처럼만에 사모님을 따라 밖으로 나가게 되었다. 그런데 사모님은 반가운 친구를 만났는지 다정하게 손을 잡고 수다를 떨기 시작하였다. 나는 사모님의 수다가 그치기를 바라고 이리저리 눈을 돌리고 있는데 우연하게도 묘공의 모습이 나타났다. 나는 우선 반가운 김에 묘공에게로 달려갔다. 사모님은 갑자기 내가 뛰어가는 바람에 나를 묶었던 끈을 놓치고 말았다. 그리고 가만히 쳐다보기만 하였다.

묘공의 모습은 매우 초췌하였다. 나는 묘공의 얼굴에 키스도 하고 반가운 마음을 표시하였다. 그러나 묘공은 전혀 반가워하지 않고 가만히 쳐다보기만 하였다. 벌써 나를 잊어버린 것인지 서운한 기분도 들었다. 그러나 한편으로는 묘공이 가만히 있기만 하는 것만도 고마웠다. 나는 말을 걸었다.

"묘공님, 안녕하세요?"

"……."

"오래간만입니다. 그런데 어째 그 전만 못한 것 같네요. 어디 편찮으신 곳은 없습니까?"

묘공은 나의 인사에는 신경을 쓰지 않고 아파트건물 구석으로 가까이 다가가는 것이었다. 가만히 살펴보니 그는 왼쪽 뒷다리를 많이 절고 있었다.

"묘공님, 뒷다리가 불편하신가요?"

"인간들에게 다쳤어요."

"어떻게 하다가……?"

"먹을 것을 찾으려고 쓰레기통을 뒤지러 가는데 인간들이 나타났어요. 그런데 나를 싫어하는 것 같아서 아파트주차장에 서 있는 자동차 밑으로 숨었는데 갑자기 자동차 바퀴가 구르면서 움직이기에 재빨리 피했지만 뒷다리를 치이고 말았어요. 나는 비명을 질렀어도 아무 소용이 없었어요. 인간들은 나 같은 것은 죽거나 말거나 아무 신경도 안 쓰고 자동차를 몰고 다닌단 말이오."

"아이고, 얼마나 아프셨나요? 치료는 받으셨나요?"

"치료가 무업니까? 나를 다치게 한 인간은 내가 다친 것을 아는지 모르는지 차를 몰고 어디론지 사라지고 말았어요. 설령 알았어도 내 탓으로 돌리고 말았을 거요. 인간들은 쇠똥구리모양으로 자기의 실수를 남에게 떠밀기만 하니까요. 벌써 반년도 더 지났는데 아직도 아파서 잘 걸을 수도 없고 항상 얼굴이 찌푸려진단 말이오.”

“묘공이 차 밑에 있다는 것을 알았으면 그것은 인간의 책임인데요.”

“인간의 책임이고 무어고 인간들은 나를 좋아하지 않아요. 치료해 달라고 해 봤자 소용없어요. 인간으로 태어나지 않고 묘공으로 태어난 것이 잘못이지.”

“묘공으로 태어나고 싶어서 태어난 것도 아니잖아요. 다 조물주의 뜻으로 태어난 것이니까요.”

“암커나 이제 나도 죽을 날이 멀지 않았어요. 지긋지긋한 세상, 보기 싫은 인간들을 피하여 영원한 세계로 떠나야지요.”

“그런데 인간들의 성품은 선한가요? 악한가요?”

“글쎄요. 나는 악하다고 생각해요. 우선 저희끼리도 미워하고 욕하고 때리고 죽이고……. 동물들을 아주 무시하고.”

“그렇지만 우리들 견공들은 인간들이 밥을 주고 병도 치료해 주고 방안에서도 길러주거든요. 그걸 보면 인간들은 선한 것 같거든요.”

“그것은 인간들이 당신들을 이용하는 것뿐이라는 사실을 알아야 해요. 당신들은 인간들의 집을 지켜주고 심심할 때 벗해 주고 외로울 때 위로해 주고 무엇이든지 해달라는 대로 다해 주잖아요? 당신들처럼 인간에게 충성스런 동물이 어디 있어요? 당신들을 사랑하는 것이 아니라 잘 이용하고 부리기 위하여 먹이를 주고 길러주는 간악한 술책을 모르나요? 인간들이 당신들을 기르다가도 여행을 떠나거나 귀찮아지기만 하면 굶어죽거나 말거나 아무데나 버리고 말잖아요? 그리고 어떤 인간들은 당신들에게 알록달록한 옷을 입히기도 하는데 인간들의 눈에는 그것이 보기 좋을지 모르지만 당신들은 얼마나 불편하겠어요? 그래요? 안 그래요?”

“그렇긴 그래요. 그런데 옛날 중국이라는 나라에 맹자(孟子)라는 인간이 있었는데 인간의 성품은 선하다고 말했대요. 인간들은 그것을 성선설(性善說)이라고 해요.”

“도대체 인간의 성품이 선하다는 것을 어떻게 알았다는 거지요?”

“모든 인간은 측은지심(惻隱之心), 수오지심(羞惡之心), 사양지심(辭讓之心), 시비지심(是非之心)을 가지고 있대요. 불쌍한 인간을 보고 측은히 여기는 것은 측은지심의 실마리이고, 자기의 허물을 부끄러워하고 불의를 증오하는 마음은 수오지심의 실마리이고, 자기를 낮추고 사양하는 마음은 사양지심의 실마리이고, 옳고 그름을 가리는 마음은 시비지심의 실마리라는 것이지요.”

“그런데 도대체 왜 그리 나쁜 인간들이 많지요? 맨 살인, 강도, 절도, 사기, 횡령, 폭행, 외설, 명예훼손, 동물학대, 교통규칙 위반을 저지르는 인간들이 얼마나 많아요?”

“맹자는 그것을 우산(牛山)에다 비교하였답니다. 우산에는 본디 나무가 많고 풀도 많았는데 사람들이 나무를 베어내고 목동들이 양을 끌고 가서 풀을 뜯겼기 때문에 지금은 나무도 풀도 없는 민둥산이 되었지만 민둥산은 우산의 본디 모습이 아니라는 거지요. 그래서 사람도 본디는 선하지만 세상을 살면서 어려움을 많이 겪다 보니 그렇게 되었다는 거지요. 그래서 인간들이 나쁜 행동을 한다고 해서 타고 난 성품이 나쁘다고는 볼 수 없다는 것이지요."

"그렇지만 맹자의 생각과는 다른 생각을 하는 학자들도 있잖은가요?"

"그렇지요. 있지요. 이를테면 성악설(性惡說)을 주장한 순자(荀子) 같은 학자도 있고요. 순자는 인간이 본디 악하게 태어나기 때문에 가정교육이나 사회교육이나 학교교육을 통하여 예의와 질서를 배워야 한다고 주장하였지요. 그리고 어떤 사람은, 인간은 본디 선하지도 않고 악하지도 않게 태어나지만 세상을 살아가면서 선하게도 되고 악하게도 된다고 해요. 성무선무불선설(性無善無不善說)이라는 것 말이오. 이것은 서양의 백지설(白紙說)과 비슷한 것으로 보입니다."

"또 없나요? 인간들은 말도 잘하고 수다를 떨기 좋아하니까 또 있을 것 같은데."

"또 있지요. 불교를 믿는 사람들은 눈 귀 코 혀 몸을 통틀어 전오식(前五識)이라고 부르고, 6식 7식 8식이 있는데 인간의 가장 깊은 곳에 자리 잡은 본성은 진여(眞如)와 무명(無明)이고 진여는 인간을 선하게 하고 무명은 사람을 악하게 하는 거랍니다. 사람들이 도를 닦으면 진여가 지배하는 사람으로 된다는 것입니다. 근본적으로는 인간의 본성에는 선도 있고 악도 있다는 논리라고 할 수 있지요. 그래서 이런 주장은 성유선유악설(性有善有惡說)이라고 할 수 있지요."

"그런가요? 좀 알아듣기 어렵네요……."

"나도 잘 모릅니다. 그저 들은 풍월이니까 못 들은 것으로 하시오."

“그 왜 법정(法頂)이라는 스님도 있잖습니까. 그런 스님은 어떻게 말하나요?”

“아아, 법정이라는 스님은 글을 많이 써서 인간들이 잘 알고 존경하는 분이지요. 그런데 그 스님은 그 〈잠언집〉에서 말하기를 ‘사람 마음의 바탕은 선도 악도 아니다. 선과 악은 인연을 따라 일어날 뿐이니 착한 인연을 만나면 마음이 착해지고, 나쁜 인연을 만나면 마음이 악해진다. 안개 속에 있으면 자신도 모르게 옷이 젖듯이’ 라고 했답니다.”

“그렇다면 아까 이야기한 것과는 같은가요? 다른가요? 잘 알 수가 없구려.”

“나도 잘 모릅니다. 불교에서는 인연을 아주 대단하게 생각한다니까 인간이 선하고 악한 것도 인연으로 결정된다는 것 같네요.”

“인간들이 떠드는 말은 모두 아리송하단 말이오. 또 없나요?”

“아, 또 있습니다. 티베트불교의 지도자로 유명한 달라이라마라는 인간은 ‘사람이 살아가는 데는 기쁜 일과 슬픈 일, 좋은 일과 언짢은 일이 얽히기 마련인데 그 속에는 반드시 선행이 떠받쳐 있어야 한다’ 고 했답니다.”

“그것도 잘 알아듣기가 어렵네요. 우선 선행이라는 말이 도대체 무엇인지를 알아야 하잖아요? 똑 같은 일이라도 인간들이 보는 것과 견공이나 내가 보는 것이 다르니까요. 인간들은 인간만을 위주로 생각하니까요.”

“그것은 그렇습니다. 그런데 귤과 탱자에 관한 이야기가 있답니

다. 옛날 중국의 춘추시대에 초(楚)나라 영왕(靈王)은 제(齊)나라의 재
상 안자(晏子)를 불러놓고, 안자를 골탕 먹이기 위하여 계략을 꾸몄답
니다. 병사가 죄인을 끌고 가는 장면을 보게 하고 '그 죄인이 어느
나라 사람이냐' 고 물었더니 '제나라 사람' 이라고 대답하였대요. 그
래서 영왕은 안자에게 '제나라 사람들은 본디 도둑질을 잘 하느냐'
고 물었어요. 그랬더니 안자는 대답하기를 '남쪽의 귤을 북쪽에 가
져다 심으면 탱자가 되는 것과 같이 제나라에서는 도둑질을 하지 않
던 사람이 초나라에 와서 도둑질을 하는 것은 초나라의 풍토가 나쁘
기 때문이라' 고 대답하였다는 것이지요. 다시 말하면 인간은 그 주
어진 환경에 따라 달라질 수 있다는 겁니다. 선하게 살 환경이면 선
하고 악하게 살 환경이면 악하게 된다는 것이지요. 이것은 '성무선
무불선설' 과 비슷한 이야기지요. 유식한 말로 귤화위지(橘化爲枳)니
남귤북지(南橘北枳)라고 하는데 인간은 이성적 동물이고 선악을 가릴
줄 알고 의지가 있다고 인간들이 스스로 자랑하면서 환경에만 치우
쳐서 말하는 셈이지요. 아무리 좋은 환경에서도 악행을 저지르는 인
간이 있고 아무리 나쁜 환경에서도 선행을 하는 인간들이 있거든요.
영왕이 안자를 골탕 먹이려는 것을 알고 안자가 말재간을 부린 것뿐
이지요. 인간들은 말장난을 좋아하니까요."

"……."

"그런데 말입니다. 안자라는 인간이 귤은 좋은 것이고 탱자는 나
쁜 것인 것처럼 말한 것은 큰 잘못이지요. 귤은 귤대로 쓸모가 있고
탱자는 탱자대로 쓸모가 있는 것인데 그것을 인간들이 잘 모르고 있

는 것이지요. 아마도 언젠가는 탱자가 귤보다 못하지 않다는 사실이 드러날 것입니다. 단 것은 단 대로 제값어치를 지니고 쓴 것은 쓴 대로 제 값어치를 지니고 있는 법이니까요. 큰 것은 큰 대로, 작은 것은 작은 대로, 많은 것은 많은 대로, 적은 것은 적은 대로, 단단한 것은 단단한 대로, 물렁한 것은 물렁한 대로, 빽빽한 것은 빽빽한 대로, 성근 것은 성근 대로, 높은 것은 높은 대로, 낮은 것은 낮은 대로, 빠른 것은 빠른 대로, 느린 것은 느린 대로, 뜨거운 것은 뜨거운 대로, 차가운 것은 차가운 대로, 긴 것은 긴 대로, 짧은 것은 짧은 대로, 강한 것은 강한 대로, 약한 것은 약한 대로 모두 제 값어치를 지니고 있는 법이니까 인간의 입맛으로만 값어치를 따지면 안 되지요. 그렇지 않습니까 묘공님?"

"과연 견공의 말이 맞는군요. 견공은 견공대로 자격이 있고 나는 나대로 자격이 있는 것이니까. 사자나 생쥐나, 봉황이나 참새나, 잉어나 송사리나, 인간이나 동물이나 모두 다 마찬가지로 나름대로의 자격을 지니고, 값어치가 있는 거지. 결국 모두가 다 같은 거지."

"그렇습니다. 그런 생각을 하는 학자도 분명히 있을 겁니다. 나 같은 견공도 생각하는 것인데 인간이 못할 리가 없지요. 그런 생각이 아마도 장자(莊子)의 '제물론'(齊物論)과 비슷한 것인지도 모릅니다."

"정말 재미있는 이야기군요. 견공은 어떻게 그렇게 많이 알지요? 나는 아무 것도 아는 것이 없는데. 다 인간들에게 배운 건가요?"

"배웠다기보다는 그냥 인간들이 하는 이야기를 들어 본 일이 있어요. 우리 회장님은 공부도 많이 하고 유식한 인간들과 자주 만나 이야기를 하거든요. 서당 개 삼년이면 풍월을 한다는 말이 있잖습니까? 그러나 내가 아는 것은 수박 겉핥기에 지나지 않고요, 또한 인간들의 이야기를 듣고 아는 것이 있다고 하더라도 무슨 소용이 있습니까? 아무 소용도 없는 걸요.”

“그런데 다시 말하지만 견공은 인간들의 타고 난 성품이 선하다는 것이지요?”

“그렇게 생각합니다. 허지만 자신은 없습니다.”

“그렇군요. 나는 절대로 인간들의 성품이 선하다고 생각지 않아요. 악하다고 생각하는 편이지요. 어떤 인간은 나를 보기만 하면 쏘아보고 나를 해치려는 것 같아요. 항상 춥고 배고픈 신세를 몰라준단 말이오. 인간들이 싫어하는 쥐를 잡아먹기도 하는데 말이오.”

“그런데 인간의 성품이 악하면 우리들 견공의 성품도 악하고 묘공의 성품도 악하다고 볼 수밖에 없어요. 인간이나 묘공이나 견공이나 모두 조물주가 만들어주신 거니까요. 조물주는 인간만 악하게 만들고 묘공과 견공들만 선하게 만들지는 않았을 테니까요. 모두 똑같이 만들었을 것이 분명하니까요. 독수리나 뱀이나 사자나 호랑이나 물고기나 날벌레나 세상에 있는 모든 동물이 다 같이 선하면 선하고 악하면 악한 것이지 서로 다르지는 않거든요.”

“나나 견공이 악독한 인간들과 똑같다니 이해할 수 없네요. 그런데 사실은 선하다 악하다는 말은 인간들이 만들어낸 말이지 우리가 만들어낸 말은 아니지요. 공연히 우리가 인간들의 말을 가지고 왈가왈부할 필요도 없을 것 같아요.”

"묘공의 말이 맞습니다. 인간이나 묘공이나 견공이나 모두 다른 동물처럼 조물주가 만들었고 조물주가 만든 것은 말하자면 모두 자연에 속하기 때문에 자연을 가지고 선하다거나 악하다거나 말하는 것은 사실판단이 아니고 가치판단이거든요. 가치판단은 인간들이 인간들의 기준에서 만들어낸 것에 지나지 않으므로 우리가 그것에 얽매일 필요도 없거든요. 인간의 타고난 성품이 선하다거나 악하다고 말하는 것은 '자연론적 오류'를 범하는 것이라고 합니다. 그렇게 보면 맹자도 틀리고 순자도 틀리고 묘공도 틀리고 나도 틀린 것이지요. 문제는 인간들이 너무 욕심을 부리고 오만하고 불손하고 만용을 부린다는 사실이지요."

"듣고 보니 견공의 말이 모두 옳은 것 같군요. 사실 인간들이 돼지를 잡아먹는 것이나 돼지가 뱀을 잡아먹는 것이나 뱀이 개구리를 잡아먹는 것이나 개구리가 잠자리를 잡아먹는 것이나 내가 쥐를 잡아먹는 것이나 다를 것이 없지요. 조물주가 그렇게 만들어 놓은 것을 가지고 선하다 악하다 말할 것이 아니군요."

때마침 사모님은 친구와 수다를 다 떨었는지 나에게 쫓아와서 끈을 잡아 당겼다. 나는 묘공과 더불어 더 이야기를 하고 싶어도 할 수가 없었다. 묘공은 사모님에게 끌려가는 나를 물끄러미 바라보기만 하였다. 나는 묘공을 바라보며 다시 생각하였다.

살인, 상해, 폭력 같은 범죄 외에도 감금, 협박, 약취, 유인, 강제추행, 간통, 강간, 유기, 방화, 명예훼손, 모욕, 비밀침해, 사기, 공갈, 배임, 횡령, 수뢰, 손괴, 장물 취득…… 같은 죄를 저지르고 바로 몇 시간 후면 탄로가 날 것도 당장은 거짓말로 버티고 보자는 놈들이 인간들이다. 인간들은 남의 약점을 거짓으로 꾸며서 모함을 하고 그것을 여기저기에 퍼뜨려서 선거에 이용하여 선거를 완전히 뒤집기도 한다. 자치단체장이나 의회의 의원뿐만 아니라 심지어는 대통령을 선출하는 데도 그런 악성 모함이 그대로 통하는 사회가 바로 한국 사회라는 사실이다. 그 많은 인간들의 범죄를 생각하면 타고난 성품을 어떻게 나쁘다고 하지 않을 수 있으랴. 정말 인간의 성품은 악하다고 주장하는 묘공의 말이 옳은 말인 것 같다.

여름이 지나고 서늘한 바람이 불던 어느날, 회장님은 나를 데리고 탄천으로 산책을 나갔다. 둔치에 가득하였던 풀들은 모두 자취를 감춘 듯하고 벚나무와 느티나무는 벌써 잎이 시들어 떨어지고 더러 남은 잎사귀는 시뻘겋게 물들어서 여름과는 딴 세상이었다. 너무나 쓸쓸한 풍경이어서 그런지 회장님은 노래를 부르기 시작하였다.

……
새파란 하늘 저 멀리
구름은 두둥실 떠나고
비바람 모진 된서리
지나온 자국마다 맘 아파도
알알이 맺힌 고운 진주알

아롱아롱 더욱 빛나네
그날 그땐 지금 없어도
내 맘의 강물 끝없이 흐르네
……

　회장님은 '비바람 모진 된서리 지나온 자국마다 맘 아파도 알알이 맺힌 고운 진주알 아롱아롱 더욱 빛난다' 는 가사를 되풀이하여 불렀다. 나이가 80에 가깝도록 살아 온 지난날을 돌이켜 보면 남에게 보이는 것처럼 그다지 평탄하게 만사가 뜻대로 이루어진 것은 아니었다. 직장을 옮기려고 두 번이나 공개경쟁시험에 응하였다가 실패한 것은 더욱 마음이 아팠고 6.25사변으로 동기간과 헤어진 것은 더욱 마음 아픈 일이었다. 그러나 그 아픈 마음속에서도 어떤 고운 진주알이 있을 것이라고 생각되기도 하였다. 사람은 아픔을 통하여 오히려 성숙한다는 원리를 부정할 수가 없었다. 그러나 인류에게나 민족에게나 개인에게나 불행은 없어야 하고 인간은 누구나 불행을 멀리하고 싶은 것이 당연하다고 생각되었다. 불행 속에서 보람을 얻는다는 것은 매우 드문 일이며 자기합리화라고 보아도 지나치지 않을 것 같다.

　아무튼 회장님은 지위와 명예와 같은, 말하자면 부귀영화를 위하여 노력하였다기보다는 좀 더 공부하고 싶고 주어진 환경과 임무에 충실하고자 하는 정신으로 살아온 것 같다. 이런 경우를 가리켜 인간들은 출세지향보다는 성취지향이라는 말을 쓰는데 성취지향이라는 것은 좀 더 성실하고 보람을 느끼며 스스로 만족하게 된다는 것이다. 그러나 우리 같은 견공들이 볼 때는 그것이나 저것이나 모두 비슷한 말이고 말하는 인간이나 받아들이는 인간에 따라 이렇게도 저렇게도 해석되는 말장난 같은 것이었다.

회장님은 나의 관심사에는 조금도 신경을 쓰지 않고 사정없이 나를 끌고 다녔다. 그런데 어느 기독교인의 노방전도에 걸려들었다.

"안녕하세요? 예수 믿고 구원받으세요."

여인이 내미는 쪽지에는 'I Love You의 참 뜻을 아세요?' 라고 쓰여 있었다.

"교회에 다니시나요?"

"예. 이따금 다닙니다. 세례는 받았습니다."

"그러면 예수님을 영접하셨네요."

"그렇긴 한데 진실하게 영접을 해야지요. 어떻게 하면 진실하게 영접할 수 있나요?"

"교회에 빠지지 말고 늘 나가시면 알게 됩니다."

"그런데 세상에는 어째서 그렇게 거짓말을 잘 하는 사람들이 많을까요? 거짓말하는 사람 좀 없었으면 좋겠습니다. 예수를 믿지 않아서 그런가요?"

"……."

회장님은 주책없이 자꾸 지껄이는 것 같았다. 회장님이 전도하는 여인에게 걸려든 것이 아니라 전도하는 여인이 회장님에게 잘못 걸려든 것 같았다. 회장님이 받은 전도 쪽지에는 'I LOVE YOU'를 다음과 같이 설명하고 있었다.

I - Inspire warmth.(따뜻함을 불어넣어주고)

L - Listen to each other.(상대방의 말을 들어주고)

O - Open your heart.(당신의 마음을 열어주고)

V - Value your unique.(당신을 가치 있게 평가하고)

E - Express your trust.(당신의 신뢰를 표현하고)

Y - Yield to good sense.(좋은 말로 충고해 주고)

O - Overlook mistake.(실수를 덮어주고)

U - Understand difference.(서로 다른 것을 이해해 주는 것)

이것이 'I Love You' 입니다. 하나님은 당신을 사랑하십니다. 그래서 당신을 위해 독생자 예수 그리스도를 이 땅에 보내주셨습니다. 예수는 우리의 죗값을 대신 치르기 위해 십자가에 못 박혀 죽으셨습니다. 그러므로 누구든지 이 예수를 믿기만 하면 모든 죄와 허물을 다 용서받고 이 땅에서 진정한 만족과 행복을 누리며 살 수 있습니다. 뿐만 아니라 육신의 생명이 다한 후에는 복되고 영광스러운 천국에서 영생을 누리며 살 수 있습니다. 하나님은 여러 분을 기다리고 계십니다.

인간들은 서로 사랑한다는 말도 하고 사랑해야 한다고 말하지만 정말로 사랑하는 것이 어떻게 하는 것인지는 잘 모르는 것 같다. 회장님도 마찬가지다. 사랑해야 한다고 생각하면서도 정말로 어떻게 하는 것이 사랑하는 것인지는 잘 모르는 것 같다.

회장님은 원죄와 본죄(자범죄)에 관하여 생각하였다. 예수는 우리의 죗값을 대신 치르기 위하여 십자가에 못 박혀 죽으셨다고 하는데 그 때의 죄는 본죄가 아니고 원죄일 것 같다. 본죄는 세상을 살아가면서 세상의 법을 어겨서 지은 죄이기 때문에 세상에서 용서를 받는 죄이지만 원죄는 아담과 이브가 에덴동산에서 지은 죄이고 우리가 태어나기 전부터 지은 죄이기 때문에 하나님만이 용서할 수 있는 죄라고 생각하였다. 회장님이 생각하기는 세상에서 짓는 본죄도 벗어나기 어렵고 하늘나라의 원죄도 벗기가 어려울 것만 같았다. 세상에서 짓는 죄는 다만 기소를 당하거나 처벌을 받지 않을 뿐이지만 날마다 교통신호를 정확히 지키지 않고 함부로 어기는 것만 하더라도 날마다 죄를 짓지 않는 날이 없을 것 같다.

그런데 문제는 인간들이 관심을 갖는 것은 어떻게 하면 행복하게 사느냐 하는 문제인 것 같다. 인간들은 대체로 권력을 좋아하고 재물을 좋아한다. 권력을 얻기 위해서는 다른 많은 것을 포기하거나 희생한다. 재물을 위해서는 신의고 도덕이고 법이고 우애고 체면이고 내동댕이칠 때가 많다. 그러면 권력이 정말로 행복할까? 어떤 왕에게 거지친구가 찾아가서 하루 동안만 왕좌에 오르게 되었는데 거지가 왕관을 쓰고 행복해 하다가 문득 천장을 올려다보니 날카로운 창이 자기를 당장 찌를 것같이 보이더라는 것이었다. 거지는 깜짝 놀라 왕관을 벗어던지고 용상에서 내려왔다. 왕은 비로소 왕노릇하기가 그처럼 불안하다는 것을 거지에게 고백하였단다. 황금을 사랑하는 미다스왕은 손으로 만지는 대로 무엇이나 황금으로 변하게 해달라고 신에게 빌었단다. 미다스왕은 음식이고 장미꽃이고 심지어는 사랑하는 공주마저도 모두 황금으로 변하자 비로소 물질이 얼마나 불행한 것인지를 깨달았단다.

그러면 인간은 권력이나 물질을 완전히 멀리하고 살아갈 수 있을까. 그것도 어려운 것이 사실이다. 어떤 사람은 그것을 완전히 초월할 수 있고 초월함으로써 행복한 것처럼 말하지만 그것은 현실과는 거리가 멀다. 어떤 사람은 행복이란 자신의 마음에 달렸다고 한다. 남 보기에는 행복한 사람이 불행을 느낄 수도 있고 남 보기에는 불행한 사람이 행복을 느낄 수도 있다는 것이다. 임어당(林語堂)은 밥통에서 대부분의 행복감을 느낀다고 하고, 맹자는 부모님이 구존하시고 형제가 무고하고, 하늘에 부끄러움이 없고 사람들에게 부끄러움이 없으며, 천하의 영재를 얻어서 가르치는 것이 세 가지 즐거움이라고 하였으니 그것으로 행복을 누릴 수 있음을 말한 것 같다.

어떤 이는 '항상 기뻐하라. 쉬지 말고 기도하라. 범사에 감사하라'는 성경 말씀을 가훈으로 삼고 살면서 행복을 느낀다고 한다. 항상 기쁨을 찾고 절대자에게 의지하고 모든 일에 감사하는 마음을 갖는다면 행복을 느낄 수 있을 것이다. 중국 사람들은 '오유지족'(吾唯知足)이라는 다섯 글자를 하나로 조합하여 도형처럼 만들었다. '지족'을 강조한 것이다. 내가 아무리 부족하고 불만한 상태에 있더라도 그것으로 만족한다는 말인 것 같다.

그러나 그것도 한계가 있는 것이다. 완전한 불만족이 없듯이 완전한 만족도 없을 것이다. 그래서 '중용'(中庸)이니 '알맞음'이니 '적도'(適度)라는 말이 나온 것이다. 그러나 그 알맞음이 어디 객관적으로 잘 나타날 수 있는가? 아무리 훌륭한 철학자라도 말로만 떠들 뿐이지 실지로 그것을 보여주기는 어렵다. 이래저래 인간들은 피곤할 수밖에 없을 것 같다. 인간들은 삶으로 향하여 가는 존재가 아니라 죽음으로 향하여 가는 존재라는 말이 맞는다. 하루하루가 괴롭지만 그것을 견디고 더러는 자신을 변명하고 변호하고 합리화하면서 살아가고 있는 것이다.

아무리 생각해 보아도 인간은 선한지 악한지 잘 알 수도 없고, 그저 때에 따라 변하는 묘한 동물이다.

14

간악한 인간들

인간들은 서로서로 차이점이 많다. 얼굴이나 체격이나 체력이 다르고 재주가 다르고 성격이 다르고 사고력이나 판단력이 다르고 가치관이 다르고 인생관이 다르다. 그래서 잘 생긴 인간, 못 생긴 인간, 잘 사는 인간, 못 사는 인간이 있고 겸손한 인간, 교만한 인간이 있다. 잘난 인간들은 각광을 받으며 심심하지 않을 만큼 신문이나 텔레비전이나 인터넷에 나타나고 못난 인간들은 죽을 때까지 그런 기회가 거의 없다.

인간들은 성인(聖人)의 말씀을 듣기도 하고 책으로 읽기도 한다. '충직하라. 남을 이해하고 용서하라. 자비심을 가지고 남을 사랑하고 어려운 사람을 동정하라. 일곱 번씩 일흔 번이라도 용서하라'는 글을 읽고 귀가 아프도록 듣기도 하고 또 그렇게 하겠다고 마음먹고 기도하기도 하지만 실천하는 인간은 아주 드물다.

인간들은 간악한 짓을 너무나 많이 저지른다. 그래서 인간들은 법을 많이 만들어 놓고 그 법을 지키지 않으면 손해배상이니 과태료니 벌금이니 하여 제재를 하는가 하면 심지어는 구류니 금고니 징역이니 사형이니 하는 형벌을 내리기도 한다. 인간들은 국가라는 조직을 만들어 놓고 특별히 형법이라는 법을 만들어 놓는다.

형법에는 어떤 행위가 죄이고 그 죄는 어떻게 처벌한다는 내용이 상세히 규정되어 있다. 그것은 대체로 국가적 법익에 관한 죄, 사회적 법익에 관한 죄, 개인적 법익에 관한 죄로 크게 나누어져 있고 구체적으로는 수백 개의 조문으로 규정되어 있다.

대한민국 형법은 내란(內亂)의 죄, 외환(外患)의 죄, 국기(國旗)에 관한 죄, 국교(國交)에 관한 죄, 공안(公安)을 해하는 죄를 비롯하여 공무원의 직무에 관한 죄, 위증(僞證)과 증거인멸의 죄, 무고(誣告)의 죄, 신앙에 관한 죄, 방화와 실화의 죄, 통화(通貨)에 관한 죄, 문서에 관한 죄, 성풍속(性風俗)에 관한 죄, 살인죄, 상해와 폭행의 죄, 과실치사상의 죄, 낙태의 죄, 유기(遺棄)와 학대의 죄, 협박의 죄, 약취(略取)와 유인의 죄, 강간과 추행의 죄, 명예에 관한 죄, 주거침입의 죄, 절도와 강도의 죄, 사기와 공갈의 죄, 횡령과 배임의 죄 등 무려 286개 조문이나 나열되어 있단다.

그래도 날이면 날마다 범죄사건이 일어나고 회장님은 한숨을 쉬면서 신문기사를 읽는다. 읽고 나서는 사모님에게 말한다.

"말세야, 말세. 날마다 범죄가 일어나요. 국가를 불안하게 하고 사회를 불안하게 하고 개인을 불안하게 하는 흉악한 범죄가 날마다 그치지 않아요."

"……."

"그래서 성경의 말세론이 틀림없이 맞는 것 같아요."

"맞는 것 같은 것이 아니라 실지로 맞는 거지요."

"그래서 범죄가 적은 나라로 이민을 가고 싶다는 사람이 많은 것 같아요."

"많은 것 같은 게 아니라 실지로 많아요."

"그래요. 그런데 무식하고 가난한 사람도 범죄를 저지르지만 공부도 많이 하고 권력도 있고 높은 자리에 있는 사람들이 저지르는 것은 정말로 문제란 말이오."

"작은 도둑질은 보통사람들이 하지만 큰 도둑질은 모두 잘나고 출세한 사람들이 하는 것 같아요."

"그러게 말이오. 서민들이 예금한 돈을 흥청망청하다가 은행을 파산하게 하고 서민들은 돈 내놓으라고 울고불고 하는 꼴이 신문이나 방송에 나오더군요. 당신도 조심해요. 아무 데나 예금하면 안 되니까."

"그런데 어떤 청년이 어머니를 죽이려고 하였다지요?"

"그렇답니다. 잔소리한다고. 어머니가 험한 일로 고생하면서 겨우 살림을 꾸리는데, 아들이 돈을 벌지 못하고 놀기만 하는 것이 마땅치 않아서 잔소리를 한 것이 아들을 화나게 한 모양이지요. 그런 범죄를 패러사이트 자녀범죄라고 한답니다."

"패러사이트 자녀요? 처음 듣는 말이네요."

"부모에게 얹혀 사는 자녀들, 기생하는 자녀들이란 말이랍니다."

"부모에게 얹혀 사는 자녀가 많이 생길 수밖에 없겠지요. 요즘 취업이 너무나 어려우니까요. 그리고 가정환경이 좋지 않았군요."

"아버지는 도박에 중독되어 가출하고 생활은 어려우니 가족들이 모두 평상심을 가질 수 없었겠지요."

"아무리 그래도……? 다행히 미수에 그쳤지만."

"소위 존속살해라는 것은, 지금은 몰라도 옛날엔 일반살해나 비속살해보다 가중 처벌했었지요. 아무튼 불행한 일이오."

"그런데 또 정신지체 소녀들을 성폭행하는 늙은이들이 잡혔다면서요?"

"그렇답니다. 그런 일이 자주 일어나는 모양이오. 정말 말세란 말이 맞아요."

"그런 인간들은 종신형에 처해야 돼요. 지금 우리나라의 법이 너무 느슨하여 사람들이 법을 두려워하지도 않고 예의도 염치도 양심도 아무것도 없는 상태인 것 같아요. 도대체 이 나라가 어디로 가려는 것인지 모르겠어요."

"말세로 가는 거지요. 말세."

인간들은 항상 사회에 대한 불만이 많은 것 같다. 자기가 피해를 당하여 불만이고 남보다 출세하지 못하여 불만이고 남보다 돈을 많이 벌지 못하여 불만인 것 같다. 항상 남과 비교하여 자기가 모자라거나 뒤떨어지거나 무시당하는 기분을 느끼면 불만이 대단하다. 마치 자기 것을 남이 빼앗아간 것으로 생각하는 모양이다. 그래서 상대적 피박탈감이라는 말이 생겨나고 상대적 빈곤이라는 말도 자주 한다.

그런데 문제는 인간들이 우리들 견공과는 달리 여러 가지 이상적인 생각도 하고 살기 좋은 세상을 만들고 싶어 하지만 생각대로 안된다는 사실이다. 그들은 범죄를 일일이 규정해 놓고 범죄인을 체포하여 감옥에 가두어 놓고 교육을 하기도 한다. 본디는 교육을 하는 것이 아니라 공권력을 발휘하여 보복을 하는 것이었는데 그것이 옳지 않다고 하여 교육을 하는 것으로 발전한 것이라고 한다. 응보형(應報刑)에서 교육형(敎育刑)으로 발전한 것이다.

인간들은 많은 제도를 만들어 놓고 살기 좋은 세상을 건설하려고 하면서도 항상 다투고 성내고 화내고 시기하고 자신들의 제도를 무시하고 파괴하는 수가 많다. 겉으로는 너그러운 체하면서 속으로는 전혀 딴판이다.

인간들은 돈이나 정치나 교육에 관하여 자주 말한다.

돈이라면 물불을 가리지 않는다. 법이고 체면이고 양심이고 무엇이고 따지지 않는 인간들이 너무나 많다. 그래서 법을 어기고 양심을 속이고 안면을 몰수한다. 그리고 정치라면 자기가 가장 잘 아는 것처럼 떠들어대고 자기가 싫어하는 정치인은 무조건하고 배척하고 그의 공로를 송두리째 무시한다.

교육에 관해서도 마찬가지다. 사람을 기르는 교육이 아니라 경쟁자를 기르는 것이 교육이라고 할 만큼 경쟁이 치열하다. 학교에서 이루어지는 모든 것이 경쟁이고 경쟁을 이기는 것이 교육의 성과라고 여기고 경쟁을 위해서는 수단과 방법을 가리지 않을 정도이다. 아이들은 자기보다 성적이 좋거나 혹시 선생님이 자기보다 더 알아주는 아이가 있으면 시기하고 질투하고 때로는 완력으로 왕따를 시키고 때려주기도 한다.

그래서 학교폭력이라는 말이 날마다 회자되고 폭력을 당하는 아이들 가운데는 자살을 택하기도 한다. 그러나 선생님이고 검찰이고 판사고 피해자들의 억울한 피해보다는 가해자를 너그럽게 용서하는 쪽으로 처리하고 만다. 그런데 학교폭력이 많은 지역은 교육열이 강한 지역이고 교육열이 강한 지역은 부자들이 많이 사는 지역이라고 한다. 학부모들은 학교에서 가르치는 것으로 만족하지 않고 아이들을 사설학원으로 보내고 개인지도를 받게 한다. 창의적인 능력을 계발하는 것이 아니고 암기식 능력을 기르는 것으로 그치고 어떻게든지 경쟁에서 이기기를 강조한다.

경쟁으로 공부하고 성공한 인간들은 경쟁자가 없어지면 게을러지고 타락한다고 한다. 이처럼 교육이 잘못되기 때문에 정치고 경제고 무엇이나 잘 될 수가 없다. 남을 이해하고 돕고 이웃과 나라를 위하여 봉사한다는 정신이 없으니 그럴 수밖에 없다.

인간들은 아무리 많은 법령을 만들어놓고 좋은 세상을 만들려고 노력해도 별로 소용이 없다. 사소한 범죄는 그만두고 우선 전쟁을 저지르는 것을 보면 인간들이 얼마나 완악하고 악랄하고 잔인하고 독살 맞은지 능히 짐작할 수가 있다. 인류의 역사가 시작된 지 수만

년이라고 하는데 과연 전쟁하지 않고 평화롭게 살던 시기가 얼마나 될까. 형제끼리 친척끼리 이웃끼리 마을끼리 씨족끼리 부족끼리 나라끼리, 재물과 여자와 토지를 빼앗기 위하여 전쟁하고, 혁명을 한다고 서로 죽이고 잡아가는 전쟁을 하였으며, 지금도 하고 있는 것이다.

인간들은 세계가 하나의 집안처럼 평화롭게 살아야 한다고 떠들지만 그것은 구두선에 그친다. 어리석어서 싸우고 욕심이 많아서 싸우고 악랄하고 잔인하여 싸운다. 힘센 놈들은 먹으려고 싸우고 약한 놈들은 먹히지 않으려고 싸운다. 지난날에도 싸웠고 지금 이 순간에도 싸운다.

도대체 인간들의 꿈은 무엇인가? 진정으로 평화롭게 서로 사랑하고 도우며 사는 것인가? 그렇다고 보기는 어렵다. 그 반대라고 보는 것이 옳을 듯싶다. 그러니 내가 아무리 연약한 토이푸들이지만 인간들을 존경할 수가 있는가. 정말로 개만도 못한 인간들이다. 그들의 꿈은 있으나마나 하고 거짓된 꿈에 지나지 않는다.

회장님은 혼자서 산보를 하고 들어왔다. 다른 집에서는 견공들을 데리고 나가서 운동도 시키고 소풍도 시키지만 회장님은 한 달에 한 번이나 나를 데리고 나갈까 말까다. 나는 회장님이 혼자 나갔다가 들어와도 가까이 가서 반길 수가 없다. 나를 싫어하는 것을 알기 때문이다. 내가 가까이 가기만 하면 나를 때리거나 발로 차려는 기세이다. 그래서 나는 완전히 마음을 굳히고 말았다. 나를 싫어하고 무시하고 멀리 하려는 회장님에게 가까이 가지 않겠다고.

그런데 오늘은 집에 들어오자마자 사모님에게 이야기하였다.

"이제 산보도 맘대로 못하겠어."

"……."

"웬 개새끼들이 그리 많은지. 주민센터 앞 솔밭으로 향해 오는데 웬 개새끼 한 마리가 쪼르르 달려오더니 나를 향해 어떻게 짖어대는지."

"그래요? 무얼 잘못한 게지요. 개가 공연히 짖겠어요?"

"잘못하긴 내가 무얼 잘못해요?"

"혹시 개를 무시하는 행동을 보였다던가."

"혹시 무시하는 행동?"

"그래요. 집에서도 토이를 무시하니까요."

"참 별 소릴 다 듣겠네."

"개들이 얼마나 영리한데요? 틀림없이 그럴 만한 이유가 있어요. 무언가 잘못한 게 있어요."

"정말 기가 막히네. 쓸 데 없이 개에게 편들기를 하네."

"언젠가 모든 것이 인과관계가 있는 법이라고 주장하지 않았어요?"

"그래서 그 인과관계가 나의 잘못 때문이란 말이오? 나를 죄인으로 몰고 갈 셈이네."

"죄인은 아닐지 모르지만 아무튼 개가 짖으며 대드는 데는 이유가 있을 것 아니오?"

"글쎄 그 이유를 몰라서 내가 말하는 것 아니오? 그 개가 미친 것인지, 가만히 지나가는 나에게 달려와 짖어대서 한참이나 서서 실랑이를 했단 말이오. 그놈이 나를 완전히 무시하고 대들더라고요."

"그것 봐요. 무시당할 행동을 하면 그런 거지요."

"글쎄, 아니래두. 내가 무슨 무시당할 짓을 해? 모르는 개한테. 그놈이 혹시 오해를 했는지는 몰라도."

"거 봐요. 왜 오해받을 행동을 해요? 그러니까 오해를 받고 무시를 당하지."

"그래요. 알았어요. 지나가는 개한테도 무시를 당하는 나라는 것을. 참 기가 막히네. 그래서 당신도 날 무시하는 거요?"

"집에서 토이를 무시하니까 밖에 나가서 다른 개들에게 무시를 당한다는 걸 알아야 해요."

"알았어. 알았다구. 개에게 무시당하고 마누라에게 무시당한다는 것을."

사모님은 좀처럼 양보를 하지 않았다. 사모님은 나를 사랑하고 항상 내 편이다. 오늘 밖에서 일어난 일도 회장님이 나를 무시한 까닭이라고 생각하는 것이 고마웠다.

그러나 근본적으로 인간들은 우리들 동물들을 제멋대로 물건처럼 다루는 것이다. 쓸데없이 가두어두기도 하고 실험하기도 하고 거세(去勢)하기도 하고 죽이기도 하고 잡아먹기도 하고 심지어는 품종을 개량한다고 하면서 오히려 작고 약하게 만들기도 하는 행위들이 너무나 가증한 일이다. 인간들이 우리를 사랑하는 것은 진정한 사랑이 아니라 거짓된 사랑이라는 것을 나는 잘 안다. 필요하면 사랑하는 체하고 필요하지 않으면 언제든지 박차 버리는 것을 나는 잘 알고 있다.

말이야 바로 말이지 인간들은 동물을 너무 깔보고 함부로 한다. 어떤 사람들은 마소를 너무 지나치게 혹사하기도 한다. 도무지 힘이 모자라서 지쳐 쓰러질 지경인데도 일을 너무 시킨다. 그래도 일을 시키는 것은 덜한 편이다. 인간들은 짐승이나 새나 좁은 집 안에 가두어놓고 적당히 기르다가 함부로 잡아먹는단 말이다. 어떤 인간들은 운동한다는 명목으로 야생동물을 사냥하기도 한다. 인간들은 야생동물을 잡는 짓이 스포츠라는 것이다.

그런데 단순한 스포츠가 아니라 아주 유치한 방법으로 동물을 잡기도 한다. 올무를 장치해 놓거나 덫을 놓거나 함정을 파놓거나, 먹이에다 독약을 넣어 죽게 하고, 살코기는 먹고 가죽은 벗겨서 털가죽으로 옷을 만들기도 한다. 어떤 인간들은 동물을 잡을 때 목을 조르거나 끈으로 묶어놓고 칼로 목을 따거나 몽둥이나 도끼로 때려서 죽이기도 한다. 인간끼리도 서로 죽이는 판이니 동물을 그렇게 죽이는 것은 너무나 당연하게 생각한다.

인간이 인간을 죽이는 것은 마치 짐승을 죽이는 것과 같아서 일일이 말할 수가 없다. 때려 죽이고 찔러 죽이고 독을 먹여 죽이고 높은 데서 떨어뜨려 죽이고……. 일일이 말할 수가 없다. 완전히 말세다. 하느님이 노하서서 인간들을 그대로 둘 수 없는 지경이다. 하느님의 징벌은 다가오고 말았다.

15

이런 일 저런 일

회장님은 이따금 살기 좋은 세상에 대하여 이야기하곤 한다. 도대체 어떤 세상이 살기 좋은 세상인지는 잘 알기가 어렵다. 그는 언젠가 '이상향'(理想鄕)이라는 제목으로 이야기하였다고 한다. '이상향'이라는 말은 영어로 'Utopia'라고 하는데 그것은 'ou'(없음)라는 단어와 'toppos'(장소)라는 단어로 만들어졌다고 한다. 그러니까 이 세상에 없는 곳이란 뜻이란다. 또 어떤 사람은 'ou'가 아니고 'eu'라고 하여 '좋은 곳'이란 뜻이라고 한다. 아무튼 살기 좋은 곳을 가리키는 말이기 때문에 세계적으로 잘 사는 나라는 이상향이니 유토피아라고 말하기도 한다.

회장님은 범죄가 없고 서로서로 사랑하는 나라는 유토피아라고 생각하는 모양이다. 그리고 무릉도원(武陵桃源, 桃源境), 서방정토(西方淨土), 극락정토, 동거토, 호중지천(호천, 호중천, 호중천지, 일호지천), 막고

야산(邈姑射山), 묘고야산, 열고야, 무하유지향, 광막지야, 광은지야, 태양의 나라, 뉴아트란티스, 엘도라도, 하이퍼보레오스라는 말도 하고, 더러는 화서지몽(華胥之夢)이니 남가지몽(南柯之夢)이라는 말도 하고, 태평천국이라는 말도 하였던 것 같다. 그리고 특별히 그가 이야기하는 것은 중국의 신해혁명을 이끌어 간 손문(쑨원)의 사상인 것 같다.

손문이라는 사람은 '대동'(大同)을 이상향으로 생각하였는데 대동사회는 벌써 3천 년이나 4천 년이 지난 옛날이라고 한다. 그런데 어떻게 오늘날 그런 사회가 다시 올 수가 있단 말인가. 대동사회 다음에 온 사회가 '소강'(小康)사회라고 하는데 그것도 지금 이상적인 사회가 되기는 어려운 것이 아닌가. 아마도 참된 이상사회는 절대로 건설할 수가 없기 때문에 이것저것 공상의 날개를 펼치는 것 같다. 그렇다면 회장님이 생각하는 것들이 모두 환상에 지나지 않고 헛된 수고에 그치는 것이 아닌가. 내가 보기에는 그렇단 말이다.

인간들이 꿈꾸는 이상향은 서로 사랑하고 범죄가 없을 뿐만 아니라 사람이 늙지도 않고 근심도 없고 슬픔도 없고 병도 들지 않고 항상 꽃이 피고 새가 울며 웃음이 넘치는 나라라고 한다.

인간들은 그런 나라를 그리워하고 그런 나라에 가서 살고 싶어 하고 그런 나라를 만들어 보고 싶어 하는 것 같다. 그래서 사람들 가운데, 말하자면 사상가라고 보이는 사람들이 그런 세상을 만들어 보고 싶어서 머리를 썩였던 모양이다.

어떤 사상가들은 나라를 다스리는 사람들이 인정(仁政)을 베풀어서 백성을 잘 교화하면 된다고 생각하였지만 그것이 반드시 효과를 거두지는 못하였던 것 같다. 그래서 어떤 사상가는 인정으로 덕을 베풀어서 이상적인 나라를 만들 수는 없으니 혁명이라는 수단으로 사람을 감옥에 가두거나 죽여서라도 기어이 그런 나라를 만들어야 한다고 주장하고 실지로 그런 폭력적 수단을 써 보기도 하였던 모양이다. 그러나 그것은 헛수고에 그치고 죄 없는 사람들이 수없이 죽고 말았다는 것이다. 폭력은 악한 사람도 죽게 하지만 착한 사람도 죽게 하기 때문이다. 그래서 폭력은 범죄가 되는 것이란다.

회장님의 서재는 대단히 복잡하다. 10여 개의 서가에 커다란 책상이 남쪽 창을 바라보고 있고 그 위에는 컴퓨터와 프린터가 설치되고 전화기가 있을 뿐인데 회장님 혼자서 겨우 드나들 정도로 복잡하기 짝이 없다. 다른 두 개의 방에 있던 것은 모두 어느 자선단체에 기부하고, 전에 살던 집에 있는 서적과 직장에 있던 서적들은 그 때 그 때 여기저기에 주어서 처분하고도 서재가 너무 복잡한 편이다. 책들을 보면 동양철학, 서양철학, 윤리학, 정치학, 심리학, 문학에 관한 것들과 녹음테이프와 CD라는 것이 수두룩하다. 회장님이 젊어서 읽던 책들은 거의 없는 것 같다.

사모님이 이따금 말하는 것처럼 무엇보다도 서재가 너무 복잡하고 지저분하여 제발 안 보는 책들은 과감하게 버렸으면 좋겠다. 그렇게 하면 우선 서재의 공기도 훨씬 좋아질 것 같다. 회장님은 이따금 서재의 공기가 안 좋다는 말을 하면서도 서재를 정리하려고 하지 않는다. 솔직히 말하면 나처럼 작고 연약한 견공은 서재에서 자칫하면 책에 치여 죽기 십상이다. 서가에 꽂힌 책 말고도 방바닥에서부터 천장으로 향하여 쌓여 있는 책은 자칫하면 무너지기 십상이다. 그리고 책이 어찌나 무거운지 한두 권만 내가 얻어맞아도 허리가 부러지고 며칠 동안 꿍꿍 앓다가 죽고 말 것이 분명하다.

어떤 때 보면 회장님은 제법 철학적인 이야기를 잘 한다. 사모님에게 그런 것처럼 밖에 나가서도 그런 것 같다. 진리(眞理)가 무엇이고 원리원칙이 무엇이고 현실을 어떻게 바라보아야 하고 어떻게 행동해야 하는지 말할 때는 반드시 동서고금의 사상가들의 이름을 들추면서 증거를 대기도 한다. 그런 것을 보면 아는 것도 많은 것 같은데 신통한 출세도 못하고 신통한 책도 써내지 못한 모양이다. 회장님의 이름이 신문에 크게 나고 방송에서 떠들어대는 것을 나는 볼 수 없었다. 그러나 회장님은 제법 무엇을 잘 아는 것처럼 행세하는 것 같아서 보기에 민망하다.

회장님은 사상가들의 이야기나 철학이나 정치나 이것저것 많이 알고 있는 것 같고 또 남을 칭찬하기도 한다. 어떤 교수는 무엇을 연구하고, 어떤 장관은 무엇을 잘하고, 어떤 시장은 무엇을 잘하고, 어떤 공무원은 무엇을 잘하고, 어떤 친구는 무엇을 잘하고……. 그의 칭찬은 끝이 없다. 그는 칭찬을 아까워하지 않는다.

회장님은 놀랍게도 인간들의 아름다운 이야기를 찾는 것 같다. 아무리 악한 인간들이지만 모두가 악한 것은 아니고 아름다운 마음으로 아름다운 일을 하며 아름다운 이야기를 남기는 아름다운 인간들이 있다는 것이다. 회장님이 생각하는 아름다운 이야기는 남에게 폐를 끼치지 않고 남을 돕는 이야기다. 부모나 자녀나 형제자매나 남을 위하여 돈을 내놓고 노력봉사도 하고 헌혈도 하고 장기를 이식해 주기도 하고 더러는 목숨을 바치기도 한다는 것이다.

회장님은 여여당이라는 친구에 대하여 자주 말을 꺼낸다. 여여당은 길을 걸어가다가도 쓰레기만 발견하면 주워서 쓰레기통으로 가져간단다. 그는 공동주택 마을의 쓰레기 줍기를 솔선하고, 쓰레기로 버려진 책을 모아서 노인회의 사랑방에 서재를 꾸미고, 공동주택단지 안에 있는 초등학교를 순시하면서 아이들의 교통안전을 살피고 폭력행위를 방지하는 데 힘쓴다. 뿐만 아니라 고아원이나 장애자나 무의탁노인들이 수용된 기관들을 찾아다니며 무엇이고 기증하고 돕는다.

인간들이 제일 먼저 생각하는 아름다운 이야기는 효도에 관한 것이다. 옛날부터 효도는 가장 중요한 일이라고 믿고 있다. 그래서 '효도는 백가지 행실의 근원'이라고 믿는다. 효도의 정신은 자식이 부모를 공경하는 것이지만 방법이 문제란다. 옛날엔 옛날대로 방법이 있었겠지만 지금은 모든 환경이 달라져서 방법도 달라질 수밖에 없기 때문이다. 특히 과학의 발달은 효도의 방법을 근본적으로 바꾸어 놓았다.

효도라면 먼저 자녀들이 부모를 위하여 희생하는 것을 생각하기 쉽다. 그러나 부모가 자식을 위하여 먼저 희생한 것을 인정해야 하고 부모가 늙고 병들어 도움이 필요할 때는 자식이 도와야 한다는 것은 상식에 어긋나지 않는다. 그래서 여러 가지 효도이야기가 전설처럼 전해 오고 효도하는 사람들을 특별히 포상하기도 한다. 과학이 발달하지 못한 전근대사회에서는 비과학적이고 불합리한 효도가 행하여졌지만 현대사회에서는 현대사회다운 효도가 이루어져야 한다. 어떻든 남과 남도 서로 도우며 사는데 부모와 자식이 서로 돕지 않는 것은 바람직하지 못한 일이다.

인간들의 아름다운 이야기는 '미담' 이라고 하여 신문이나 방송이나 잡지를 통하여 여러 가지로 선전되지만 동물들의 미담은 별로 선전되지 못하는 것 같다. 기껏해야 까마귀가 늙은 어미에게 먹이를 물어다 준다는 이야기뿐이다. 견공들도 인간들에게 모든 충성을 다하고 어미는 새끼를 위하여 목숨을 걸고 새끼는 어미를 위하여 효도할 줄을 안다.

그러나 인간들은 우리들 견공들을 어미와 새끼가 함께 살도록 내버려두지 않는다. 새끼가 조금만 자라면 어디로든지 보내서 어미와 이별을 시키고 만다. 그러니 효도를 하고 싶어도 할 수 있는 기회가 없는 것이다. 인간들은 잔인한 동물이다.

언젠가 우리 집 회장님은 사모님에게 홍 선생님의 이야기를 한 적이 있다. 홍 선생님이라는 사람은 용모도 훌륭하거니와 출세도 한 분인데 집에서 기르는 개를 매우 사랑한다는 것이었다. 그는 우리들 견공들이 인간의 애완물로 취급을 받는 것이 잘못이라는 것이었다. 애완물이라는 것은 '노리개' 감이라는 뜻이기 때문이다. 노리개는 아이들이 가지고 놀다가 싫증나면 언제든지 팽개치는 물건이다. 그렇다면 우리들 견공들도 언제든지 팽개쳐질 하찮은 물건에 지나지 않는 것이 아닌가.

실지로 인간들은 슬그머니 아무 곳에나 우리들을 버리고 만다. 버려진 견공들은 며칠 동안 굶어서 병이 들고 아무 곳에나 쓰러져 죽고 만다. 다행히 어떤 사람에게 끌려가서 밥을 얻어먹기도 하지만 그것은 드문 일이다.

회장님과 자주 만나는 홍 선생님은 버려진 견공이 불쌍하여 집으로 데려다 보호하고, 사람들이 많이 다니는 곳에다가 견공을 보호하고 있으니 찾아가라고 방을 붙여 놓았지만 소식이 없어서 그대로 기르고 있는데 알고 보니 그 견공은 여러 가지 병을 앓고 있었다는 것이다. 그래서 홍 선생은 가축병원으로 이리저리 찾아다니며 질병을 치료하였는데 눈병만은 치료가 안 되어 급기야는 실명하고 말았다는 것이다.

홍 선생님은 앞 못 보는 견공을 데리고 운동을 시키고 목욕을 시키고 갖은 정성을 기울였다. 그는 값비싼 사료 외에도 수십 만 원이나 들여서 견공의 질병을 치료하였지만 견공의 수명이 다 된 까닭에 손을 더 쓸 수가 없었고, 하는 수 없이 시체를 잘 수습하여 종지봉 양지 바른 곳에 매장하고 날마다 무덤을 찾아가서 살펴보고 온다는 것이었다.

홍 선생님은, 견공들을 유전학적으로 개량한다고 하면서 튼튼한 견공들을 약하고 작게 만들어서 애완용으로 팔아서 돈을 챙기는 인간들이 하느님의 뜻을 어긴다고 생각한다는 것이다. 그래서 애완견

 나는 도이푸들이다

으로 개량하는 것은 매우 잔인한 행위이며 절대로 해서는 안 된다는 것이었다. 인간들은 무엇이나 자기들 멋대로 인간의 이익과 취미에 따라 그럴듯한 명분을 붙여서 실행하는 것이라고 한다.

들리는 바로는 견공을 비롯하여 여러 가지 동물들을 우리나 상자 속에 가두어 놓고 여러 가지 실험을 하는데 어떤 경우에는 독약성분을 먹이거나 주사하여 어떻게 질병이 발생하고 불구가 되고 죽게 되는지 실험한다는 것이다. 그뿐만 아니라 인간들은 여러 가지 짐승들을 사정없이 잡아서 먹고, 그 가죽을 벗겨서 옷을 만들어 입고 다니면서 잘난 체한다. 홍 선생님은 이런 인간들을 증오한다는 것이다.

홍 선생님은 그래서 동물 가죽으로 만든 옷을 절대로 사지도 않고 누가 거저 주어도 받지 않고 심지어는 신발도 동물가죽으로 만든 것은 사지도 않고 신지도 않는다는 것이었다. 동물보호운동가들이 모피제품(毛皮製品)을 생산하거나 매매하지 말고 동물을 보호하자는 운동을 벌이는 것이 자연을 보호하는 것이며 인간들이 야만을 벗어나는 길이라고 한단다.

홍 선생님도 그런 동물보호운동가인 것 같다. 그리고 그는 우리들 견공들을 집에서 기르는 '애완견'으로 생각지 않고 한 집에서 함께 살고 있는 '동반견'이라고 부른다. 우리는 분명히 인간들보다 못하지 않은 존재이기 때문에 애완견이 아니라 동반견이라고 부르는 것이 맞는다. 그러나 홍 선생님은 동반견이라고도 잘 부르지 않고 손자나 손녀처럼 '갑돌이'니 '갑순이'라고 부른단다.

우리 회장님도 사모님에게 홍 선생님의 이야기를 길게 늘어놓는 것을 보면 홍 선생님을 존경하는 것 같다. 다만 나를 별로 사랑하지 않을 뿐인 것 같은데 이것만은 이해하기가 어렵다. 아마도 털도 빠져서 날리고 세균도 감염된다고 생각하는 모양이다. 그런데 겨울이 되면 우리 회장님이 이따금 입고 나가는 반코트가 의심스럽다. 그것이 틀림없이 동물의 가죽으로 만든 것이다. 회장님은 양복에 넥타이를 매고 안경을 끼고 개똥 모자를 쓰고 흑갈색으로 보이는 그 코트를 입고 거울 앞에 가서는 코트의 깃을 목 위로 올려 세우고 번쩍거리는 구두를 신고 나갈 때가 많다. 남들이 보면 거의 깡패 같기도 하고 어떤 이상한 직업을 가진 사람으로 생각할 것이다.

나는 회장님과 사모님이 주고받는 이야기를 들었다. 그들 둘이는 언제나 나의 눈치를 살피지 않고 마음대로 떠들고 이야기하고 어떤 때는 서로 언쟁을 하기도 한다. 나는 완전히 무시되는 것이다. 나도 귀가 있고 눈이 있어서 다 듣고 보고 있는데.

"이 옷은 그만 입어야겠어."

"아직 멀쩡한데요?"

"멀쩡하긴 해도 나에게 어울리지 않는 것 같아서."

"……."

"이거 산 지 벌써 20년도 훨씬 넘었고 이게 쇠가죽이란 말이야."

"쇠가죽이라 튼튼하고 방풍도 잘 되는 것 아니오?"

"지금은 동물보호운동이 벌어지는 시대라…… 내피(內皮)는 토끼의 모피란 말이야."

"언제부터 동물보호운동가가 되셨지요?"

"오늘, 지금부터지요."

"혹시 무거워서 그 옷을 싫어하는 것 아닌가요?"

"무겁기도 하고요."

"동물보호는 구실이고 진짜 이유는 무거운 거지요?"

"아무렇게나 생각하시오. 그런데 나는 동물애호자가 될 자격이 없단 말이지?"

"자격이야 있겠지만 실천을 안 하니까 문제지요."

"그래서 지금 실천하려고 하는 것 아니오? 오늘 신문 좀 보시오. 나는 우리나라가 고아만 수출하는 것으로 제일 유명한 줄 알았더니 유기견(遺棄犬)도 제일 많이 수출한다는군요. 글쎄."

"고아는 수출이 아니라 입양이겠지요. 우리나라는 일제의 수탈로 굶어서 살다가 다시 6.25전쟁으로 폐허가 되어 고아(孤兒)가 양산되고 해외입양이 늘어날 수밖에 없었잖아요?"

"그렇긴 하지만 지금은 먹고 살기가 훨씬 좋아졌으니 해외입양은 그만 해야 하는데 아직도 세계 제일이라는 거요. 그리고 애완견은 왜 버리고 해외로 가게 만들어요? 도무지 양심이고 인정이고 아무것도 없는 인간들이란 말이오. 어떤 개는 주인이 버리고 차를 몰고 달아나니까 주인을 따라가려고 달려가다가 다른 차에 치여서 다리가 부러져서 절름발이가 되었대요. 그리고 어떤 개는 사람이 잡아먹으려고 주둥이를 철사로 꽁꽁 감아놓고 때려잡으려고 하는데 간신히 도망을 쳤지만 철사로 감긴 주둥이가 심하게 상처를 입어서 병신이 되었는데 수술로 고치자면 많은 치료비가 든답니다. 독일 사람이 그 개를 보고 너무 불쌍하여 입양해 간대요……. 세 살 먹은 아이를 학대하여 죽이질 않나, 제부모를 죽이질 않나, 정치인들이 거짓말로 국민을 속이고 유혹하지 않나, 음식물에 유해물질을 넣지 않나, 짐승 같은 놈들이 하도 많아서 일일이 말할 수가 없으니……."

"또 시작하는군요. 왜 나쁜 인간들을 짐승에다 견주어요? 그리고 다른 나라도 모두 마찬가지겠지요. 좋은 이야기는 안 하고 왜 나쁜 이야기만 자꾸 해요. 이젠 듣기도 싫증이 나요. 그런 이야기를 하도 많이 들어서. 그리고 동물보호 이야기를 하다가 왜 다른 엉뚱한 이야기를 하지요? 더군다나 스스로 실천하지는 않고 천 번 만 번 말로만 떠들어서 무슨 소용이 있어요?"

"이제라도 실천하고 싶다는 거지요."

"실천이라니 언제 어떻게 실천을 한다는 거지요? 그리고 실천을 하려면 말없이 실천할 것이지 굳이 떠들어가면서 선전할 필요는 없을 것 같아요. 나는 그런 거 관심도 없으니까 다른 사람한테나 하던지."

"……."

회장님의 말이 얼마나 진실한지는 알 수 없으나 '동물보호'라는 말에는 나의 귀가 솔깃하였다. 동물보호는 동물애호이고 동물 속에는 우리들 견공들도 포함되고 그것은 나에게도 상관이 있는 것이었다. 그리고 사모님은 정말로 동물애호가라는 것을 알게 되었다. 사모님은 숙녀들이 흔히 입는 모피제품을 한 번도 입고 나서는 모습을 보이지 않았고, 나 같은 견공에게도 사뭇 애정을 보였기 때문이다. 사모님은 회장님에게 얼마든지 충고할 자격이 있다. 회장님은 사모님에게 많이 배워야 할 것 같다.

회장님이 이야기하는 '유토피아' 라는 것은 별 것 아니고 우리들 동반견이 존중되고 사랑받고 마음 놓고 사는 세상이라고 할 수 있다. '대동사회' 라는 것도 마찬가지다. 인간들만 서로 사랑하고 잘 사는 세상이 아니고 우리들 동반견들이 인간처럼 잘 사는 세상일 것이다. 한국 사람들은 가난한 사람이나 외로운 사람이나 병들고 장애를 가진 사람들을 돕는다고 하며 심지어는 수만리나 멀리 떨어진 저개발국이라는 나라에 비행기를 타고 다니면서 해외선교도 하는데 모두 동물을 사랑하는 마음을 가지고 하지 않으면 안 된다. 왜냐하면 동물들도 모두 인간보다 악한 것이 아니고 오히려 인간들이 본보기로 삼고 배워야 할 존재이기 때문이다. 동물을 사랑하지 않고 인간만을 사랑하는 인간은 참된 인간이 아니다.

회장님은 소파에 앉아 신문을 펼쳤다. 커다란 글자들이 나타났다.

작년 1억1000만원 이어 1억570만원 수표
그리고 허술한 맞춤법, 똑같은 필체의 편지

얼굴 없는 겨울천사

또 명동 찾아 왔네

구세군 자선냄비에 기부

기사를 읽어보니 60세 안팎의 남자가 구세군의 자선냄비에 흰 봉투를 넣으며 "꼭 어려운 노인들을 위해 써주세요"라고 말하고 택시로 사라졌다고 한다. 봉투 속에는 수표와 함께 간단한 편지가 들어 있었는데 작년의 편지와 필체가 같고 연령이 비슷한 점으로 보아 작년에 기부한 사람과 같은 사람으로 취재기자는 추정하였다.

"평생에 부모님은 이웃에게 정도 많이 주시고 사랑도 주시고 많은 것을 나눠주셨습니다. 그러나 호강 한 번 못하시고 고인이 되셨습니다. 부모님의 유지를 받들어 작은 씨앗 하나를 구세군님들의 거룩하고 숭고한 숲속에 띄워 보냅니다."

기부자는 부모님의 뜻을 받들어 헌금한다고 하였다. 부모란 도대체 어떤 존재인가? 자녀를 기르고 가르치고 사랑하고 감화하는 존재이다. 자녀는 부모의 감화를 받는다는 것이다. 그래서 옛날부터 '부전자전' 이란 말도 있고 '그 자식을 보려거든 그 부모를 보라' 는 말도 있는 것이다.

세상은 많이 변하고 있다. 그 중의 하나가 국가의 행정기구이다. 옛날엔 듣지 못하였던 새로운 기구가 많이 늘어나고 민간단체도 많아지고 공직자의 수효와 자원봉사자도 많이 늘어났다. 그 중에는 '자원봉사센터' 라는 것도 있다.

자원봉사는 우선 봉사자가 자발적으로, 무보수로, 지속적으로, 공익을 위하여 행하는 활동이라고 한다. 그리고 봉사자의 모든 형편과 능력에 따라 즐겁고 보람을 느껴야 한다고 한다. 젊은이는 젊은이대로, 늙은이는 늙은이대로 할 수 있는 일을 찾아서 하는 것이다. 이를테면 노인들은 어린이들에게 한문도 가르치고, 외국어도 가르치고, 이야기하기도 가르치고, 우리나라 고유의 노래 가락도 가르치고, 등하교 시간에 교통안전도 돕고, 거리의 쓰레기도 줍고, 외로운 독거노인이나 고아들을 방문하여 위로할 수도 있다는 것이다.

한국에는 쪽방에 사는 독거노인도 있다고 한다. 방이 얼마나 좁은지 노인과 방문자 두어 사람밖에 앉을 자리가 없다고 한다. 어떤 노인은 몸이 아파서 일어나지도 못하고 밥도 짓지 못하고 굶는다고 한다. 자식이 하나 있지만 금융신용불량자가 되어 부모를 봉양하지 못하고 정부에서는 자식이 있다는 이유로 보호의 혜택을 베풀 수 없다고 한다. 노인은 하루에도 몇 번씩 죽고 싶기만 하여 자살을 시도한다고 한다.

그리고 지하철역을 가보면 노숙자들이 흔하다고 한다. 노숙자들은 일정한 곳에 수용하여 보호해 주어도 번번이 탈출한다고 한다. 그런데 정부나 시민단체에서 월동하는 데 필요한 이불과 식품까지 지원하기 때문에 아사(餓死)나 동사(凍死)는 면하지만 문제는 가정으로 복귀하지 않는 것이란다. 그들은 처음과는 달리 점점 무노동걸식

(無勞動乞食)에 익숙해지고 가정에 대한 책임감이 없어져서 노숙을 고통으로 여기지 않고 안식(安息)으로 생각하기에 이른다고 한다. 정부나 사회단체나 그들을 교육하여 가정으로 돌려보내고 일거리를 마련하여 일하게 만들어주고 건전한 노동정신을 길러주어야 하는데 늙은이들이 나서야 한다는 것이다.

회장님은 이따금 시를 읽는다. 실지로 서가에는 시집이 여러 권 꽂혀 있다. 학생시절엔 꽤 많이 읽은 모양인데 시를 쓰지는 않는 것 같다. 그러나 그는 메일을 통하여 시를 자주 받아서 읽는 모양이다. 오늘은 '유기견'이라는 시가 왔다.

어둠 속에 승용차 하나
속도를 늦추는가 싶더니
뭔가 슬쩍 던져 놓고는
바람같이 사라진다

섬뜩하게 꿈틀대는 검은 물체
비척이며 일어선 그것은
상황을 이해할 수 없다는 듯
이리저리 왔다 갔다
어쩔 줄 모르고 허청거린다

잠시 후
어두운 골목길로 허둥지둥 사라지던
유기견 한 마리

사랑에 흠뻑 길들여 놓고는
영하 10도의 강추위 어둠 속에
사정없이 던져 버리고 간
얼굴 감춘 저것은 분명
사람이다

　김애자 시인의 작품이라고 한다. 김 시인은 인간의 잔인성을 고발한 것이다. 도대체 인간이란 얼마나 잔인한가. 그렇게 정들여 놓고 제 자식보다도 귀여운 것처럼 하다가 어느 날 갑자기 춥고 어둔 밤 거리에 사정없이 집어던지고 달아나다니! 시인은 인간을 고발하였다. 그러나 인간들은 얼마나 더 많이 고발을 당해야 제정신을 차릴까?

　나는 시인에게 다가가서 뜨거운 눈물을 흘리고 싶다. 이미 내가 흘린 눈물도 많지만 아직은 눈물이 남아 있을 성 싶다. 시인이 우리들 견공의 설움을 짐작하고 시로 읊어주는 것만도 감지덕지할 따름이다. 그 버려진 견공도 아마도 나처럼 거리를 헤매고 굶주리고 병들고 하다가 하느님의 은혜가 내려진다면 어떤 인정 많은 인간에게 잠시나마 구원을 받게 될 것이다. 나는 다시 서글퍼지기 시작하였다. 눈물이 난다.

인간들이 우리들을 버리는 것은 다반사란다. 언제는 저희들이 좋아서 비싼 값을 주고 사다가 마음이 변하면 쓰레기처럼 우리를 버리고 만단다. 인간들의 심보는 도대체 어떻게 생겨 먹었기에 그렇게 조석으로 변하는 것인지 짐작하기도 어렵다. 하기야 자기를 낳아 준 부모도 양로원 문 앞에 버리거나, 멀리 비행기를 타고 여행가서 버리고 돌아온다니 어이가 없고 기가 막힌다.

회장님은 충청도의 어느 도시에서 교통사고를 당하여 경찰서에 들렀을 때 버려진 할머니를 보았다고 한다. 그 할머니는 주민등록증도 없어서 도대체 어디에 사는 누구인지 주소 성명을 알 수가 없고, 아무리 경찰관이 물어보아도 벙어리처럼 말을 하지 않더란다. 만일 가족이 있으면 가족에게 연락하여 돌려보낼 것을 알고 할머니는 모든 것을 감추려고 벙어리행세를 한단다. 자식이 버리고 갔다면 그 자식이 불효자로 낙인을 받게 되고, 그런 자식은 인간으로 인정을 받지 못하게 될까 봐서 감추게 되고 그런 자식에게 돌아가서 학대를 당할 것이 두려워서 입을 다문다고 한다. 그러니 이런 인간들이 우리들 동반견들을 버리는 것은 그야말로 식은 죽 먹기요 쓰레기 버리기가 아닌가. 하느님은 인간들의 죄악을 아시는지 모르시는지?

16

회장님의 비밀

회장님의 사생활은 나도 잘 모르고 사모님도 잘 모르는 일이었다. 그도 그럴 것이 회장님이나 사모님이나 또래들에 비하여 10년이나 뒤늦게 만나서 결혼하고 결혼한 후에도 서로 대화를 나누는 시간이 적었다. 그들은 생활 습관이 다른 것도 같고 관심사도 다르고 화제도 일치하는 것 같지가 않다. 회장님은 사모님의 말에 별로 귀를 기울이지 않았고 사모님도 마찬가지였다.

회장님에게 걸려오는 전화를 들어 보면 어떤 때는 여자들로부터 전화가 오는데 그 내용은 무슨 행사가 있다거나 한 번 만났으면 좋겠다는 것이었다.

"바쁘시지 않으면 한 번 만나 뵈었으면 하는데요."

"글쎄요. 무슨 일인지 전화로 안 될까요?"

"글쎄요. 전화로는 좀……."

“원고 때문에 그러시지요?”

“예, 그렇습니다.”

“전자우편으로 보내주세요.”

“이메일 말씀이지요? 제가 아직도 컴맹이라는 것 모르시나요?”

“……?”

“죄송해요.”

“그럼, 우편으로 보내주시면 되겠네요.”

“우편으로 보내면 시간이 너무 걸리거든요.”

“그러면 할 수 없네요. 나는 요즘 감기가 심해서 밖으로 나가기가 힘들거든요. 미안합니다.”

여자가 만나자는 대로 밖에 나가면 점심도 잘 얻어먹고 친절히 원고도 검토해 줄 수 있는데도 회장님은 거의 신경질에 가까울 정도로 거절하고 마는 것이었다. 회장님의 전화 받는 태도는 성의가 없고 조금은 박절하게 보였다. 특히 사모님이 집에 있을 때 걸려오는 여자의 전화는 더욱 냉정하게 받는 것 같았다.

회장님이 출장인지 여행인지 일주일 이상이나 집을 비웠을 때 사모님은 우연히 회장님의 옷장 안을 살펴보다가 깊숙이 감추어 둔 가방보따리를 발견하고 꺼내서 열어 본 일이 있었다. 그것은 20여 권에 달하는 일기와 편지들이었다. 연도로 보아서 대학시절과 직장 생활하는 기간이었는데 글씨가 난필에 가깝고 영어인지 독일어인지 꼬부랑글씨와 한자(漢字)투성이인 데다 일본어의 가나(假名)까지 섞여 있어서 읽을 마음이 나지 않았다. 그러나 무엇 때문에 이런 것을 이렇게 깊이 감추어 두었을까 하는 궁금증 때문에 그대로 둘 수가 없었다. 그래서 이것저것 들쳐보기 시작하였다.

회장님의 일기는 맨 독서하고 남에게 들은 이야기들인 것 같았다. 책이름 저자이름 내용요약과 좋은 글귀 따위가 많아서 굳이 일기라고 보기도 어려운 것이었다. 사모님은 흥미도 없어지고 호기심도 사라지는 것 같았다. 그렇지만 나이 30이 넘도록 여자들을 사귀지도 않고 아무 일도 없이 지내 온 것으로 볼 수는 없다는 생각이 어렴풋이 떠올랐다.

그리고 일기의 어느 구석에서 반드시 꼬리를 잡을 만한 단서가 나타날 것만 같아서 아주 덮어두기는 어려웠다. 사모님은 일단 일기가 담긴 가방보따리를 한쪽으로 밀어두고 시간 나는 대로 보기로 하였다. 마치 수사관이 어떤 피의자의 혐의사실을 입증하기 위하여 증거를 잡아내려는 것과 같았다.

이튿날 사모님은 다시 회장님의 일기를 훑어보기 시작하였다.

"J가 또 노래를 보내왔다. 먼저 보내온 것들, '동심초' '저 구름 흘러가는 곳' '숨어 우는 바람소리' 와는 달리 중국 노래를 보내오기는 처음이다. 노래의 제목은 '무망아' (毋忘我)다. 흔히 말하는 '물망초' 인데 중국어로는 '우왕워' 란다."

사모님은 여기서 시선을 멈추고 꼼꼼히 따져 보고 싶었다. 도대체

J 라는 사람은 누구인지, 왜 이름을 밝히지 않고 J 라고만 했는지, J는 틀림없이 여자인데 어떤 사이인지, 만일 평범한 사이가 아니고 아주 가까운 사이라면 어느 정도나 가까운 사이인지 궁금한 마음이 생겼다. 사모님은 우선 '숨어 우는 바람소리' 와 '무망아' 라는 노래의 가사가 무엇인지 알고 싶었다. 혹시 일기의 어느 구석에 가사가 있지 않을까 하여 뒤적여 보아도 소용이 없었다. 사모님은 평소에 노래를 좋아하는 친구에게 전화를 걸었다.

"여보세요?"

"예, 어디시죠?"

"내 목소리 모르겠어?"

"응, 그래. 선영이? 어쩐 일야? 요즘 전화도 잘 안 걸더니."

"응, 그렇게 됐어. 잘 있었지? 무어 한 가지 물어 볼려구."

"무언데?"

"넌 노래를 좋아하고 많이 알잖아? 그 저 '숨어 우는 바람소리' 라는 노래 알아?"

"음, 알지. 그거 여러 사람이 부르는 노랜데 곡도 좋고 가사도 좋지. 노래 좀 부른다는 사람들은 대개 알고 있는 거야. 그런데 왜? 노래에 관심이 생겼어?"

사모님의 친구는 목소리가 높아지고 의기양양하였다. 마치 노래를 잘 못 부르는 사모님 앞에서 기가 살아서 콧대가 높아진 것 같았다.

"그 노래 가사 좀 알 수 있어?"

"글쎄. 잘 외우지는 못하는데."

"한 번 외워 봐. 노래를 부르던지."

수화기에서는 노래가 흘러나오기 시작하였다. 사모님은 필기도구를 준비하여 열심히 받아쓰기 시작하였다.

"갈대밭이 보이는 언덕/ 통나무집 창가에/ 길 떠난 소녀같이/ 하얗게 밤을 새우네……."

노래는 계속되었다. 가만히 들어보니 회장님이 이따금 반복하여 부르던 노래였다. 그리고 회장님이 그 노래를 자주 부르게 된 데는 곡절이 있었다는 것을 깨닫게 되었다. 틀림없이 그 여자와 관련이 있는 것이었다.

"다 적었어? 뒤에 넉 줄은 반복되는 거고."

"응, 대강 적었어. 고마워."

"그런데 도대체 그 노래는 왜 알려고 그러는데?"

"그저."

"참 이상하네. 왜 갑자기 노래에 관심이 생긴 거지? 그 노래하고 무슨 사연이 있는 거야?"

"아냐. 그저 한 번 들어본 건데 재미있는 것 같아서."

"재밌다기보다는 실연당한 사람 노래 같잖아?"

"그래, 또 전화할게. 안녕!"

사모님이 생각해 보아도 실연당한 사람이 부르기 좋아하는 노래 같았다. 그러면 J라는 여자가 실연을 당하고 나서 자기의 심정을 노래로 보낸 것인가.

　그건 그렇고 또 '우왕워' 라는 노래는 어떤 내용인가 확인하고 싶었다. 그러나 그것은 중국 노래라니 알아보기가 쉽지 않았다. 사모님은 며칠을 두고 누구에게 알아볼까 궁리하다가 시간을 다 보내고 말았다.

　도대체 '나를 잊지 말라' 니 그 가사는 무엇일까. 여자가 자기를 잊지 말라고 남자에게 호소하는 것인데. 궁금하였다. 그리하여 자존심은 상하지만 혹시나 하고 다시 친구에게 전화를 걸었다.

　"혹시 '우왕워' 라는 노래 알아?"

　"'우왕워' ? 그게 무어지? 금시초문이네."

　"중국 노래인데 중국 노래는 잘 모르나?"

　"내가 중국 노래를 어떻게 알아? '해는 서산에 지고' 라는 노래는 아는데 그건 중국 노래를 한국어로 번역한 거지."

　"가사는 어떻게 되는 거야?"

　"해는 서산에 지고/ 쓸쓸한 바람 부네. 날리는 오동잎/ 가을은 깊었네. 꿈은 사라지고/ 바람에 날리는 낙엽. 내 생명 오동잎 닮았네. 모진 바람 어이 견디리. 지는 해 잡을 길 없으니/ 인생은 허무한 나그네. 봄이 오면 꽃 피는데/ 영원히 나는 가네."

　"슬픈 노래구먼."

　"슬픈 노래지. 제목은 '스잔나' 인데 홍콩 영화 주제가래. 리칭(李菁)이라는 여주인공이 이 노래를 불렀는데 실지로 리칭이 일찍 죽었대. 슬픈 노래 자주 부르면 안 좋다는 말이 있어. 미신이지만."

　"알았어. 고마워."

‘우왕워’ 에 대한 궁금증은 좀처럼 풀리지 않았다. 그로부터 몇 주일이 지났다. 사모님은 결국 회장님에게 넌지시 물어보기로 하였다.

“중국어로 ‘우왕워’ 라는 말이 뭐지요?”

“나를 잊지 말라는 말이지 뭐요?”

“그래 어떤 때 그런 말을 사용하는 거지요?”

“글쎄요?”

“왜 하필이면 ‘잊지 말라’ 지요?”

“아, 그건 우리나라의 ‘물망초’ 를 가리키는 말이지요. 영어로 ‘포겟미낫’ (forget-me-not)이라는 꽃 있잖아요?”

“있지요. 그런데 꽃말은 무언지 알아요?”

“글쎄요. 꽃말도 ‘나를 잊지 마세요’ 겠지요. 어떤 남자가 여자를 위하여 아주 위험한 벼랑에 피어 있는 꽃을 꺾어 주고 떨어져서 물에 빠졌는데 나오질 못하고 죽으면서 ‘나를 잊지 말아요’ 라고 했대요. 여자는 그 남자를 잊지 못하고 일생동안 그 꽃을 몸에 지니고 살았다는 거지요. 사실인지 아닌지는 알 수 없지만.”

“그러면 남자가 여자한테 하는 말이네요. 그런데 여자가 남자한테도 할 수 있는 말인가요?”

“물론 할 수 있겠지요. 서로서로 할 수 있는 말이지요.”

“그런데 당신도 여자에게 그런 말을 들어본 일이 있나요?”

“글쎄요. 없는 것 같은데. 만일 있다면 그 여자는 이 세상 사람이 아니겠지요.”

“어째서지요?”

“죽을 때 한 말이니까.”

“그러면 죽을 때가 아니면 할 수 없단 말이지요?”

“글쎄요. 전설에 비춰보면 그렇다는 거지요. 당초의 뜻과는 다르게 쓰이는 말이 많으니까 상관은 없겠지요. 그런데 왜 그리 꼬치꼬치 캐묻지요? 이상하게.”

“그런데 ‘우왕워’라는 노래도 있다면서요?”

“있지요. 그 노래를 당신이 안단 말이오?”

“아는 것이 아니라 노래가 있다는 말만 들은 것 같아요. 그 가사가 어떻게 되지요?”

“우왕워 우왕워/ 제이 유칭디 우왕워. 차이란디 옌서/ 유칭디 쯔타이/ 자나 챠오니 이양 챠오스……”

“그래 그 내용이 무어지요? 사랑을 고백하는 거지요? 여자가 남자에게.”

“글쎄? 그런 것 같진 않은데.”

“그럼 무어라는 거요? 확실히 말해 봐요.”

“그러니까 ‘물망초’를 예찬한다고 할까? 항상 곁에 있겠다는 뜻도 있고요.”

“항상 곁에 있겠다는 것이 바로 사랑을 고백하는 거 아니고 무어지요?”

“글쎄요. 그것도 그럴듯하네요.”

“그 노래는 어떻게 알지요?”

“중국어를 배우다 보면 중국 노래도 자연히 배우게 되는 거지……."

"어떤 여자한테 배운 게 아니고?"

"어떤 여자라니? 중국어학원 여선생님 말이오?"

"중국어학원 말고요."

"주민센터에서 중국어를 좀 배우긴 하였지만 '우왕워'는 내가 옛날에 녹음테이프를 들으면서 배운 거요."

"그럼 J라는 여자한테 배운 게 아니란 말이지요?"

"J? 그게 누군데?"

"모르면 그만두세요. 싹 잡아뗀다고 내가 모를 줄 알고?"

"잡아뗴긴 내가 뭘 잡아뗀다는 거요?"

"됐어요. 알았어요. 옛날 일은 잊어버릴 수도 있으니까."

"……?"

회장님이 이따금 'J에게'라는 노래를 부르는 것도 이상하게 생각되었다. 암커나 사모님은 좀 더 확실한 증거를 확보하고 이야기하는 것이 좋겠다고 판단하여 이야기를 중단하고 말았다. 일기의 내용으로 보아서 틀림없이 무언가 구린 데가 있긴 있는데 확실한 근거를 잡기는 힘들다고 생각되었다. 근거 없이 섣불리 이야기를 꺼냈다가 반격을 당하고 마는 것보다는 확실한 근거를 가지고 투쟁(?)을 시작해야 할 것 같아서 일단 참기로 하였다.

"그만 식사나 하세요. 벌써 일곱 시가 다 되었네요."

"그럽시다. 그런데 당신 이야기가 좀 이상하게 느껴지네요. 왜 갑자기 '우왕워'를 가지고 대어드는지 모르겠네요."

"대어들긴 누가 대어들어요?"

"그게 대어드는 거 아닌가요? 말투로 보나 표정으로 보나."

"그렇게 억지를 쓰지 말아요. 양심이 있다면?"

"양심? 양심이라니? 왜 또 갑자기 양심을 들고 나오지요?"

"……."

사모님은 얼떨결에 양심이라는 말을 내뱉고 나서 후회가 되었다. 언쟁이 벌어질 가능성이 큰 것이었다. 그래서 또 작전상 후퇴를 택하기로 하였다. 일단 입을 다물었다. 회장님은 비교적 말이 많은 편이었다. 한 마디도 사모님에게 지고 마는 것이 아니었다. 할 말은 다 하고 마는 성미였다.

회장님은 일찍이 사춘기부터 또래의 여자아이들을 보면 호기심이 생기고 안 보면 보고 싶기도 하고 어떤 때는 연애편지를 쓰고 싶었다. 그리고 또래들이 모이기만 하면 맨 여자들 이야기만 하곤 하였다. 누구는 얼굴이 어떻고 성미가 어떻고…….

그리고 고등학교 시절엔 실지로 여학생에게 편지를 써서 인편으로 보냈다. 그것이 소문이 나서 이야깃거리가 되기도 하였다. 그 후에도 회장님의 주변에는 여자들이 많았다. 그러나 여자들과 교제하고 시간을 보낼 처지가 아니었다.

낮에는 일하고 밤에는 공부하는 고달픈 시절이 계속되었다. 어떤 여자는 회장님에게 호감을 가지고 접근하기도 하였다. 그러나 회장님은 거의 눈을 돌리지 않았다. 그래서 어떤 여자들은 회장님을 '공상가' '몽상가' '이상주의자' 라고 수군대기도 하였다. 자신의 현실은 생각지 않고 너무 높은 눈으로 이성을 선택하려 한다는 것이었다.

회장님은 실지로 이상주의적인 차원에 있었다. 세속적인 사랑이 아니라 좀 더 차원 높은 사랑을 갈망하였다. 우선 인간적으로 아름답고 물질에 얽매이지 않고 정신적으로 어떤 높은 경지에서 사랑이 주고받아져야 한다고 생각하였다.

여자들을 대할 때도 지성적인 대화를 좋아하였고 상대방에서 비지성적인 면이 보이면 대화를 기피하게 되었다. 그는 지성적으로 동반자가 될 수 없는 여자는 대화의 상대가 되기 어렵다고 생각하였다. 연애는 대화의 상대자를 만나서 대화하는 것이라고 생각하였다.

회장님이 친구들보다 10년이나 결혼을 늦게 하게 된 것은 원하는 직업을 확고히 갖지 못하고 경제적으로 자립하지 못한 것이 절대적인 이유이기도 하지만 이상적인 여자를 만나지 못한 것도 중요한 이유가 되었다. 평생을 함께 살 사람인데 대화가 잘 되지 않는다면 얼마나 따분하고 무미건조한 가정이겠는가 생각하였다. 그래서 뒤늦게나마 결혼을 위하여 몇몇 여자들을 만나보았지만 좀처럼 마음이 움직이지 않았다. 그래서 현실과 타협하고 타협한 끝에 지금의 사모님을 만나게 된 것이었다.

그런데 회장님과는 달리 사모님은 당초부터 남자는 남자요 여자는 여자라고 알고, 생각이나 관심사나 매사가 다를 수밖에 없다고 생각하였다. 그저 남들이 모두 결혼하니까 자기도 결혼하고 남들이 아이를 낳아서 귀여워하듯 자기도 아이를 낳아서 귀여워하는 것이 당연하다는 정도로 가볍게 생각하였지만 그래도 적당한 상대자를 만나기는 쉬운 것이 아니었다.

사모님은 회장님의 비밀에 대하여 아무리 궁리하면서 도전을 시도해 보아도 도무지 뾰족한 단서를 잡을 수가 없었다. 세월이 흐른 탓이라고 생각되었다. 회장님의 일기를 진작 보고 캐들어 갔으면 모르는 일인데 너무나 늦은 것이었다. 잠정적으로 입을 다물고 있다가 다시 전략을 짜 가지고 시작해야 할 것 같았다.

사모님은 며칠이 지나자 회장님의 일기에 대한 관심이 거의 사라지고 말았다. 잠깐의 대화에서도 도무지 회장님을 의심할 만한 근거가 발견되지 않은 것이다. 교회 일만 해도 그렇고 이것저것 관심이 분산되었다. 그리고 '수면자효과' 가 나타나는 것도 같았다. 수면이란 인간의 생각이나 감정을 많이 변화시키는 것이다. 어제까지 증오의 대상이었던 사람도 잠을 자고 나면 그에 대한 증오심이 없어진다는 현상이다.

그런데 어떤 심리학자는 수면자효과(sleeper effect)라는 것을 학문적으로 주장하였다고도 한다. 어떤 정보를 들었을 때 처음에는 근거가 희박하여 믿을 수 없었던 것도 시간이 지나면 출처에 관계없이 메시지만 남아서 그 확실하지 않은 것을 신뢰하게 된다는 것이었다. 사모님은 근거 없는 사실을 수면자효과에 의하여 믿게 되었던 것이 아닌가 싶었다. 회장님의 일기를 볼 때 어떤 선입견을 가지고 보았고 거기서 일어난 의심이 수면자효과에 의하여 믿게 되었다면 당연히 그 허황된 믿음에서 벗어나야 할 것이었다.

사모님은 언젠가 일본의 소설가 미우라아야코가 쓴 〈양치는 언덕〉(羊丘)을 생각하였다. 결혼하자마자 바람을 피우고 폐결핵으로 폐인이 된 남편에 대한 증오심을 버리고 용서하게 된 이야기가 줄거리였다.

아야코는 독실한 기독교신자였다. 그는 질병을 통하여 하느님의 사랑을 깨닫고 능력을 발휘하였다는 것이었다. 그는 불교와 신도(神道)가 모든 일본인의 사고를 지배하는 환경에서 기독교에 집착하는 것은 불리하다는 충고를 들었지만, 그런 충고를 물리치고 기독교에 집착한 것은 바로 하느님의 거룩한 뜻과 사랑에 대한 확신 때문이었다고 한다. 〈양치는 언덕〉도 하느님의 사랑과 용서에 대한 확신에서 탄생한 작품이었다고 믿었다.

17

잡념(雜念)

회장님은 외국인들을 좋아하는지 싫어하는지 잘 알 수가 없다. 겉으로 보기에 영어를 제법 할 줄 알고, 중국어도 하고, 일본어도 잘 하는 것 같지만 그렇다고 그 외국인들을 좋아하는지는 알 수가 없다.

그런데 일본 사람들을 좋아하지 않는 것은 분명한 것 같다. 왜냐하면 회장님은 어렸을 때부터 초등학교에 다니면서 일본인 선생님들을 보았고 일본인 관리들을 보았는데 별로 호감을 갖지 못하였기 때문이다. 선생님들은 학교에서 학생들을 쥐 잡듯 하였다. 따귀를 때리고, 종아리를 때리고, 몇 시간씩 무릎을 꿇고 앉아 손을 쳐들고 서 있게 하는 것은 다반사였다.

가만히 생각해 보면 일본인 선생님은 한두 사람밖에 안 되고 나머지는 모두 한국인 선생님들인데도 모두 일본어만 쓰고, 교과서도 일본어로만 되어 있고, 날마다 '다이닛뽕데이코쿠'(대일본제국)를 수없이 지껄이다 보니 모두가 일본 사람같이 느끼고 '조선사람'이라는 생각이 들지 않은 것 같다. 교과서에서 배우는 것은 모두 일본에 관한 것이었다. 그 때 '국어'(國語)라는 것은 당연히 일본어였고 '국어 상용'(國語常用)이 강요되었다. 혹시 실수로 조선어(한국어)를 한 마디라도 하면 처벌을 받게 되어 있었다.

그래도 회장님은 일본인들을 별로 싫어하거나 악독한 사람들이라고 생각하지는 않았고 그들의 교육이나 행동은 당연한 것으로 알았다. 그런데 1945년에 광복(해방)이 되고 나서 비로소 일본이라는 나라가 한국을 강제로 점령하고 통치하였다는 것을 알았다. 1941년에 태평양전쟁을 일으키고 여러 가지 곡식을 빼앗아가고, 목화도 빼앗아가고, 가마니를 공출하게 하고, 젊은이들을 군대로 보내서 죽게 하고, 징용으로 끌고 가서 죽게 하고, 처녀들을 속여서 종군위안부로 끌어 간 것을 알게 되었다.

회장님은 중학교에 들어가서 일본인들이 얼마나 악독한 인간들인지 더욱 잘 알게 되었다. 일본인들은 그들이 주장하던 정한론(征韓論)을 실현하였으며 아시아의 평화를 완전히 파괴하였다는 것이다.

일본의 포악한 정치에 불평하거나 저항하는 한국인들을 잡아다가 매질하고 징역살이를 시키고, 만주를 점령하여 '만주국'이라는 허수아비국가(정부)를 세워 놓기도 하고, 중국의 여러 지역을 점령하고 살륙행위를 감행하였다. 회장님은 1993년 이후로 중국을 여기저기 여행하던 끝에 한 번은 난징(南京)이라는 곳에 가본 일이 있었다. 거기에는 '남경대도살기념관'(南京大屠殺記念館)이라는 것이 있는데 죽은 사람의 팔 다리 뼈와 두개골이 엄청나게 쌓여 있었다. 일본인들이 1937년 12월 13일 난징을 점령하면서 민간인 30만 명을 생매장하거나 총칼로 잔인하게 학살한 증거라는 것이다. 어떤 일본인들은 2~4만 명밖에 죽이지 않았다고 하지만 그것은 거짓으로 보였다. 어떤 극우파 일본인은 아예 그런 일이 없다고 완전히 잡아떼기도 한단다.

일본인들은 자기네가 저지른 잘못을 솔직하게 인정하지도 않고 사과도 하지 않는 것 같다. 독일의 히틀러정권이 저지른 죄악을 사과하는 것과는 너무나 판이하게 다르다고 한다. '관동대진재'(關東大震災)라고 부르는 사건 때도 조선인(한국인)이 우물에 독약을 풀어서 일본인들을 죽이려 한다는 낭설을 고의로 퍼뜨려서 조센징(조선인)들을 닥치는 대로 죽창으로 찔러 죽였다고 하는데, 일본의 기쿠지캉(菊池寬)이라는 소설가가 쓴 작품집에도 그 이야기가 나온다고 한다.

회장님은 고미카와준페이(五味川純平)라는 일본인 작가가 쓴 〈인간조건〉이라는 소설을 읽으며 일본인의 잔인성을 더욱 실감하였다. 죄 없는 중국인들을 마구 잡아다가 노호령(老虎嶺) 광산에서 전류가 흐르는 철조망 안에 감금하고 강제노역을 시키고, 중국인 여교사를 붙잡아다가 운동장에서 참혹하게 죽이는 광경은 차마 사람의 눈으로는 볼 수도 없고 사람의 입으로는 말할 수도 없는 광경이었다.

회장님은 전쟁을 증오하는 사람이었다. 태평양전쟁 때는 일본인들의 무자비한 착취를 보면서 자랐고, 문학과 역사를 통하여 일본인의 잔악성을 많이 알고 있었다. 특히 1950년, 한국에서 일어난 6.25 사변을 겪으면서 전쟁의 참상을 더욱 실감하였다. 당시 남한에서는 군인으로 자원입대한 사람들이 많았지만 전쟁이 갑자기 일어나자 가두모병을 실시하고, 노인들이나 어린 소년들이 피란생활을 하게 되고, 산업시설과 주택과 사회간접시설이 너무나 많이 파괴되었고, 남북한을 합하여 적어도 3백만 명 이상이나 사망하는가 하면 질병으로 고생하다 죽고 다치고 굶주렸다는 것을 알고 있었다.

당시 한국 사람들은 형제나 친인척끼리도 남한과 북한에 각각 헤어져 살고 있었고 남한 출신 청년들이 의용군으로 북한군에 흡수되었기 때문에 형제간이나 부자간의 살인극이나 마찬가지였다고 한다. 갑자기 공격을 당한 남한은 낙동강전선까지 후퇴하고 점령을 당하였으나 유엔군(국제연합군)의 도움으로 대반격이 이루어져서 북한의 대부분을 점령하였다가 다시 중공군(中共軍)의 개입으로 남한의 중부지역까지 후퇴하였다가 또다시 유엔군이 북진하여 전쟁은 3년 이상이나 계속된 끝에 가까스로 정전이 되었다.

이 때 인명피해와 경제적 피해는 너무나 심각하였고 일본은 반사이익으로 경제대국이 되는 호기를 맞이하게 되었다. 일본인들은 한국의 6.25사변을 공공연히 즐거워하는 것처럼 보였다. 그들은 유엔군의 군수조달을 담당하기도 하고 초토화된 한국의 경제를 이용하여 자기들의 경제적 이익을 극대화하였다. 한국 사람들은 일본의 전자제품을 비롯하여 모든 상품을 소비하는 중요한 고객으로 변신하였다.

그리고 회장님은 전쟁이 일어나면 잘 살고 권력 있는 사람들이 죽는 것이 아니라 못 살고 힘없는 사람들이 죽는다는 것도 알게 되었다. 그래서 전쟁만은 절대로 일어나서는 안 되며 전쟁을 일으키는 것보다 더 큰 죄악은 없다고 생각하게 되었다. 그래서 전쟁을 일으켰던 일본을 더욱 증오하는 것이었다.

그런데 회장님은 일본인이 쓴 일본소설을 통하여 일본인의 잔악성을 알기만 한 것은 아니었다. 그런 잔악성을 폭로하는 작가가 일본에 있다는 것이 충격적이었다. 일본인 가운데는 일본인의 명예를 추락케 하는 잔악성을 폭로하는 의로운 사람들도 있다는 것이 신기하였다. 그런 사람들이 쓴 소설은 엄청나게 팔렸고 영화로 제작되어 크게 흥행하였다는 것이다. 그리고 아무리 일본의 정치인들이 옛날의 군국주의를 다시 살리고 군국주의 국가로 돌아가려고 하여도 그것을 반대하는 사람들이 있다는 사실을 도외시할 수는 없었다.

회장님은 어느 날 신문을 유심히 들여다보았다. '94세 일(日) 참전군인 "재무장 막겠다" 장례비로 출마' 라는 제목으로 쓴 기사였다. 일본 사이타마현(埼玉縣)에서 중의원 의원으로 출마한 카와지마 료키치(川島良吉)라는 후보자는 일본의 자민당에서 전쟁을 금지한 평화헌법(제9조)을 개정하여 재무장하려는 것을 막기 위한 것이란다. 그는 중일전쟁이 일어난 1937년 19세에 징집되어 7년 동안 중국에서 전투하였으며, 일본의 평화헌법은 당시 전쟁으로 죽은 일본인 30만 명의 희생으로 만들어진 것이라고 말한다는 것이다.

회장님은 카와지마 같은 양심적인 일본인이 일본의 국가적 체면을 회복케 하는 사람들이라고 생각되었다. 그러나 일본인들이 한국의 독도(獨島)에 관하여 영유권을 주장하는 데 대하여는 말이 없는 것이 유감이었다. 일본인들은 엄연한 한국의 영토를 '타케시마'라고 부르고, 시마네현(島根縣)에 속하는 일본 영토라고 주장해 오면서 '타케시마의 날'을 현(縣)단위로 제정하여 행사하다가 앞으로는 국가의 단위로 행사한다는 것이었다.

그런데 일본에도 독도가 결코 일본의 영토가 아니며 한국의 영토라는 것을 주장한 학자가 있는데 회장님은 그것을 잘 몰랐다가 그 일본학자가 사망하고 나서야 비로소 알게 된 것 같다.

그 일본인 학자는 2012년 12월 16일 타계한 시마네대학(島根大學) 명예교수 나이토세이츄(內藤正中)인데 그를 비롯하여 5～6명의 학자들이 신문에 소개됨으로써 비로소 알게 되었다. 그들은 '국익보다 진실 편에 섰다'고 한국의 일간신문은 보도하였다. 신문기사에서 말하는 국익은 말할 것도 없이 일본의 국익이다. 그 국익은 정당한 국익이 아니고 근거도 없고 논리도 용납되지 않는 국익이다. 근거가 있고 논리도 성립된다면 무엇 때문에 국익을 버리겠는가. 그들 일본인 학자들은 학문적으로 독도에 접근하고 양심과 진실에 따라 자신의 소신을 밝힌 것이다. 회장님은 그 일본학자들을 어떻게 생각하는지 잘 알 수가 없다.

언젠가 회장님은, 일본에는 한반도를 거쳐서 건너간 사람들과 동남아에서 도래(渡來)한 사람들과 중국대륙에서 직접 건너간 사람들과 북태평양 쪽에서 건너간 사람들이 모여 살면서 야마토(大和 : 대화

왜)라는 국가를 성립케 하였고, 그 일본문화는 고구려 백제 신라의 문화가 전해져서 크게 영향을 주었으며, 특히 임진왜란을 통하여 약탈해 간 문화적 유산이 중요하고, 일본인들의 학문은 백제의 왕인박사(王仁博士)와 조선의 강항(姜沆 : 이황의 문인)이 전한 한문과 성리학이 인문학의 기초를 이루었다는 것을 말하기도 하였다.

어디 그뿐인가. 임진왜란 때에 납치되어 간 심수관(沈壽官)이 일본의 도자기를 세계적인 수준으로 발전시키지 않았던가. 심수관 23세가 한국에 와서 강연할 때 회장님은 감동을 받았고, 고려궁사(高麗宮司)가 강연할 때도 대단한 감동을 받았다고 한다.

그런데도 회장님은 독도에 관한 신문기사를 보고나서 '그저 그런가 보다' 라는 태도 이상을 보이지는 않았다. 웬만하면 독도를 주제로 글을 쓰거나 이 사람 저 사람에게 전화를 걸거나 전자우편으로 알려줄 만한 것이 아닌가. 만일 회장님이 독도에 관심을 가지고 있다면 말이다.

회장님은 벌써 50년 전에 독도를 가보았다고 한다. 당시는 포항에서 이틀에 한 번씩 울릉도행 여객선이 취항하였고, 울릉도에서는 15~20일에 한 번씩 독도경비대(해양경찰대)가 근무를 교대하기 위하여 독도로 가기 때문에 그 해양경비정에 편승하였던 것이다.

회장님은 신문을 보다가 말고 한 쪽 지면을 손으로 찢어내었다. 신문에는 이병선 부산대 명예교수라는 분의 사진이 나타났다. 그는 한국의 독도를 일본영토라고 주장하는 일본인들에게 "독도의 영유권문제" 라는 논문과 함께 여러 가지 객관적 자료를 우편물로 보낸다는 것이었다. 그가 보낸 자료는 일본의 정치계, 학계, 교육계를 총 망라하여 2012년만 해도 2,400여 부의 논문을 보냈다고 하니 대단한 일이었다.

회장님이 신문기사를 특별히 모아서 읽는 것은 좋은 일로 보였다. 그러나 이병선 교수의 1,000분의 1도 10,000분의 1도 실천하지는 않 는 것 같다. 직접적으로 연구하지 않는다면 남의 연구를 돕거나 아 니면 적어도 우편물을 보내고 선전하는 사업만이라도 도울 방법을 생각해야 할 것이 아닌가. 머리로, 육체로, 물질로 어떤 방법이든지 도울 생각을 한다면 방법이 있을 것이지만 아직은 도울 생각조차 하 지 않는 것 같다. 앞으로 두고 볼 일이긴 하지만.

회장님은 다시 이 책 저 책을 뒤적이다가 시 한 편을 읽었다. 복효 근이 지은 〈누우떼가 강을 건너는 법〉이다.

건기가 닥쳐오자
풀밭을 찾아 수만 마리 누우떼가
강을 건너기 위해 강둑에 모여섰다

강에는 굶주린 악어떼가
누우들이 물에 뛰어들기를 기다리고 있었다

그때 나는 화면에서 보았다

발굽으로 강둑을 차던 몇 마리 누우가
저쪽 강둑이 아닌 악어를 향하여 강물에 몸을 잠그는 것을

악어가 강물을 피로 물들이며
누우를 찢어 포식하는 동안
누우떼는 강을 다 건넌다

누군가의 죽음에 빚진 자여, 그래서
누우들은 초식의 수도승처럼 누워서 자지 않고
혀로는 거친 풀을 뜯는가

언젠가 다시 강을 건널 때
그 중 몇 마리는 저쪽 강둑이 아닌
악어의 아가리쪽으로 발을 옮길지도 모른다

몇 마리 누우가 악어를 향하여 강물에 몸을 잠근다는 곳과 누군가
의 죽음에 빚진 자들이라는 곳에서 눈을 멈추는 것 같았다. 그리고
한참이나 생각에 잠겼다.

"세상에는 남을 위하여 목숨을 바치는 사람들이 많다. 우선 일본
의 침략을 물리치기 위하여 목숨을 바치고 재물을 바치고 가정을 바
친 독립운동가들이 얼마나 많은가. 하필이면 독립운동가들 뿐인가.
자유를 지키기 위하여 전쟁터에 나가서 청춘을 바치고 목숨을 바친

사람은 얼마나 많은가. 그들에게 빚진 자는 바로 누구인가. 바로 내가 아닌가. 그 동안 너무나 많은 빚을 지고 살아왔고 현재도 그렇게 살고 있지 않은가. 부모님에게 빚지고 형제자매에게 빚지고 모든 동기간과 이웃과 나라에 빚지고 살았다. 그러나 얼마나 그 빚을 갚으려고 힘썼는가. 아무것도 갚지 못한 것이 부끄럽기만 하구나……."

그런데 정말로 한두 마리의 누우가 다른 누우들을 안전하게 건너가도록 도와주기 위하여 스스로 악어에게 몸을 던졌을까 궁금한 일이다. 만일 그것이 사실이라면 누우는 온 세상에서 가장 의로운 동물에 속하는 것이 아닌가. 서로서로 협동하고 각자가 맡은 일을 충실히 수행하는 동물들이 많이 있긴 하지만…….

우리들 견공들은 어떤가. 견공들 가운데도 그런 견공이 있는가. 인간들을 위하여 목숨을 바친 충견의 이야기를 들어 본 일은 있긴 하지만 완전히 믿을 수는 없고 우리가 우리를 위하여 목숨을 바친 일이 있었는지 알 수가 없다.

회장님은 무리들을 위하여 스스로 희생하는 누우를 찬양하는 시를 읽으며 읽는 사람마다 다르게 느끼고 해석할 수 있다고 생각하였다. 누우가 누우를 위하여 희생하듯이 인간이 인간을 위하여 희생하는 것으로 그치지 않고, 악한 누우에게 선한 누우가 희생을 당하고, 악한 인간에게 선한 인간이 희생을 당하는 것도 생각할 수 있다는 것이다.

인간과 인간도 악어와 누우처럼 원수지간이 되기도 하고 먹고 먹히는 관계에 있을 수 있다는 것이다. 어떤 사람은 자본가와 근로자, 지도자와 국민들을 그런 관계로 보는 것 같다. 악어가 누우를 잡아먹는 것처럼 자본가나 지도자가 근로자와 국민을 착취하고 억압하고 때로는 잡아 죽인다는 것이다.

그러나 시인이 쓴 시는 의로운 누우를 찬양하고 빚진 누우의 경건한 자세를 노래한 것이지 그 이상으로 노래한 것은 아닌 것 같다.

나는 회장님의 생각이 궁금하였다. 회장님도 근로자를 고용하는 자본가를 가지고 누우를 잡아먹는 악어에 비유하고 있는지, 아니면 그것은 시인의 생각을 멀리 초월하여 심지어는 시인의 뜻을 왜곡하는 것으로 보는지.

근로자와 사용자(기업주)는 대체로 계약을 통하여 관계와 질서를 유지하면서 근로자는 사용자의 이익을 위하여 일하고 사용자는 근로자가 제공한 이익을 근로자에게 나누어준다. 여기서 문제되는 것은 근로자가 얼마나 좋은 조건에서 일하고 보수를 받느냐는 것이다. 근로조건이 열악하면 할수록 근로자는 착취와 억압을 받는 셈이고 근로조건이 좋으면 좋을수록 우대를 받는 셈이다.

그런데 문제는 사용자의 처지에서 보면 적당한 이윤이 있어야 근로자의 근로조건을 개선해 줄 수가 있고 새로운 기술적 향상과 개발이 가능하게 되고 경영의 합리화가 이루어진다. 그러니 기업의 이윤도 중요하고 분배도 중요한 것이다.

그런데 일부의 근로자가 기업의 성장이나 합리적 경영은 고려하지 않고 지나치게 분배를 요구하거나, 또는 기업주가 근로자의 근로조건은 고려하지 않고 기업의 이윤이나 성장만을 고집하면 근로자와 사용자는 누우와 악어의 관계로 변하는 것이다. 그리고 어떤 사람들은 무조건하고 누우의 저항에 손을 들어주거나 아니면 악어의 횡포에 손을 들어주기도 한다. 여기서 계급의식이라는 것이 싹트고 자라서 걸핏하면 갈등과 대립과 투쟁으로 발전한다.

그래서 사람을 평가하는 데도 공로와 과오를 동시에 보려 하지 않고 다만 한 면을 과대 포장하여 아군이 아니면 적군으로 치부하고 만다. 이른바 흑백논리가 지배하기 쉽다. 개발도상국에서 대변혁을 거치면서 흔히 볼 수 있는 현상이다. 개발도상국에서는 생산과 분배가 진퇴양난과 딜레마의 논리에서 대혼란을 빚기 쉽다.

그런데 한국사회에는 질서를 어기는 사건도 많고 흉악한 범죄도 많다. 폭력사건도 자주 일어나고 대규모 불법시위도 일어난다. 경찰은 불법시위를 진압하거나 단속하려다가 오히려 폭력을 당하여 부상자가 되는 수가 많다. 그리고 국가의 경제는 많이 발달하였다고 하더라도 가난한 사람들이 너무나 많다. 그래서 복지제도가 선거의 가장 중요한 쟁점이 된다. 젊은이들은 일자리가 없고, 노인들은 절반이 빈곤층이라고 한다.

선거에서는 보편적 복지와 선별적 복지가 대립하여 보편적 복지를 주장하는 20~30대가 선별적 복지를 지지하는 50~60대를 적대시한다. 젊은이들은 노인들이 나라를 망쳐 놓았으니 노인들의 지하철무임승차 복지를 박탈해야 하고, 그들에게 좌석을 양보하지 말아야 하고, 심지어는 노인들을 '죽여 버려야 한다'고까지 말한단다.

2030년대에는 '노인암살단'이 출현할지도 모른다는 말이 떠돌고 있을 지경이다.

그런데 우리 회장님은 그런 문제에 대하여 무슨 기준을 가지고 어떻게 판단하고 있는지 잘 알 수가 없다. 회장님은 값비싼 옷을 입거나 사치하는 것을 볼 수 없고 검소하게 살기는 하지만 생활에 곤란을 겪을 만큼 궁색한 편은 아닌 것 같다. 어떤 때 코트를 입고 모자를 쓰고 나가는 것을 보면 꽤 여유가 있어 보인다.

사모님에게 가난한 사람들을 동정하는 이야기를 자주 꺼낼 때 보면 일종의 '강남좌파'나 '샴페인레프트'에 가깝게 보인다. 말로는 가난한 사람들 편에 들면서 실지로는 호의호식을 누리는 사람인 것도 같다. 그는 자신의 판단이나 신념을 과감하게 실천하지 못하는 일종의 비겁자로 보인다.

그것은 그렇다 치고 인간세계는 너무나 복잡하고 내 나라 네 나라가 없고 동서양이 없을 정도로 교류하여 '세계화'니 '지구촌'이라는 말을 하면서 인간들은 모두 섞여서 사는 것 같다. 회장님은 걸핏하면 영어나 일본어나 중국어를 아는 체하고 인터넷에서 영어를 듣곤 한다. 영어나 서양에 정신을 빼앗긴 것은 아닌지 의심스러울 때가 많다. 그러면서도 외국인(서양사람)을 집으로 데리고 오는 것은 본일이 없다. 아주 가까이 사귀는 외국인은 없는 모양이다.

회장님은 외국인 혐오증(제노포비아)에 사로잡힌 사람들을 좋아하지 않는 것 같다. 길에서나 어떤 모임에서 외국인을 만나면 먼저 호의를 보이고 가까이 하는 것 같다. 아파트 주변에 있는 상가에서 외국인을 보아도 먼저 웃음을 보이고 말을 걸기도 한다. 그러나 그는 영어와 중국어와 일본어 밖에는 모르기 때문에 나머지 외국인에게는 상대하기가 힘들 것이다.

그렇지만 그는 외국어 때문에 외국인을 상대하기가 어렵다는 것을 심각하게 느끼지는 않는 것 같다. 웬만하면 그 짧은 영어로 통할 수 있다고 생각한다. 그러나 나 같은 견공이 생각하여도 그것은 모자라는 생각이다. 온 세계에 200개도 넘는 많은 나라들이 있고 수천 개의 언어가 있다고 하는데 어떻게 영어 몇 마디로 통할 수가 있단 말인가. 회장님의 외국어 실력은 아직 멀기만 한 것이다. 완전히 낙제점수다. 좀 미안한 말이긴 하지만.

한국인들은 왜놈, 쪽발이, 되놈, 짱꼴라, 오랑캐, 양코박이, 흰둥이, 검둥이라는 말을 이따금 쓰는데 그 말들이 모두 외국인들을 멸시하고 낮추어서 하는 말이라고 한다. 그런데 회장님도 그런 사람들이 쓰는 말을 쓸 것 같고 또 외국인들을 별로 존경하는 것을 보기 어렵다.

실지로 한국 사람들은 외국인들보다 더 나을 것도 없고, 특히 서양 사람들에게 많이 배우고 서양으로 여행도 많이 가면서도 감정적으로는 그렇단 말이다. 그러니 한국인들의 진심을 잘 알 수가 없다. 회장님도 서양을 여행하고 서양의 선교사들이나 미국의 평화봉사단원과도 자주 만났고, 서양에 대하여 공부도 한 것 같지만 그 본심은 알 수가 없다.

요즘 가만히 보면 외국학자들의 글을 많이 읽는 것 같지도 않고 외국인들과 아주 친근하게 사귀는 것 같지도 않다. 아무튼 회장님은 어떤 생각을 가지고 살고 있는지, 말하자면 그의 가치관이나 세계관이나 인생철학이 무엇인지 잘 알 수 없는 인간이다. 심지어는 시국을 어떻게 바라보고 있는지도 잘 알 수가 없다.

어떤 때 보면 회장님은 서양 사람이나 서양 문명에 대하여 호감을 갖는 것 같다. 그들을 위대하게 보는 것 같다. 철학이나 과학이 발달하고, 정치고 경제고 종교고 교육이고 모두 한국보다 앞서고 동양보다 앞선 나라들이라고 생각하였다. 그들의 제국주의에 대하여는 잘 모르고 있었다. 뒤늦게 알긴 하였지만 서양 문명을 직접적으로 체험하지 못하고 다만 일본제국주의만 접촉하였고 공산군의 침략전쟁만 어렴풋이 체험하게 된 것이다.

그는 한국인이면서 한국문화에 대하여 특별히 공부한 것이 없는 것 같다. 어려서는 일본교육을 받다가 차츰 철이 들면서는 서양에 관심을 가지게 되고 옷도 한복을 입지 않고 양복을 입었다. 성인이 되어 사회활동을 하면서도 양복만 입고 명절이 돌아와도 집에서 한복을 자주 입지 않았다.

그는 환갑이 지나서 중고품의류를 판매하는 알뜰시장에 가서 양복을 여러 차례 사들였다. 그래서 그의 옷은 벽장을 가득 메우고도 옷걸이에 가득하게 매달리고 그래도 남아서 침대모서리에 걸쳐 놓고 그래도 남아서 더러는 공동주택 1층 계단 밑에 놓여 있는 의류수집함에 가져다 넣었다.

회장님은 며칠 전에 외출하였다가 돌아오다가 아파트 쓰레기 집합소에서 사무용 가방을 발견하였다. 두 개 가운데 하나는 아직 쓸 만하게 보였다. 만지작거려 보니 썩 마음에 들지는 않지만 은근히 욕심이 생겼다. 경비실 양 선생에게 물어보니 누군가 가져가면 좋고 그렇지 않으면 자기가 어떻게 처리해야 한다는 것이었다.

그는 집으로 돌아와 버릴 만한 가방을 살펴보고 밖에서 하나는 가져오고 세 개는 버리기로 하였다. 혼자서 판단하지 못하고 사모님과 의논하여 결단을 내리기로 하였다. 세 개를 버리고 하나를 가져온다니 우선 두 개가 줄어드는 셈이어서 그런지 사모님이 직접 나가서 버리고 가져온다고 하였다. 가져온 것을 보니 버린 것이나 비슷한데 낡기는 하였지만 새로운 스타일이었다. 걸레로 잘 닦아 보았으나 품평하기가 어려웠다.

꼬부랑글씨가 보였다. ‘DELSEY’ ‘Made in France’ ‘Paris’ 따위였다. 미국 것으로 짐작한 것이 헛다리를 짚은 것이었다. 왜 하필이면 미국을 생각하였는지 모르겠다. 미국숭배자가 된 모양이다. 그러나 프랑스가 미국만 못한 나라도 아닌 것 같고 어떤 점에서는 미국보다 훌륭한 문화국가라고 생각되어 불평할 이유가 없었다.

40년 전에 프랑스를 여행하면서 경탄한 기억이 떠올랐다. 잠금장치가 궁금하여 자세히 보니 비밀번호가 9-1이었다. 열쇠구멍 왼쪽이 ‘9’이고 오른쪽이 ‘1’이었다. 처음 보는 구조였다. 외면이나 내면이나 낡은 표가 역력하나 애착심을 가지고 걸레로 청소하고 햇볕이 들어오는 거실 양지쪽에 놓아서 볕을 쏘이게 하였다.

그런데 그 가방은 아마도 18층에서 버린 것 같았다. 18층에는 얼마 전부터 젊은 음악가가 와서 살고 있는데 그는 유럽으로, 미국으로 여러 해 동안 나가서 공부도 하고 활동하면서 살다가 한국으로 돌아온 모양이다. 하지만 반드시 그 음악가의 것으로 단정할 수는 없다. 7층 8층 11층 14층 15층 할 것 없이 외국에서 공부도 하고 살기도 하고 활동하다가 돌아오고, 또 나가고 하는 사람들이 여럿이기 때문이다.

회장님의 젊은 시절과는 전혀 다른 모습이다. 초등학교만 들어가도 해외로 어학연수를 다니는 아동들이 너무나 많고 아주 유학을 가는 아동들도 많으니 말이다. 터놓고 말하면 회장님은 서양을 잘 아는 척할 때가 많지만 실지로는 잘 모르기도 하고 또 어떤 편견을 가지고 있는 것 같다. 그는 벌써 10년 전에 고희를 넘긴 노인에 지나지 않는다. 그가 아는 서양은 장님들이 코끼리를 만져보고 아는 수준에 지나지 않는다. 그래도 그는 지식인이고 박사님이라고 한다.

가만히 보면 인간들은 엄청난 일을 한다. 엄청난 집을 짓고, 엄청난 공장에서 엄청난 물건들을 만들어내고, 바다도 건너다니고 하늘도 날아다닌다. 그리고 엄청난 예술품을 만들어내고, 노래도 엄청나게 부르고, 운동이나 오락도 엄청나게 여러 가지로 개발하여 즐긴다. 그리고 온갖 나쁜 짓을 가리지 않고, 전쟁을 할 때는 한꺼번에 수백, 수천, 수만 명씩이나 죽이는 무기를 만들고, 서로 죽이고 나서 이긴 인간들은 만세를 부른다. 전쟁에서 적을 많이 죽이고 자기 부하들도 많이 죽이지만 이긴 것만으로 영웅이 된다. 우리 회장님도 아마 그런 사람들과 별로 다른 사람이 아닐 것이다. 다만 영웅으로 받들어질 만한 일을 하지 못할 뿐이다.

우리들 견공들은 인간들이 무엇 때문에 그런 짓들을 저지르는지 도무지 알기가 어렵다. 견공들은 그런 것을 잘 모르도록 하느님께서 창조해 주셨으니 도리가 없다.

그런데 아무리 생각해 보아도 인간들은 마음공부를 해야 한다. 옛날부터 성인들이 인간들을 걱정하여 말씀하신 뜻을 알아차리고 그것을 실천하도록 힘써야 한다. 그런데 그런 것을 몰라서 실천하지 않는 것이 아니고 알면서도 안 한다. 말로는 세상에 모르는 것이 없다. 정말로 엄청나게 아는 척한다.

인간들은 참된 공부를 해야 한다. 남에게 자랑하고 아는 척하기 위하여 공부해서는 안 된다. 회장님도 가만히 보면 아는 척하기 위하여 공부하는 것 같다. 그것은 참된 공부가 아니다. 참된 공부를 하면 인간들끼리 서로 미워하거나 속이거나 도둑질하거나 전쟁하지 않게 되고, 우리 같은 견공들이나 고양이들이나 모든 동물들 앞에서도 잘난 척하지 않게 된다.

회장님의 침실에는 '성동인우 애지산학'(性同鱗羽 愛止山壑)이라는 글씨가 걸려 있는데 그것이 인간들이나 짐승들이나 모든 생물이 다 같은 하느님의 피조물이며, 다 같이 존귀하게 여겨져야 한다는 뜻이라고 한다. 인간들은 누구나 그런 좋은 글을 많이 읽기도 하고 글씨로 써서 걸어놓기도 하지만 순전히 치장하기 위한 것으로 보인다. 인간들은 배우고 다시 배우고 배운 것을 잊어버리고 다시 배우기를 멈추지 말아야 한다. 배우고 배우되 참되게 배워야 한다.

한국에서 100년 전만 하더라도 읽기와 쓰기(짓기)를 못하는 사람들이 많았다. 일본제국이 강점하여 통치할 때도 시골에는 한글이나 일본글을 읽지 못하고 쓰지 못하는 사람들이 많았다. 그러나 한국은 지금 한글을 읽고 쓰지 못하는 사람은 거의 없다고 한다. 지금 한국의 노인들은 거의 모두가 초등학교를 나오고 중학교나 고등학교를 다닌 사람들이 많고 대학을 나온 사람들도 많다. 그러니 문맹이라고는 거의 없는 셈이다.

그러나 어떤 유명한 사람은 21세기에도 문맹은 있다고 한다. 그가 말하는 21세기 문맹은 끊임없이 공부하지 않는 사람을 가리킨다고 한다. 왜냐하면 세상은 과거에는 상상조차 할 수 없었던 새로운 것이 너무나 많이 나오기 때문이란다. 아무리 열심히 배워놓아도 몇 년 가지 않아서 거의 쓸모없는 지식이나 기능이 되고 말기 때문이다. 한 번 배운 것은 벌써 쓸모없는 것이 되므로 다시 배우고, 그 다시 배운 것도 다시 쓸모없이 되기 때문에 또 다시 배우고 또 배워야 한다는 것이다.

회장님은 나이가 벌써 80이나 된 모양이다. 그러나 가만히 보면 하루에도 몇 시간씩 컴퓨터 앞에 앉아서 인터넷을 검색하고 자판도 두드린다. 그런데 자판을 암기하지 못하여 만날 독수리타자다. 글도 자주 쓰는 모양이고 책도 내놓는 모양이지만 책이 잘 팔린다는 말은 들리지 않는다.

회장님은 걸핏하면 병원에 가서 진찰을 받고 약국에 가서 약을 가

저온다. 약은 2주일분이나 한 달치씩 가져다가 아침 저녁으로 먹는다. 요즘 먹는 약은 '역류성 식도염' 에 먹는 약이란다. 그는 여러 개의 약을 한꺼번에 삼키지 못하여 두세 번에 나누어 먹는데 매우 힘드는 모양이다. 일 년이 다 되도록 완치가 안 되어 의사에게 원인을 물으면 신경성이 강하기 때문에 마음을 편히 가지란다.

내가 생각해 보아도 의사의 말은 맞는 것 같다. 회장님은 항상 마음이 편하지 못한 것 같고 조급하고 무언지 모르는 고민이나 불안이 있는 것 같다. 사모님보다 마음이 여린 편이다. 걱정 투성이다. 자신이 너무 소심하다고도 말한다. 가슴이 쓰리고 괴로워서 유명한 병원에도 여러 번 가서 진료를 받았다.

회장님은 일찍이 고등학교 시절에 극심한 신경쇠약으로 고생하고, 폭발물에 다쳐서 입원하고, 나이가 들어서는 치질로 입원하고, 척추분리증으로 입원하고, 흉곽수술로 입원하였다. 사소한 질병으로 병원을 다닌 것은 수도 없을 정도이다.

그런데 작년부터는 항문거근증후군(肛門擧筋症候群)이라는 병도 있는 모양이다. 항문이 아프고 불편하여 병원엘 갔더니 의사가 청결을 유지하라고 하여 날마다 아침에는 대변을 보고나서 수돗물로 씻는다. 과로나 스트레스가 원인이라고 하는데 회장님은 너무 자주 컴퓨터를 만지는 것이 원인인 것 같다.

회장님은 공부하기를 싫어하는 것 같지는 않다. 그러나 얼마나 참되게 공부하는지는 알 수가 없다.

18

영장산을 오가며

회 장님은 신문을 들여다보았다. 얼굴이 어두워지는 것 같았다.

"맞고 밟히는 초등학생."

"아무도 안 도와줘요."

"왕따학생 성기 만지며 욕설"

"아무 이유 없이 우르르 때리고"

"더럽다고 운동장서 모래 뿌려"

"하루 종일 학교에 갇혀 있기도"

"6년간 계속 왕따를 당했어요. 우울증 때문에 칼로 손목을 그은 적도 있었어요."

"싸우고 싶은 중고생 오라. 결투 알선한 인터넷 폭력 카페(막장카페). 회원 2,483명."

"한국여성 자살, 미국의 5배. 15년 동안 자살 3배 급증"

"공황장애 노인, 연20% 대급증"

"노인자살 28% 늘어" "교통사고 사망자의 2.3배" "월별로는 4·5월에 많이 발생"

"북한 어린이 2명 중 1명 영양실조"

"……"

회장님은 갑자기 고독감에 젖어들었다.

인간이란 본디 고독한 존재인가. 신에게 의지하고, 부처에게 의지하고, 조상에게 의지하고, 글을 읽어도 글을 써도, 술을 마시고 잡담을 하고, 이성교제를 하고 오락과 운동을 해 보아도 고독한 모양이다. 명상도 하고 절제도 하고 근신을 해도 그런가 보다. 가만히 보면 회장님은 책 속에서 사는 것 같다.

그러나 그의 인생관은 무엇인지 잘 알 수가 없다. 낙관주의는 아닌 것 같고 비관주의에 가까운 것 같다. 그래서 그 비관주의를 극복하려고 항상 고민하는 것처럼 보인다. 그는 지성인으로서 특별한 공로를 세우려고 하는 것도 아니다. 아마도 커다란 실수나 과오만 없어도 그것만으로 하나의 공로가 된다는 무과시공(無過是功)으로 그치는 것 같다.

회장님은 이상하게도 인간들의 나쁜 행위에 대한 기사를 많이 보는 것 같다. 불량학생(청소년)들이 다른 아이들을 땅에 파묻기도 하고, 입에 개구리를 집어넣기도 하고, 기중기에 거꾸로 매달기도 하고, 항문을 찌르기도 하고, 음모를 태우기도 하고, 절도나 강도행위도 하고, 강간행위도 하고, 때로는 죽은 것처럼 정신을 잃었다가 다시 살아나게 하는 '까무라치기'라는 위험한 장난도 하고, 언어폭력이나 완력폭력이나 가리는 것이 없을 만큼 나쁜 행동을 한다는 기사들이다.

청소년들은 인성교육을 받지 못하고, 가난이나 어려움을 체험하지 못하고, 나쁜 정보매체에 노출되고, 악행으로 돈을 버는 컴퓨터 게임 프로그램에 젖어서 시비선악·협동·준법·예절·타인존중과 이웃돕기나 봉사정신 같은 가치덕목에 대하여 아무런 인식이 없는 상태라는 것이다.

돈이 없으면 남의 돈을 훔치거나 빼앗으면 되고 남을 때리고 싶으면 때리면 된다는 생각이 지배한다는 것이다. 그런데 부모들은 자기의 자식이 그런 비행청소년의 무리에 가담하고 있는지 없는지 모르며, 그런 비행청소년에게 피해를 입고 있는지 아닌지도 모른다는 것이다. 그저 영어 수학 국어나 잘하여 좋은 대학이나 들어가면 된다는 것이다.

그렇다면 누가 나서야 하는가? 국가(공권력)가 나서야 하고 학부모와 교사가 나서야 한다는 것이다. '뜻이 있는 곳에 길이 있다'는 말과 같이 올바른 인식과 사명감만 있으면 정책이 수립되고 실천방안이 나올 수 있다는 것이 회장님의 생각이었다.

회장님은 신문을 집어치웠다. 정치인들이나 사회지도층 인사들의 추한 기사가 나오기 시작하는 모양이었다. 너무나 역겨운 기사들이 마음을 아프게 찌르는 것이었다. 반갑지 않은 기사들이 너무나 많은 것이다. 나 같은 견공의 눈으로 보아도 인간들은 구제불능이다. 이성(理性)이니 양심이니 인의예지신이니 규범이니 가치니 진선미니 평화니 사랑이니 자비니, 별의별 글귀를 다 만들어 놓고, 절하고 기도하고 다짐도 하지만 인간들처럼 우매하고 악랄한 동물이 어디 있는가 묻고 싶다.

이따금 회장님에게 오는 전자우편물에는 살인에 관한 정보도 나타난다. 누구는 몇 백만 명, 누구는 몇 천만 명이나 죽였다고 한다. 그러나 그들이 사람을 그렇게 많이 죽이면서도 모두 그럴듯한 명분을 내세워서 영웅이 되었다는 것이다.

그리고 강제노동으로 착취하고 세금으로 착취하고 협박으로 강탈하고 사기로 횡령하고 고문으로 죽게 하고……. 이 얼마나 끔찍하고 전율할 만한 사실인가. 견공들을 비롯한 어떤 동물들이 그런 무자비한 죄를 저지른단 말인가. 인간들은 악종 중의 악종이란 말이다. 아마도 회장님은 그런 사실을 어느 정도 인정하고 있는 것 같다. 그는 악한 인간들을 증오하면서도 스스로 악한 인간의 한 사람이라는 것을 인정하는 모양이다.

그는 모처럼만에 지팡이를 들고 나갔다. 그 지팡이는 벌써 오륙년 전에 종지봉 기슭에서 고사목을 잘라 만든 것이었다.

말로는 지팡이라고 하지만 그 모양이 진검처럼 적당히 휘어서 회장님은 목검으로 생각하였다. 정중한 자세로 목검을 들고 지하철 이

매역 앞 농업기술센터 옆으로 난 가파른 길로 올라가니 커다란 밤나무가 서 있는 넓은 공간이 나타났다. 그 공간은 어느 노인이 자주 와서 소리를 지르며 도(?)를 수련하던 곳인데 쓸쓸하기가 짝이 없었다.

밤나무도 작은 가지들이 다 꺾이어져 나가고 굵은 줄기도 거의 다 썩어서 겨우 형체만 드러내고 있었다.

'밤나무는 그 노인을 기억하고 있을까?'

필시 그 노인은 이 세상을 하직하셨을 것만 같았다. 그렇지 않고서야 그렇게 쓸쓸할 리가 없잖은가. 무엇인지 사라져가고 아직 아무것도 오지 않은 빈틈을 생각하게 하는 것이었다.

나는 너무나 오래간만에 회장님의 뒤를 따라 조용히 쫓아가고 있었다. 회장님은 이따금 나타나는 아카시아나무를 보기만 하면 달려들어 '정면머리치기' 자세를 취하고 손에 든 목검(?)으로 내리쳤다. 가지가 갈라지는 곳을 내리치면 가지는 쉽사리 갈라져 늘어졌지만 나머지 줄기는 후려쳐도 좀처럼 부러지지 않았다. 그는 마치 진검을 휘두르듯 하였지만 별로 소용이 없을 때가 많았다. 몇 번 거듭하여 아카시아나무를 내리치다 보니 목검은 하단부가 부러지고 말았다.

나는 마치 그 목검을 맞고 죽을지도 모른다는 기분으로 멀리 피하여 바라보기만 하였다. 머리고 목이고 등이고 맞기만 하면 틀림없이 그대로 골절상을 입어 숨만 할딱거리다가 5분도 버티지 못하고 일생을 마칠 것 같았다. 문득 사람이 지나가고 있었다.

"안녕하세요?"

"예, 안녕하세요?"

“이거 아카시아가 맞지요? 가시가 달린 것을 보면.”

“그렇군요.”

“아카시아가 산림녹화에 이롭지 못하다는 말이 있는데 사실인가요?”

“글쎄요.”

“다른 선진국에서는 아카시아로 산림녹화를 하지는 않는다고 합니다.”

“글쎄요. 모르겠네요. 그래도 아카시아 꿀은 맛이 아주 좋다고 하던데요.”

“그래요. 밀원(蜜源)으로서는 좋은데 목재로는 좋지 않다는군요. 왜놈들이 일부러 아카시아로 조림을 하였다는 말도 있답니다.”

회장님은 아카시아를 목검으로 공격하기 위하여 갖은 구실을 다 동원하는 것 같았다. 한 가지 장점이 있으면 한 가지 단점도 있고 일본 사람들이 한국을 침략하여 지배하더라도 고의로 조림에 해로운 수종(樹種)을 골라 조림사업을 단행했을 가능성은 없는 것인데 회장님이 그런 것을 모를 리가 없는 것이었다. 인간들의 편견에 대하여 그렇게 자주 이야기하고, 편견을 벗어던져야 한다고 역설하던 모습과는 전혀 다른 것이었다.

그렇다면 회장님의 주장은 무엇이란 말인가? 일본에 대한 증오심인가, 아니면 무엇인가. 회장님의 이야기를 듣던 사람은 더 이야기할 가치가 없다고 생각하는지 결론을 내리지 않고 지나가고 말았다.

이윽고 철봉, 평행봉, 윗몸 일으키기 등 여러 가지 운동시설이 있는 '체력단련장' 이라고 부르는 곳에 이르렀다. 회장님은 철봉에 매달린 샌드백을 두 주먹으로 공격하였다. 권투시합이나 2종격투기나 종합격투기에서 본 것을 흉내 내었다. 주먹으로 치고 발로 차는 모습이 그럴듯하게 보였다. 손이나 발이나 연타로 날리는 모습은 더욱 그럴듯하였다. 그러나 운동하는 자세가 순수하지 않았다. 누군지 모르는 적을 공격하는 살기가 보이기 때문이다. 따라서 회장님의 운동은 운동이 아니라 공격이요 증오였다.

이윽고 그는 종지봉을 향하였다. 전부터 사람들이 다니던 길은 옛길이 되고 새로 난 길이 자주 보였다. 이리저리 얽히고설킨 나무뿌리들이 많이 드러나 있고 어떤 나무들은 죽은 것처럼 보이고 어떤 나무들은 제법 푸른 기색을 보여주고 있었다. 이따금 등산객을 만나지만 그들은 회장님을 외면하고 재빨리 지나갔다.

주인을 따라 가던 견공이 갑자기 나에게로 달려드는가 싶더니 날쌔게 회장님 쪽으로 다가가며 불평하는 소리를 내었다. 견공은 같은 행동을 반복하였다. 이상한 행동이었다.

"강아지가 왜 그러는 겁니까?"

"이야기하는 것을 싫어합니다."

회장님이 그 주인에게 인사도 하고, 이야기를 걸고, 뒤따라오는 것을 싫어하고 경계하는 것이었다. 견공은 충성스럽다 못하여 주인을 보호하고 외인을 물리치려는 것 같기도 하고 주인을 독점하려는 시기심이나 질투심이나 배타심이 발동하는 것으로 보였다.

회장님은 공동주택에서도 견공이 주인의 품에 안겨 남에게 함부로 짖고 대어드는 모습을 본 일이 있었다. 회장님은 그런 견공들을 매우 싫어하였다. 자기를 업신여기는 것으로 생각하는 것 같았다.

회장님은 몇 사람이나 앞세우고 나서야 드디어 약수터가 내려다보이는 휴게소에 도착하였다. 앞에 있는 벤치에 앉았다. 땅바닥에는 사람들이 앉았던 흔적이 보였다. 부부가 아니면 연인들이 한 쌍이 되어 간식도 하면서 정다운 이야기를 나누었을 것 같았다. 보이지 않는 인간의 따뜻한 정이 서려 있던 곳이다.

그 때다. 빨간 모자에 빨간 상의에 빨간 배낭을 메고 검은 바지를 입은 숙녀가 나타났다. 그는 세련되게 보였다. 그는 회장님을 무시한 채 지나가고 말았다. 회장님은 궁금하였다. 뒤돌아보았다. 그는 휴게소의 건물가에서 물병을 꺼내들고 마시는 것 같았다.

"실례지만 어디까지 가십니까?"

"정상까지요."

"예, 저 정상 말인가요?"

"여기서 한 시간이면 돼요."

"한 시간이요? 그럼, 영장산 정상 말씀인가요?"

"예, 그렇지요."

"아이구! 대단하십니다. 상당히 멀던데요. 나는 감히 엄두를 내지 못하는 형편인데."

"저는 갈 수 있습니다."

구름이 덮인 탓으로 햇볕이라곤 없었다. 바람이 차가웠다. 해도 벌써 많이 기운 것으로 보였다.

"저 밑에 운동시설이 있으니 운동이나 하시다 가시지요."

"예, 고맙습니다."

그 숙녀는 얼굴도 예쁘지만 마음씨도 곱게 보였다. 회장님은 좀 더 이야기를 나누고 싶었다. 숙녀의 입에서는 음악이나 미술이나 문학 이야기가 나올 것만 같았다.

'그래, 저런 숙녀에게 예술이 없다면 누구에게 있단 말인가?'

회장님은 멋대로 상상하고 멋대로 중얼거리듯 하였다. 숙녀의 발걸음은 가벼웠다. 몇 개의 작은 봉우리를 넘어야 정상에 갈 수 있는데 그는 그 봉우리들을 전혀 겁내지 않는 것이었다.

"실례합니다. 먼저 가겠습니다."

숙녀는 자리를 떠나 가벼운 발걸음으로 걸었다. 회장님도 따라가는 척하다가 멈춰버리고 말았다. 그리고 그 숙녀를 바라보았다. 숙녀는 벌써 나무 사이로 사라지고 보이지 아니 하였다. 도대체 회장님은 무엇을 생각하기에 가는 것도 아니고 멈춘 것도 아닌 엉거주춤한 자세를 취하고 멍하니 숙녀가 사라진 곳을 바라보고 있는 것일까?

회장님에게는 틀림없이 그리운 여인이 있을 것이다. 그리고 그 그리운 여인은 아마도 방금 저쪽으로 사라진 저 숙녀와 많이 닮았을 것이다. 그러기에 사라진 숙녀를 보고나서 넋을 잃고 서있는 것이 분명하다. 회장님에게 그리운 사람이 있다는 것은 너무나 자연스러운 일인 것 같다. 우리 같은 견공들도 그리운 친구가 있고 만나기만 하면 반가운데 하물며 인간들이야 말할 것도 없을 것 같다. 더구나 회장님은 은근하면서도 뜨거운 정렬이 있는 것으로 보이지 않는가.

언젠가는 누구를 짝사랑한 경험이 있다고 친구들에게 털어 놓는 소리를 들었던 것 같다. 짝사랑! 그렇다. 회장님은 짝사랑으로 가슴을 앓고 이제 늙을 대로 늙어서도 그 짝사랑을 잊지 못하고 있는 것이다. 그런데 그 짝사랑하던 숙녀가 바로 저 보이지 않는 숲길로 사라진 숙녀와 닮은 사람인 것 같다. 아니 어쩌면 그 사람인지도 모를 일이 아닌가. 어쩌면 틀림없는 그 사람을 만나고서도 이제 세월이 흘러서 몰라보는 것은 아닐까.

이렇게 생각하니 회장님이 너무나 가련하게 보인다. 가련한 회장님!

회장님은 한참이나 서서 무엇을 생각하다가 발길을 돌렸다. 그리고 산을 내려오면서 너무나 조용하기만 하였다. 지나는 사람들을 보아도 말을 걸지 아니 하였다. 다시 체력단련장으로 들어섰다. 회장님은 사정없이 샌드백을 공격하였다. 주먹으로 치다가 발로 찼다. 이제는 그 옛날에 하던 것처럼 높이 차진 못하였다. '옆차기'는 흉내를 낼 정도였다. 한참을 날뛰다가는 평행봉에 기대서 몸을 풀고 벤치로 가서 앉는 것처럼 보이더니 먼저 번에 숨겨놓은 구불구불한 지팡이를 찾아 들고 이매역을 향하여 산을 내려갔다.

회장님은 다시 아카시아를 내리치기 시작하였다. 올라올 때 목검이 부러져 포기했던 것들을 찾아 다시 내려치는 것이었다.

"이 놈들, 가리지 같은 놈들! 선량한 나무들 사이에 끼어 선량한 나무들을 해치는 악마 같은 놈들! 사람들에게는 향기를 내뿜고 벌에게는 꿀을 공급하면서 자신의 악랄한 범죄를 자행하는 놈들! 너희들이 얼마나 견디나 두고 보자. 어떤 사람들은 왜놈들이 사방공사에 적임이라고 너희들을 심어주었다고 하지만 그것은 왜놈들을 변명해 주는 친일분자들의 구실에 지나지 않는단 말이야. 나는 너희를 용서할 수 없어! 가라지는 뽑아서 불태워야 한단 말이야. 너희들은 인간 망나니들과 다름이 없어. 착한 사람 속여서 세상을 어지럽히는 인간 망나니들 말이야."

회장님은 이렇게 중얼거리며 독을 뿜고 있었다. 그리고 계속하여 보이는 대로 아카시아를 공격하였다.

회장님은 집으로 돌아와 세수를 마치자마자 컴퓨터 앞으로 가서 자판을 두들겼다. '미향' 블로그를 열었다. 아름다운 종지봉 사진이 여러 장이나 떴다. 그리고 사진과 사진 사이에는 아름다운 글들이 채워져 있었다. 길 한가운데 소나무가 버티고 서서 통행세를 내란단다. 여인은 통행세를 대신하여 가만히 포옹해 주었단다.

회장님도 길 가운데 서서 같은 통행세를 받고 싶은 모양이었다. 아름다운 여인의 포옹! 회장님은 아름다운 여인의 포옹을 그리워하는 것이었다. 그러나 그 아름다운 여인의 아름다운 포옹을 받을 만한 자격이 있을까.

아카시아를 내려치고 왜놈들을 미워하는 것처럼 자신의 마음속에 깊숙이 스며들어 색성향미촉(色聲香味觸)에 사로잡히게 하는 무명(無明)을 조금도 물리치지 못하는 그가 아닌가. 이제 나이 들어 조금씩 달라지는 것도 같지만 그것은 결코 깨달음이 아니라 어쩔 수 없는 지경에 이르렀기 때문에 오는 결과에 지나지 않는 것 같다. 곡식을 해치는 가라지처럼 그의 깨끗한 마음을 해치는 탐진치(貪瞋癡)가 아직도 사라지지 않는 것이다.

그가 동양이나 서양의 명저라고 부르는 책들을 안 읽은 것은 아니지만 책은 책대로 회장님은 회장님대로 따로따로일 뿐이지 그 명저 속에 들어 있는 진리가 그의 영혼을 살찌우는 양식으로 완전히 섭취되지는 않은 것 같다. 꼭지가 떨어지기는 아직도 멀기만 하다.

19

자유를 위하여

이틀날.

회장님은 산책에 어울리는 복장을 차리고 나섰다. 운동화는 중고품가게에서 2,000원을 주고 산 것이었다. 회장님은 그 가게에 책을 기증하기도 하였고 자주 들러서 이따금씩 값싼 중고 책이나 CD나 의류 따위를 사곤 하였다.

그는 영장산으로 연결된 언덕 밑에 자리 잡은 성남아트센터 입구 광장에서 발을 멈추었다. 어느 조소가가 제작한 작품이 눈에 띄었다. 코뿔소(rhinoceros)다. 양은 그릇, 스테인리스 그릇, 리벳 따위를 두들겨서 만든 것인데 '2009년작 정의지(Jung Ui-JI)'라는 작가의 이름이 나타났다.

규격은 275x100x155cm란다. 눈대중으로 헤아려보니 약 200개의 그릇 조각에 각각 40개의 못이 박힌 것으로 보아 약 8,000개에 가까운 못이 박힌 것으로 추정되었다. 제목은 'Hungry'였다. 코뿔소는 포유류이고 초식동물이며, 아프리카와 아시아의 열대지방에 서식하고 크기는 2~4미터에 무게는 1~3.6톤이나 된다고 한다.

회장님은 코뿔소 앞에서 한참 동안이나 바라보고 있었다. 제목이 왜 하필이면 'hungry'일까 곰곰이 생각하는 것 같았다. 'hungry'라는 단어는 시장한, 배고픈, 굶주린, 배고프게 하는, 식욕을 일으키는, 갈망하는 뜻으로 쓰는 형용사가 아닌가? 그렇다면 지금 코뿔소는 시장하거나 배고프거나 갈망하는 상태에 있다는 것이다. 정말 코뿔소는 많이 먹어야 하고 많이 먹을 수 있는 환경이 아니면 항상 배가 고플 수도 있다. 그래서 항상 먹기를 갈망하고 있는지도 모른다. 인간들이 볼 때는 코뿔소는 항상 먹을 것만 찾고 배만 부르면 모든 욕구가 충족되어 그 이상은 아무것도 원하지 않는 것으로 볼 것 같다. 그러나 정말 그럴지는 알 수 없는 일이다. 그리고 배만 부르면 그 이상 아무것도 바라지 않는 것은 얼마나 군자다운 일인가. 인간처럼 별의별 욕심을 다 부리는 것보다는 아주 높은 차원에 이르고 있는 것이 분명하다.

그런데도 인간들은 욕심 없는 코뿔소를 무조건하고 멸시하는 것 같다. 그런데 초기 불교 경전 〈수타니파타〉(suttanipata)에서는 욕망을 버리고 마음을 활짝 열고, 남의 것을 탐내지 말고 남을 속이지 말고 유혹에 빠지지 말고 세상의 오락이나 쾌락에 빠지지 말고 무소의 뿔처럼 혼자서 가라고 하였다는데……. 코뿔소는 무리를 짓지 않고 홀로 살며 독립심을 발휘하는 동물이니 수도승은 홀로 수행하는 자이며 그가 가는 길은 홀로 가는 길이니 오직 깨달음을 위하여 목마르고 배고픈 코뿔소처럼 나아가는 모습을 상상할 수 있겠다.

그런데 여기서 말하는 수도승의 길이란 반드시 출가승이나 재가승에게만 해당하는 것이 아니고 세상의 모든 사람에게 해당하는 것이니만큼 바로 회장님 자신에게도 해당하는 것으로 이해되었다.

"Stay hungry!" (갈망하라!)

2005년 미국 스탠포드대학 졸업식에서 스티브 잡스가 한 말이란다. 사람들은 모두 무엇인가를 갈망한다. 그러나 그 갈망의 대상은 모두 다를 수 있다. 흔히 진리를 향하여 걷기를 바라는 것이 하나의 갈망이라고 믿는다. 옳은 생각이다.

"과연 나는 무소처럼 홀로 진리를 향하여 걸어왔으며 걸어가고 있는가? 세상 사람들이 모두 진리를 외면하고 타락하더라도 나는 홀로 정진하였는가?"

회장님은 스스로에게 묻기를 서슴지 않았다. 무어라고 대답하였는지는 알 수가 없다. 그는 6.25전쟁이 계속되고 있던 1953년 3월, 사범학교를 졸업할 때에 180명 가운데 겨우 다섯도 안 되는 대학 진학자였고 그의 대학생활은 결코 평탄한 것이 아니었다. 그래도 학사과정을 마치고 석사과정을 두 번이나 거쳐서 박사과정을 마친 것은 어쩌면 무소처럼 진리를 향하여 걸었던 것인지도 모른다. 그는 출세나 장래를 생각하기보다는 좀 더 공부하고 싶은 충동으로 진학하였던 것이다. 그는 아직도 자신의 학문은 너무나 빈약하기만 하고 알맹이 없는 껍질뿐이라고 생각하는 것 같다.

그런데 우리들 견공들도 더러는 싸울 때가 있다. 그것은 배가 고 플 때이다. 배는 고픈데 먹을 것이 적으면 어쩔 수가 없다. 안 먹으면 굶어 죽을지도 모르니까. 그러나 내 배만 부르면 그것으로 만족하고 물러난다. 먹을 것도 아닌 것을 가지고 인간들처럼 싸우지는 않는 다.

사실 우리들 견공들은 욕심이 별로 없다. 인간들처럼 물욕이나 명 예욕이나 잘난 체하는 허영심이나 방탕한 색욕도 거의 없다. 인간들 의 지나친 욕심은 아무 쓸모가 없거나 없어도 괜찮거나 더러는 상대 방에게 불쾌한 감정만 일으키게 하는 욕심이다. 먹을 것을 가지고 욕심을 부리는 것은 어느 동물이나 공통적으로 가지고 있는 당연한 욕심이다. 아무튼 우리는 인간들과는 비교할 수 없으리만큼 점잖고 양보할 줄 알고 겸손한 편이라고 큰 소리 칠 수 있을 것 같다.

들리는 바로는 우리들 견공들에게는 효성스럽고 충성스런 이야기 가 많이 전해지고 있다. 우리는 결코 부모와 자식이 서로 물어뜯거 나 죽이는 일이 없고, 한 번 인간들과 함께 살게 되면 그 인간들을 주 인이라고 생각하고 충성을 다하고 신의를 지킨다. 인간이 산보를 하 거나 외출할 때는 따라다니기도 하고, 인간이 사냥을 나갈 때는 따 라가서 숨이 차도록 심부름을 하고, 모르는 사람이 나타나면 큰 소 리로 짖어서 주인에게 알리고, 만일 도둑이 들어오면 필사적으로 대 들어서 들어오지 못하게 막는다. 어떤 때는 심부름도 해 주고 어떤 때는 인간들의 독극물을 냄새로 찾아내기도 한다.

어떤 견공은 주인이 술에 취하여 길가의 마른 풀밭에 쓰러져 자는

데 마침 불이 나서 위험하기 때문에 개울로 달려가서 몸에다 물을 묻혀서 불을 끄다가 너무 지쳐서 죽었다고 한다. 전라남도 순천에서는 밥을 구걸하여 앞을 못 보는 할머니를 봉양하는 견공이 있어서 소문이 났다. 제주도 남제주군 대정읍 신도리에는 사람 무덤과 견공 무덤이 나란히 있는데 주인이 도둑에게 빼앗긴 보따리를 견공이 찾아주고, 사냥꾼에게 팔려 간 후에도 밤마다 사냥한 고기를 주인에게 가져다주고, 주인이 죽은 것을 알고 주인 무덤 옆에 가서 땅을 파고 들어가 굶어 죽었다고 한다.

일본에서는 도쿄대학 농학부 우에노(上野) 교수를 시부야역(澁谷驛)으로 마중 나가던 견공 '하치코' (1923~1935)가 주인이 죽은 후에도 10년 동안이나 평소와 같이 주인을 기다리며 마중을 다니다가 죽어서 사람들이 돈을 모아 동상을 세워 주었고, 미국의 영화감독 라세 할스트롱은 1987년, 'Hachi-ko Monogatari' (하치코모노가타리)라는 영화를 만들어서 크게 흥행하였다고 한다.

브라질 리우데자네이루에서는 주인 크리스티나 마리아가 홍수와 산사태로 죽자 애견이 식음을 전폐하고 주인의 무덤을 지키다가 거의 죽게 되었는데 사람들이 데려다가 살려냈다고 한다.

영국 에딘버러에서는 1858년에 경찰관 존 그레이가 죽자 보비라는 애견이 14년 동안이나 주인의 무덤을 지키다가 1872년에 죽었다고 한다.

그리고 안내견(案內犬)을 보라. 인간들은 시각장애인들을 인도하는 안내견들을 가리켜 맹도견(盲導犬)이라고 부르기도 하고 '가이드 도 그'(guide dog for the blind)라고도 부른단다. 안내견은 대개 독일의 셰퍼드가 많았지만 지금은 외모가 온순하고 복스럽고 튼튼한 영국의 리트리버가 대부분이다. 리트리버는 지능이 높고 침착하고 인내심이 강하고 친절하고 외향적이라고 하는데 생후 7주일이 지나면 1년 동안 퍼피워커(puppy worker)라고 부르는 일반인의 가정에 들어가서 퍼피워킹(puppy working)을 하면서 인간들의 사회생활에 적응하는, 견공들의 사회화과정을 익히고 나서 안내견학교에 입학한다.

이 때 우리들 견공은 학교에 입학하기 위하여 정든 주인과 헤어지게 되고 우리들의 충성에 감동한 주인들은 우리를 보내기가 서러워서 눈물을 흘린다. 견공들도 주인을 작별하기가 서럽지만 그렇다고 눈물을 흘리지는 않는다. 금방 울었다 웃었다 하는 것은 인간들의 변덕이다. 우리는 6개월 동안 본격적인 교육을 받고 여러 가지 시험을 거쳐서 우수한 성적으로 합격한 견공만 안내견자격증을 받아서 시각장애인들을 안내하는 것이다.

안내견들은 주인이 안전하게 활동할 수 있도록 계단이 나타나면 일단 멈추어서 위험한 곳임을 알리고, 모퉁이를 돌 때나 장애물이 있거나 무슨 특별한 일이 있으면 항상 멈추어서 주인에게 알린다. 그리고 아무리 대소변을 보고 싶어도 주인이 "빨리 빨리!"라고 (미국 사람들은 hurry hurry!라고 한다) 말로 허락하지 않으면 절대로 보지 않는다. 그것을 참는 데는 정말로 인내심이 필요하다.

나 같은 견공은 어쩌다 외출하여 안내견을 보는 수는 있지만 감히 안내견이 될 마음조차 먹을 수 없다. 공부하기도 어렵고 대소변을 마음대로 보지 못하고 참는 것도 어렵지만 우선 덩치가 작아서 첫눈에 퇴짜를 맞는다. 인간들은 적어도 10년이나 13년이나 17년에 걸쳐 대학까지 졸업하고도 제 할 일을 찾지 못하는 자들이 많지만 견공들은 겨우 1~2년에 교육을 마치고 시각장애인들을 위하여 봉사하는 것이다. 이밖에 '청각도우미견' '구조견' '탐지견' 도 모두 인간들을 위하여 봉사하고 충성하고 있다.

위에서 소개한 이야기들은 좀 색다른 이야기들이지만 견공들이 인간들에게 충성하고 신의를 지키고 애정을 베푼 일은 이루 말할 수 없이 많다. 어쩌다가 인간들이 견공을 깔보다가 반격을 당하는 일이 없었던 것은 아니지만 그것은 백만분의 일이나 천만분의 일도 안 되는 특별한 사건이다.

사실 따지고 보면 인간보다 못한 동물은 거의 없다. 개미나 꿀벌을 보라. 얼마나 의로운 동물인가. 각자가 맡은 일을 얼마나 충실히 수행하고 질서를 지키며 사회생활을 하는가. 기러기는 짝을 어지럽히지 않는다. 거미는 지혜롭게 집을 짓는다. 까마귀는 반포지효(反哺之孝)를 실천한다. 가시고기는 새끼를 위하여 몸뚱이까지 파먹게 한다. 모든 동물들이 살아나가는 모습을 보면 인간보다 못한 동물은 없다.

도대체 인간들이 우리들 견공보다 훌륭하다는 것이 무엇인가. 생각할 줄 알고, 말을 하고 글을 쓰고 물건을 만들 줄 알고 그림 그리고 노래 부르고 운동할 줄 안다는 것인가. 우리는 인간들과 똑같이 하지는 않지만 우리들에게도 비슷한 재주가 있고 또 인간들처럼 그렇게 하지 않아도 불편한 것이 없고 불행하지도 않다. 설령 인간들의 그 재주나 취미 같은 것이 우리들보다 훌륭한 것이라고 치더라도 그 인간들은 서로 멸시하고 미워하고 속이고 절도하고 강도하고 폭행하고 상해하고 살해하지 않는가. 그리고 동물들이 살아가는 터전을 모두 오염시키고 파괴하지 않는가.

그런데 나에게는 오랫동안 아무에게도 말하지 않고 참고 있었던 이야기가 있다.

나는 어느 날 사모님을 따라서 재래시장에 가 본 일이 있었는데 나는 너무나 놀라서 하마터면 기절할 뻔하였다. 시장에 들어서자 구역질나는 이상한 냄새가 났다. 나는 도무지 참을 수가 없어서 사모님에게 소리쳤다.

"이상한 냄새 때문에 참을 수가 없어요. 토할 것만 같아요."

그러나 사모님은 내 말을 알아듣지 못하고 나를 나무라기만 하였다. 나는 도저히 견딜 수가 없어서 복잡한 노점 사이로 무작정하고 달아나고 말았다. 사모님은 깜짝 놀라서 쫓아왔다. 나는 미친 듯이 달아나다가 수북하게 쌓아 놓은 노점의 채소를 건드리고 말았다. 채소가 흙바닥으로 흩어졌다. 상인은 번개같이 달려들어 나를 걷어찼다. 나는 창자가 끊어지는 것 같았다. 상인은 사모님을 보더니 소리쳤다.

"환장하겠네. 채소 값 물어내! 다 사가던지."

"아이고, 미안합니다. 저놈의 개가……."

"왜 개를 나무래? 하여간 채소는 못쓰게 됐으니 알아서 하시우!"

상인은 서슬이 시퍼런 표정으로 사모님을 윽박지르고 사모님은 얼마인지 돈을 주고 화해가 되었다.

나는 사모님에게 다시 끌려갔다. 앞을 보니 견공들이 철조망으로 된 상자 속에 갇혀 있었다. 시골서 온 똥개들만 있는 것이 아니고 아주 멋있게 생긴 귀족 같은 견공들도 많았다. 회장님이 말하던 골든 리트리버나 그레이트 피레니즈 같은 견공들도 있는 것 같았다. 그들은 왠지 모르게 불안한 신음 소리를 내며 밖으로 나오려고 애를 쓰는 것이었다. 그러나 그것은 절대로 불가능한 일이었다.

이윽고 모자를 푹 눌러 쓴 사나이가 쇠갈고리를 들고 오더니 견공 한 마리를 골라서 간단히 잡아채고는 으슥한 곳으로 끌고 갔다.

견공은 네 발로 버텼지만 아무런 소용이 없었다. 숨넘어가는 소리가 들렸다. 인간은 사정없이 견공을 때려죽여서 가스불로 털을 태우고 칼로 배를 가르고 사지를 떼어내는 것이었다. 바로 옆에는 견공의 팔 다리와 머리와 갈비를 떼어서 담아 놓은 그릇이 널려 있었다. 너무나 기가 막히는 풍경이었다. 인간들은 견격(犬格)은 고사하고 견공들의 생명 자체를 경멸하는 것 같았다.

인간들은 우리들의 내장이나 팔다리나 갈비를 모두 커다란 가마솥에 넣고 몇 시간씩 끓여서 보신탕이나 개소주를 만들어 판다고 한다. 인간들은 우리를 그렇게 잔인하게 죽이고 처먹는 것이었다. 서양의 여러 나라에서는 절대로 견공을 먹지 않는다는데 한국에서는 견공을 안 먹는 인간이 없을 정도라고 하니 가증스럽다. 어떤 사람이 한국 사람들에게 이런 말을 하면 '서양 놈들은 고양이를 처먹는다’ 고 하면서 피장파장이라고 한다.

　견공을 처먹는 놈들이나 묘공(猫公)을 처먹는 놈들이나 인간들은 도무지 간악하기 짝 없는 동물이다. ‘견공들아, 묘공들아, 일어나서 인간들을 박멸하자’ 고 외치고 싶다. 그러나 무슨 수로 어떻게 단결하여 어떻게 인간들을 박멸할지 묘수가 떠오르지 않는다.

　세상에서 죄악이라는 죄악은 빠짐없이 저지르는 동물이 인간들이 아닌가. 만물의 영장이라는 인간들이 부모자식끼리, 형제자매끼리, 친인척끼리, 같은 고향사람들끼리, 동창생끼리, 친구끼리, 같은 국민끼리, 같은 종교인끼리 싸운다. 인간들이 싸우는 모습을 보면 견공들은 도저히 따라갈 수 없는 간사하고 악독한 방법을 다 쓴다. 욕설과 주먹질 몽둥이찜질은 다반사이고 칼부림을 하고 심지어는 생사람을 땅에 묻기도 하고 총을 쏘고 수류탄을 던지고 포를 쏘고 폭탄을 투하하고 불을 지르고 세균을 뿌리고 감옥에 가두고 고문을 하고 팔다리를 끊기도 하고 목을 조르거나 끊어버리기도 하고 독가스를 마시게 하거나 전기로 죽이기도 한다.

　한 번에 수십, 수백, 수천, 수만, 수십 만 명씩 떼죽음을 시키기도 한다. 지금 인간들은 한 번에 수백 만 수천 만 명을 죽일 수 있는 핵무기를 만들어 놓고도 계속하여 연구하고 만들고 있다. 인간들은 마치 서로 죽이기 위하여 태어난 것처럼 미친 짓을 하고 있다. 남의 나라에서 쳐들어오지 않으면 동족끼리라도 항상 다투고 싸워야 직성이 풀리는 모양이다.

그런데 어떻게 우리들 견공보다 인간들이 낫다고 할 수 있단 말인가. 그러면서도 그 인간들은 툭하면 나쁜 인간을 가리켜서 '개 같은 놈' 이니 '개만도 못한 놈' 이니 '개자식' 이니 '개새끼' 라고 하니 인간들은 도무지 견공들의 존재를 전혀 알지 못하는 무식한 동물들이고 온 세상을 인간본위로만 생각하고 자존망대에 사로잡혀 있다.

그래서 우리들 견공들끼리는 이제 어리석고 실수하는 친구가 보이면 '인간 같은 놈' 이니 '인간만도 못한 놈' 이니 '인간자식' 이니 '인간새끼' 라는 말을 쓸 수밖에 없다. 인간보다 더 추악한 동물은 없으니까.

회장님도 그 무식한 인간들 가운데 끼어서 잘난 척하면서 나에게 뽐내고 살고 있는 것이다.

회장님은 인터넷을 통하여 음악을 듣곤 한다. 어떤 때는 '황혼의 노래' 를, '그리운 사람' 을 듣기도 하고 '내 맘의 강물', '사랑이라는 이름을 더하여' 를 듣기도 한다. '황혼의 노래' 는 아름다운 옛 추억을 더듬는 것이고, '그리운 사람' 은 담쟁이의 마지막 잎사귀처럼 가련하게 보이는 사랑하는 사람을 그리워하는 것 같고, '내 맘의 강물' 은 비바람 된 서리와 같은 풍파를 겪으면서 살아온 과정 속에서 얻어진 보람이나 행복을 노래한 것 같고, '사랑이라는 이름을 더하여' 는 작사 작곡한 사람이 부모가 늙어가는 모습을 보며 창작한 것이라고 하는데 회장님은 어느 노래나 몇 번씩 반복하여 듣곤 한다. 자신이 살아오면서 겪고 느낀 것을 그대로 다시 추억하게 하고 자신의 마음 깊이 쌓인 남모르는 감정을 그대로 흔들어 주면서 위로해 준다고 생각하는 것 같다.

회장님은 특히 'Nella Fantasia'를 자주 듣는 것 같다. 이 노래는 영화 '미션'의 주제곡이라고 하는데 'tvN Korea Got Talent'(오디션 리얼리티 프로그램)에서 최성봉(22세)이 부른 것이었다. 회장님은 인터넷에서 여러 성악가들이 부르는 것도 들어 보았지만 최성봉이 부른 것을 많이 반복하여 듣는 것이었다. 내가 듣기에는 사라 브라이트먼(Sarah Brightman)이라는 여자 가수의 목소리가 훨씬 아름답게 들리는데 회장님은 웬일인지 한두 번 듣고는 다시 듣지 않았다. 너무나 기묘한 목소리라 듣기가 어려운 모양이었다. 'Nella fantasia io vedo un mondo giusto'로 시작되는 노래의 내용은 다음과 같다.

> 나의 환상 속에서 나는 하나의 세계를 보았네
> 거기서는 모두 정직하고 평화롭게 살아가고 있다네
> 내 꿈에서 나는 항상 자유롭게 살 수 있다네
> 구름이 떠다는 것처럼
> 영혼의 깊은 곳에 있는 부드러운 마음씨
> ……

인간의 현실은 항상 정직하지도 못하고 평화롭지도 못하고 자유롭지도 못하지만 비록 꿈속에서나마 정직하고 평화롭고 자유롭게 살 수 있다는 것은 참으로 행복한 것이며 인간들의 꿈이고 이상이라고 생각하는 것이었다.

노래를 부른 최성봉은 왜 하필이면 이 노래를 불렀을까? 그는 3세에 고아원으로 갔고 5세에 고아원을 뛰쳐나와 10년 동안이나 거리나 컨테이너박스나 공중화장실을 전전하며 살았다. 그는 술집이나 나이트클럽에서 껌이나 박카스(음료수)를 팔았는데 어떤 사람들은 그를 때리거나 밀고 맥주병으로 머리를 치기도 하였으며, 폭력배가 그를 산으로 끌고 가서 구덩이를 파고 그를 묻으려 한 일도 있었다고 한다. 그런 참담한 환경 속에서 우연히 오페라가수의 노래를 듣고 감동하여 인터넷으로 선생님을 찾아가 오페라를 배우기도 하였는데 당시 그를 지도하던 박 선생님을 통하여 예술고등학교에 진학할 수 있게 되고 유정현 사회복지사도 알게 되었다고 한다.

최성봉은 자살도 여러 차례 시도하였으나 이제는 남에게 희망을 줄 수 있고 자신이 살아야 할 이유를 발견하게 되었다고도 하였다. 그는 최근에 미국의 ABC와 CNN방송에서 '넝마에서 부자로, 한국 리얼리티 티뷔 스타 최'(Rags to riches, Korean reality TV star Choi)라는 제목으로 방송되어 전 세계에 알려지게 되었다고 한다. 최성봉은 꿈속에서 정직과 평화와 자유를 꿈꾸었고 이제 그 꿈이 현실로 점점 다가오고 삶의 이유를 발견하게 된 것이다.

한 달이나 계속된 영하의 추위가 누그러져서 따뜻한 봄소식이 전해 왔다. 회장님은 거실의 컴퓨터 앞에 앉아 자판을 두들기더니 '모리화' (자스민)라는 노래를 듣기 시작하였다. 노래는 중국어로 흘러나

오지만 가사의 내용은 이렇단다.

> 한 송이 아름다운 모리화
> 한 송이 아름다운 모리화
> 가지마다 넘치는
> 그윽한 향기 하얀 꽃
> 아름다운 꽃을 그대에게
> 한 송이 보내련다.
> 모리화 아, 모리화

그런데 회장님은 왜 하필이면 '모리화'를 들으실까. 그저 무심히, 우연히 듣게 된 것일까? 그는 중국서적도 많이 읽고 중국에 대하여 관심도 많은데 중국의 '모리화혁명'(자스민혁명)을 생각한 것일까? 튀니지에서 일어난 자스민혁명이 중동지방의 여러 나라에서 불붙고, 중국에서도 조짐이 나타나고 있다는데…….

모리화에는 슬픈 전설이 전한다는데……. 어느 여인을 짝사랑하던 청년이 상사병에 걸려 다 죽어가다가 어느 날 새벽 모리화를 한 아름 꺾어들고 여인의 침실 창 너머에서 바라보다가 가엾게 숨을 거두었다는 이야기……. 중국인들도 모리화를 꺾어 들고 자유의 여신 앞으로 달려가는 것일까? 자유가 아니면 죽음을 달라고.

회장님은 다시 '프리링스글라우베'를 듣기 시작하였다. 프란츠

슈벨트가 짓고 소프라노 로템버거가 부른 노래였다.

　　저 보드라운 봄바람
　　잠을 깨워 밤낮으로 불어오네.
　　만물이 소생하네. 부는 봄바람에.
　　오, 꽃향기. 오! 새소리.
　　무겁던 마음 사라져
　　이젠 모든 것 새로워지리.
　　이젠 모든 것 새로워지리.
　　이 세상 정녕 아름답게
　　항상 변하는 이 풍경.
　　꽃은 피어 만발하네. 깊은 산에도.
　　꽃은 피고 또 피어나네.
　　고통과 슬픔 다 잊으리.

　제목이 말하는 것처럼 '봄의 믿음', '봄의 찬가', '모춘' (慕春)에 알맞은 가사와 곡조로 들렸다. 가사는 본디 독일어라고 한다. 독일어는 영어나 프랑스어에 비하여 아주 멋이 없는 줄 알았는데 그것은 나의 편견이었다. 아름다운 그녀의 목소리는 지금까지 내가 들어본 목소리 중에서 가장 아름다운 목소리 중의 하나였다.

　회장님은 노래에 빠지는 것 같았다. 그러나 그것이 나와는 아무런 상관도 없을 것 같았다. 인간은 인간대로 좋아하는 노래가 있고 우리들 견공은 견공대로 좋아하는 노래가 있는 법이니까. 그것이 우연히 일치하는 수도 있겠지만……

봄은 성큼성큼 다가오고 있다. 나는 나의 갈 길을 생각해 보았다. 도대체 인간들은 어느 세월에 그 잔악한 생각과 행동을 버리게 될지, 만일 인간들이 영원히 달라지지 않는다면 세상은 어떻게 될지, 나는 왜 그 간악한 인간들에게 멸시를 받고 발로 차이며 그들에게 의지하고 사료를 얻어먹으며 그들에게 꼬리치고 아부하며 살아야 하는지 생각하게 되었다.

나는 아무리 생각해 보아도 인간들이 스스로 깨우치고 달라질 가능성을 점칠 수가 없다. 그렇다고 우리들 견공들이 인간들을 변화시킬 가망도 없다. 그렇다면 어찌할 것인가. 나는 고양이와 함께 노숙하던 날을 되돌아보게 되었다. 그것은 춥고 배고픈 세월이었지만 그래도 그 간악한 인간들에게 도움을 받지 않고 눈칫밥을 얻어먹지 않아서 좋은 생활이었다. 나는 드디어 그 간악한 인간의 손아귀에서 탈출할 수밖에 없다고 결론을 내리게 되었다. 사모님께는 좀 미안하지만 그렇다고 감정에 이끌려서는 안 되는 것이었다.

한편으로 생각해 보면 우리들 견공들도 너무나 나약한 씨알이다. 산이나 들에서 마음껏 자유롭게 뛰놀면서 살아야 하는데도 교만한 인간들이 주는 밥이나 얻어먹고 편안한 집에서 잠자면서 안일무사하고 나약하게 살아온 것이다. 인간들은 '삶은 개구리증후군'(boiling frog syndrome)이라는 말을 만들어냈다고 한다. 개구리를 갑자

기 뜨거운 물에 집어넣으면 위험을 느끼고 반사적으로 뛰어 나오지
만 알맞은 물에 넣어 놓고 아주 서서히 물을 가열하면 편안히 있다
가 아주 뜨거워져서야 위험을 느껴도 그 때는 벌써 늦어서 뛰어나가
질 못한다는 것이었다.

이것은 지구환경의 파괴현상이 당장은 심각하게 보이지 않지만
차츰 차츰 심각해지는데도 불구하고 인간들이 그것을 잘 느끼지 못
하고 있다가 나중에는 아주 심각하여 인류가 모두 멸망할 단계에 이
르러서는 심각하게 깨달아 봤자 이미 때가 늦어서 손을 쓸 수 없게
되는 것과도 같단다. 사실 인간들은 식물을 죽이고 동물을 죽이고
육지와 바다와 하늘을 오염시키고 심지어는 오존층을 파괴하여 지
구 전체를 온난화로 몰고 가서 자연의 조화로운 균형을 깨트림으로
써 인간들 스스로 멸망의 길로 들어서는 것인데 선진국들은 근대화
라는 깃발 아래 먼저 일을 저질러 놓고 후진국에게는 경고하는 모양
이다.

인간들은 환경파괴뿐만 아니라 여러 가지 제도를 만드는 데도 나
중에 빚어지는 악한 결과는 외면해 버리고 우선 먹기는 곶감이 달다
는 격으로 당장 여러 사람들이 원하는 대로 제도를 만들어 놓았다가
나중에는 모든 것을 망치기도 한다.

근자에 많이 떠드는 것은 이른바 무차별복지정책이라는 것인데
반드시 국가의 혜택을 받아야만 하는 사람들만 돕지 않고 재산이 있
거나 없거나 똑같이 국가가 복지를 베풀다가 국고가 파산을 당하는
것이다. 인간들은 우선 공짜로 배부르고 편하고 싶은 욕심으로 점점

게을러지고 국가나 남에게 의지하여 살고 싶은 생각을 갖게 되고 그것이 점점 강렬하게 되어 나중에는 폭력을 써서라도 놀고먹자는 생각이 강렬하여 사회와 국가를 혼란하고 불안하게 한다.

인간들이 흔히 이야기하는 이념이라는 것도 마찬가지로 자칫하면 인간의 정신을 사로잡아 병들게 하는 것이다. 못된 습관에 물들고 나쁜 이념에 물든 사람이 패가망신으로 치닫고 재기불능으로 끝나는 것은 인간사회에서 너무나 흔한 일이다.

생각해 보면 견공들이 스스로 먹이를 구하지 않고 인간들이 주는 밥을 얻어먹는 습성은 개구리가 서서히 더워지는 물속에서 위험을 느끼지 못하다가 종당에는 죽음을 당하는 것과 비슷한 것이다. 우리들 견공들은 하느님께서 당초에 내려주신 부지런한 성품을 완전히 잃어버리고 이제는 당연히 인간에게 얻어먹고 사는 나약한 동물로 태어난 것으로 생각하고 거기서 만족한다.

나는 며칠 전부터 현관을 기웃거렸다. 아무라도 문을 열기만 하면 뛰어 나갈 셈이었다. 나는 오늘도 현관을 기웃거린다. 교활하고 간악한 인간들의 손아귀에서 탈출하기 위하여. 자유를 위하여. 개구리처럼 점점 뜨거워지는 물 속에서 희생당하지 않기 위하여.

회장님은 서재에 들어앉아 있다. 음악이 흘러나온다. 제목은 '히브리 노예들의 합창' 이다. 비엔나 국립오페라 합창단의 노래다.

가거라 내 상념이여!

금빛 날개를 타고 날아가라
가거라 부드럽고 따뜻한 바람이 불고
향기에 찬 우리 조국의
비탈과 언덕으로 날아가 쉬어라
요르단의 큰 강둑과 시온의
무너진 탑들에 참배를 하라
오 너무나 사랑하는 빼앗긴 조국이여!
오 절망에 찬 소중한 추억이여!

예언자의 금빛 하프여!
그대는 왜 침묵을 지키고 있는가?
우리 가슴 속의 기억에 다시 불을 붙이고
지나간 시절을 이야기해 다오
예루살렘의 잔인한 운명처럼
쓰라린 비탄의 시를 노래 부르자
참을 힘을 주는 노래로
주님이 너에게 용기를 주시리라

히브리 노예들은 조국을 그리워한다. 쓰라린 비탄의 시를 노래하자고 외친다. 그리고 주님이 용기를 주리라고 외친다. 그런데 어찌 히브리 노예들에게만 조국이 있으랴? 이 세상의 모든 인간들에게는 조국이 있을 것이며 심지어는 모든 동물에게도 조국이 있을 것이다.

인간들이 조상 대대로 이어가며 살아온 땅이 그들의 조국이듯이 동물들에게도 대대로 살아온 산과 강과 수풀이 있다.

그런데 히브리인들이 그 조국을 빼앗기고 조국을 그리워하듯이 우리들 동물들도 산과 강과 수풀을 빼앗기고 그리워하며 살아왔다. 히브리 노예들이 자유를 빼앗기고 이민족의 노예로 살듯이 동물들도 자유를 빼앗기고 인간들에게 노예나 노리개로 살고 있다. 히브리 노예들의 목숨이 이민족에게 있듯이 동물들은 가금(家禽)이나 가축(家畜)이라는 이름으로 살면서 인간들에게 목숨을 맡기고 있다. 얼핏 보면 아직도 산과 강과 수풀에서 자유롭게 사는 동물들이 있는 것처럼 보이지만 인간들은 공해로 죽게 하고 사냥으로 죽게 하고 번식을 방해하여 우리들을 제멋대로 주무른다.

히브리 노예들은 가련하다. 그러나 우리들 견공들은 더욱 가련하다. 우리들 견공들은 노래할 줄도 모른다. 우리에게는 예언자도 없었고 금빛 하프도 없었다. 그렇다고 우리의 조상들은 인간의 노예로 살고 싶지는 않았다. 인간들의 잔인한 그물에 걸려들었을 뿐이다.

나는 이제 광야로 달려나가 나의 옛 조상들이 살던 고향과 조국을 찾아 나서기로 한다. 견공들의 아름다운 고향! 아름다운 조국을 찾아야겠다.

나는 토이푸들이다

·

지은이 / 지교헌
발행인 / 김재엽
펴낸곳 / **한누리미디어**
디자인 / 지선숙

·

121-840, 서울시 마포구 잔다리로 35(서교동 395-13) 서원빌딩 2층
전화 / (02)379-4514, 379-4519
Fax / (02)379-4516
E-mail/hannury2003@hanmail.net

·

신고번호 / 제300-2006-61호
등록일 / 1993. 11. 4

·

초판발행일 / 2013년 10월 1일

·

ⓒ 2013 지교헌 Printed in KOREA

·

값 15,000원

※저자와 협의하여 인지는 생략합니다.
※잘못된 책은 바꿔드립니다.
※이 책은 성남시 문화예술발전기금의 지원을 받아 출판 제작되었습니다.

ISBN 978-89-7969-459-8 03810